QUISSAMA

O IMPÉRIO DOS CAPOEIRAS

Maicon Tenfen
Ilustrações Rubens Belli

7ª reimpressão

São Paulo — 2025

Quissama – O Império dos Capoeiras

Copyright © **MAICON TENFEN**
Copyright Ilustração © **RUBENS BELLI**
Coordenação editorial **ELISA ZANETTI**
Projeto gráfico **MONIQUE SENA** e **ANA CAROLINA MATSUSAKI**
Revisão **ANDRÉ SARETTO** e **EUGÊNIA SOUZA**

1ª EDIÇÃO – 2014
7ª REIMPRESSÃO – 2025

Dados Internacionais de Catalogação na Publicação (CIP)
(Câmara Brasileira do Livro, SP, Brasil)

Tenfen, Maicon.
Quissama – O Império dos Capoeiras / Maicon
Tenfen; ilustracões Rubens Belli. 1. ed.
São Paulo: Biruta, 2014.

ISBN 978-85-7848-137-7

1. Literatura juvenil I. Belli, Rubens. II. Título.
13-08674   CDD-028.5

Índices para catálogo sistemático:
1. Literatura juvenil 028.5

Edição em conformidade com o acordo ortográfico da língua portuguesa. ✓

Todos os direitos desta edição reservados à Editora Biruta Ltda.
Rua Conselheiro Brotero, 200 – 1º Andar A
Barra Funda – CEP 01154-000 São Paulo, SP – Brasil
Tel: (011) 3081-5739 | (011) 3081-5741
E-mail: contato@editorabiruta.com.br
Site: www.editorabiruta.com.br

A reprodução de qualquer parte desta obra é ilegal e configura uma apropriação
indevida dos direitos intelectuais e patrimoniais do autor.

Sumário

—▷ Prefácio, *04*

Parte 1
Encontro na taverna, 14
Como e por que desembarquei no Rio de Janeiro, 23
Dia de festa na corte, 34
Pancadaria na rua da Alfândega, 43
Cabeça de Porco, 52
A malta do Alemão Müller, 63
Confronto desigual, 71
Conversa com o ministro, 84
O poeta que morava no castelo, 96
Charutos na biblioteca, 105
O Cassino Alvorada, 115
Como tirar um escravo do tronco, 127
As muitas serventias do Alcazar, 137

Parte 2
O barril dentro da cela, 152
Nova conversa com o ministro, 162
Uma camélia no cemitério, 176
Como e por que atirei no pé de um capoeira, 188
A praça do cavalinho e o quiosque da rua Riachuelo, 199
O destino do moleque, 210
Espreita no casarão, 220
Correrias, correrias, 233
O bilhete de sinhazinha, 242
Quando (quase) tudo se esclarece, 255
Nagoas e guaiamuns, 266
O baile da rua Guanabara, 280

Epílogo, *291*
Notas, *293*
Posfácio, *300*
Para quem quer saber mais... *305*
Biografias, *306*

A história de como os manuscritos de Daniel Woodruff chegaram às minhas mãos mereceria um livro à parte. Para não me alongar além do necessário, direi apenas que devo essa sorte à generosidade de Mônica Pontes, uma amiga de infância que atualmente trabalha no Arquivo Histórico do Rio de Janeiro. Depois que visitei a instituição, com o objetivo de aprofundar minha pesquisa para um romance sobre a saga dos capoeiras no Segundo Reinado, ela me surpreendeu com um telefonema cheio de ânimo e expectativa.

— Prepare-se para cair de costas — brincou. — Encontrei um documento que vai virar o seu trabalho de cabeça para baixo.

— O que é?

— Ainda não dá para saber ao certo, mas parecem ser as memórias de um inglês que passou o melhor da vida aqui no Rio.

— Mais um ponto de vista estrangeiro? Obrigado pela dica, mas não sei se vai ajudar. Conheço boa parte do material publicado pelos viajantes que visitaram o Brasil no século XIX. Não vejo como as memórias de um inglês acrescentariam algo ao estudo.

— Aí é que você se engana, Maicon. Esse cara foi testemunha ocular da história que você pretende escrever.

Como não pude voltar imediatamente ao Rio, Mônica se ofereceu para digitalizar algumas páginas e enviá-las pela internet. Apesar do entusiasmo da minha amiga, não pude imaginar que os manuscritos fossem tão pertinentes para a pesquisa. Assim que me inteirei dos primeiros capítulos, porém, entendi que Mônica estava coberta de razão.

Ela acabara de me presentear com uma fonte de pesquisa valiosíssima, muito especial mesmo, que continha informações impossíveis de serem encontradas em outro lugar. Com um texto às vezes profundo, às vezes superficial, mas sempre numa narração montada cena a cena, Daniel

Woodruff relata os principais lances da sua existência: a infância miserável em Liverpool, os anos como agente da Scotland Yard, a perda da família e o período como mendigo em Londres, as diversas temporadas que serviu como marinheiro e a vida em Paris e Marselha, onde se tornou um esmerado praticante de savate, o chute boxe francês.

Mas o melhor das memórias começa depois de tudo isso, no final da década de 1860, quando ele narra suas andanças no Rio de Janeiro e no Paraguai. É nesse ponto que escreve sobre a capoeiragem fluminense, sobre os escravos e os "pretos forros" que se enfrentavam em duelos astuciosos, além da rixa secreta entre os nagoas e os guaiamuns, duas das maiores maltas que dividiram a cidade e se valeram da proteção de políticos para levar terror à população e à própria Guarda Nacional. Isso para não mencionar as personalidades históricas com quem, direta ou indiretamente, *mister* Woodruff manteve contato. O romancista José de Alencar foi uma delas. A princesa Isabel, outra.

Tive a felicidade de perceber que estava tropeçando num pote de ouro.

Lembro que comecei a me interessar pelo assunto quando tinha apenas quatorze anos. Na pequena biblioteca da minha escola, ao folhear uma revista sobre cultura brasileira, dei de cara com um artigo que descrevia como os capoeiras eram perseguidos durante o período imperial. Como já pensasse em ser escritor, fiquei fascinado com a possibilidade de escrever um romance em que o pano de fundo fosse a nossa própria arte marcial. De lá para cá, portanto, procurei me inteirar de tudo o que havia disponível sobre o tema, e por isso fiquei surpreso com a riqueza das memórias de Woodruff. Era o livro que eu desejaria ter lido na adolescência.

Quando finalmente pude voltar ao Rio para verificar os originais de perto, meus planos já haviam se modificado. Toquei a caixa de folhas envelhecidas como quem toca uma relíquia sagrada. Mil quatrocentas e trinta e quatro páginas escritas a mão, tudo em inglês, numa letra sofrível e repleta de rasuras. Não dava para saber se o autor realmente vivera a totalidade do que contava em seu texto, mas ninguém poderia negar que as histórias eram atraentes e cheias de detalhes documentais. Nunca deixei de me entreter com a ideia de que fora o destino o responsável pelo meu encontro com o material.

Daniel Woodruff faleceu em janeiro de 1910[*]. Isso significa que não teve muito tempo de vida depois de finalizar o manuscrito. Com efeito, seu texto se encerra com a seguinte anotação: "Chácara do Catumbi, 2 de agosto de 1907". Ao que tudo indica, desejava publicar as memórias, já que, segundo carta encontrada junto aos manuscritos, submetera o texto à avaliação da tradicional Livraria Laemmert. Com o incêndio desta, em 1909, o próprio autor, salvo se possuísse alguma cópia, deve ter dado os originais como perdidos.

De alguma forma, porém, os papéis ficaram entre os poucos itens poupados pelas chamas e mais tarde cedidos à casa editorial do lendário Francisco Alves. Ninguém se deu conta do tesouro encaixotado no depósito. Décadas depois, provavelmente devido a uma limpeza ou mudança de endereço, algum funcionário de bom coração encontrou as memórias e, em vez de incinerá-las, resolveu doá-las ao Arquivo Histórico do Rio de Janeiro. O protocolo da entrega foi carimbado em abril de 1947. Isso significa que os manuscritos permaneceram trancados durante seis décadas, apenas esperando por mim.

— Não falei? — disse Mônica, triunfante. — Eu sabia que o material incrementaria a pesquisa.

---

[*] Obtive a informação numa crônica que o escritor Coelho Neto, entusiasta da capoeira como esporte nacional, dedicou ao amigo Daniel Woodruff.

— É verdade, mas desisti de escrever o livro.

— Por quê?

— Já está escrito.

— Como assim?

— Depois de ler o que ele escreveu há mais de um século, percebi que sou incapaz de recompor a atmosfera da época sem a vantagem de ter testemunhado os fatos. Custe o que custar, Mônica, os manuscritos devem chegar ao público, nem que seja somente a parte que se passa no Rio de Janeiro e na Guerra do Paraguai. Tomei o desafio como missão.

E foi assim que abandonei a feitura do meu próprio romance para reescrever o texto em português, tarefa que seria impensável sem o auxílio e a orientação de outro amigo das antigas, Ricardo Spinelli, familiarizado com o comportamento esquizofrênico da língua inglesa. Desse modo, após dois anos de trabalho minucioso, enfim apresento o primeiro volume das memórias de Daniel Woodruff. Por razões óbvias, resolvi ignorar as centenas de páginas que tratam das suas experiências como policial e marinheiro, para dar destaque ao que presenciou em nosso país.

Embora tenha chegado ao Rio em meados de 1868, ele só registrou o que aconteceu a partir de dezembro do mesmo ano, dando ênfase a seu encontro com Vitorino Quissama e aos atritos com a malta do Alemão Müller, já na época tido como um chefe do crime organizado. A eleição desses episódios para o preenchimento dos primeiros capítulos não se deu por acaso, e acredito que isso ficará mais claro conforme o leitor for avançando pelas páginas do livro. *Quissama*, a propósito, é o título que o autor escolheu para a seção brasileira das memórias. Quanto ao subtítulo, *O Império dos Capoeiras*, é um acréscimo que segue por minha conta.

Na medida do possível, procurei respeitar o ritmo da trama, bem como suas peculiaridades oitocentistas e sua preferência pela estrutura folhetinesca. Já que os manuscritos desconsideram as diferenças entre o português falado por nativos, europeus e africanos, não vi sentido em rebuscar os diálogos com excesso de linguagem coloquial. Fazer com que os escravos usassem "sinhô" em vez de "senhor" seria procedente do ponto de vista estilístico, mas acabaria por subverter os originais em demasia.

Por outro lado, para não desprezar os antagonismos linguísticos existentes entre as classes sociais, vali-me dos pronomes conforme os registros que ficaram na literatura da época: a segunda pessoa (tu) para conversas informais e a terceira pessoa (senhor, senhora, vossa mercê) para demonstrações de respeito ou subserviência.

Admito que em certas passagens trabalhei com inteira liberdade, fazendo valer mais a adaptação e menos a tradução, especialmente quando tive de completar trechos ilegíveis nos manuscritos. Minha principal contribuição autoral, entretanto, encontra-se nas notas que senti necessidade de acrescentar ao texto. Ainda que dispensáveis a quem queira fazer uma leitura corrida, elas visam ao esclarecimento de certos lapsos e contradições do autor, além de suas confusões quanto a datas e até do que me pareceram ser mentiras ou exageros difíceis de justificar.

Repito que a tarefa foi dura, mas sem dúvida valeu o sacrifício. É que a obra não foi preparada apenas para os leitores atuais. A cada noite que enfrentei os obstáculos de adaptar um texto a outro idioma, estava tentando saciar a curiosidade daquele garoto de quatorze anos, perdido na biblioteca escolar, que de repente desejou saber mais, muito mais, sobre a capoeiragem e os capoeiras fluminenses, esses heróis anônimos do século XIX.

Maicon Tenfen

Dedico as páginas destas memórias a Mister Jonathan Whicher, Monsieur Michel Casseux e Capitão Gregory Evans, os três grandes mestres da minha juventude.

D. W.

Parte I

Encontro na taverna

Era um moleque de quatorze ou quinze anos. Cruzou a porta da taverna e veio cambaleando em minha direção. Digo melhor: não veio exatamente cambaleando, como percebi a seguir, mas gingando, movendo-se num balanço de ameaça, quase dançando, como era costume entre os gatunos da corte.

— Capoeira?! — gritou o Araújo, de trás do balcão. — Fora, fora! Não quero saber de navalhadas aqui dentro.

Em vez de obedecer, o moleque se aproximou ainda mais da minha mesa. Levantei-me de sobreaviso. Graças às minhas observações sobre o cotidiano do Rio de Janeiro, estava familiarizado com os perigos daquela curiosa forma de pugilismo. Os chamados capoeiras eram astutos e flexíveis. Para confundir os adversários, pulavam de um lado para outro e se retorciam em piruetas estranhas, davam rasteiras, cabeçadas, não raro usavam navalhas que manejavam com malícia e sagacidade.

— Fora! — repetia o Araújo. — Fora daqui!

Mas não teve coragem de sair de trás do balcão e fazer valer a sua ordem. Os outros fregueses também ficaram paralisados. O único que esboçou alguma reação foi um menino de dez anos, Jorge, filho do taverneiro, que saiu à procura de algum urbano que estivesse de serviço àquela hora da noite. Isso queria dizer que, enquanto a polícia não chegasse, eu mesmo deveria me haver com o capoeira.

"Que seja!", pensei.

Talvez o visitante me ajudasse a pôr em prática um plano que há tempos rondava a minha mente. Como entusiasta do savate, era natural que sentisse curiosidade sobre outros jogos de luta que usassem as mãos e os pés. Até então não tivera nenhuma oportunidade de verificar na prática a eficácia da capoeiragem fluminense. O moleque era muito jovem para ter aprendido as técnicas mais elaboradas da sua arte, mesmo assim possuía uma estatura maior do que a minha e parecia capaz de promover um grande estrago. Se esse fosse o caso, veríamos quem era o melhor.

— Não ouviu, bandido? Minha taverna não é lugar de arruaças...

Fiz sinal para que o Araújo se calasse.

Sob a luz bruxuleante dos candeeiros, o moleque me encarava com petulância. Que diabos queria comigo? Vestia-se como um guaiamum[1] — calça folgada e paletó branco, pano vermelho amarrado na cintura, chapéu de feltro com a aba levantada — e sua pouca idade indicava que já não era africano, mas crioulo, nascido em alguma senzala do Brasil. Digo senzala porque o fato de andar descalço comprovava a sua condição de escravo. Seria um dos inúmeros pretos fujões que viviam escondidos nos zungus da cidade?

— Posso ser útil? — perguntei num tom de falsa cortesia.

O moleque ficou em silêncio. Agora se mostrava menos determinado, talvez até hesitante, deixava transparecer que possuía motivações incomuns para me procurar. Como demorasse a responder, suspeitei que não conhecia direito o idioma da terra.

— E então? — insisti. — O que desejas?

Pela primeira vez olhou ao redor. Avaliou as fisionomias do taverneiro e dos outros fregueses, que continuavam amedrontados, e voltou-se de novo para mim. Num português surpreendentemente mais claro que o dos brancos, lançou-me a pergunta que o trouxera até ali:

— Vosmecê é o inglês que resolveu o Caso do Teatro?

Ah, então era isso! Em vez de se apresentar para um desafio ou uma agressão, também o moleque me procurava por causa dos acontecimentos que envolveram o sumiço de madame Aimée[2]. Detalhado pelos jornais, o episódio fez com que meu nome e minha suposta capacidade de solucionar enigmas se tornassem famosos na corte. Fez também com que minha rotina fosse tomada por uma constante amolação. Várias semanas depois do resgate de Aimée — e de sua volta definitiva a Paris — seus admiradores continuavam me cercando na rua e me interrogando sobre os pormenores do sequestro. Cansado de sempre responder às mesmas perguntas, era natural que não estivesse disposto a contar a história mais uma vez.

Apesar disso, confesso que fiquei intrigado com o interesse do moleque. Outro admirador que morria de saudade? Impossível. Era certo que nunca vira a dançarina de perto, nem nos espetáculos do Alcazar Lírico, onde era proibida a entrada de menores, nem nos passeios pela rua do Ouvidor, onde era proibido o trânsito de pessoas descalças. Seria fácil dispensá-lo com uma inverdade diplomática, "não, não sou eu, é outro o inglês dos enigmas", mas acabei respondendo que sim, fui eu mesmo que resolvi o Caso do Teatro, título com que a imprensa dera publicidade aos fatos.

— Então estou no lugar certo — sorriu com satisfação. — Careço muito conversar com vosmecê. É assunto de família.

Assunto de família? Um pensamento hediondo me atingiu de surpresa, uma ideia que dormia a léguas de distância e que jamais deveria procurar refúgio na minha mente. Se meu filho não houvesse morrido no parto, teria mais ou menos a idade do moleque. Cada vez mais intrigado, fiz aceno para que se sentasse à mesa comigo. Solicitei ao Araújo que trouxesse um copo para o rapaz. O taverneiro me atendeu de má vontade. Tratar cativos como iguais, segundo ele, era uma excentricidade típica de europeus bobocas que jamais entenderiam os costumes da América.

Perguntei ao moleque se desejava beber um gole de vinho. Recusou. Parece que a única coisa que lhe interessava era conversar comigo.

— Quero contratar os serviços de vosmecê.

— Tu?

— Tenho meios de recompensar o trabalho.

— Devagar, rapaz, devagar. Não seria melhor se te apresentasses primeiro?

— Meu nome é Vitorino.

— Só Vitorino?

— Vitorino Quissama.

— Quissama… Posso saber onde moras?

— Não tenho casa, não, senhor. Vivo na rua, mas sou honesto, trabalho para comer. Não sou desses que se metem com maltas de capoeiras. Querem me ver por aí roubando, mas não sou ladrão, Deus que me perdoe, tenho raiva de ladrão. Só roubei quando fui forçado.

— Estás fugindo de alguém?

— De jeito nenhum.

— Qual é a tua condição?

— O que é isso?

— És livre, forro, cativo?

Ele ficou mudo por alguns segundos.

— Responde, vamos.

— Ninguém é livre nessa terra de Deus, não senhor. Mas viver debaixo do chicote, fazendo contra a vontade o que obrigam a gente fazer, isso não aceito mais, não.

— E aqui te encontras porque queres contratar os meus serviços?

— Sim, senhor.

— Se é isso mesmo o que desejas, então me deixa fazer uma última pergunta: por que estás mentindo?

Ele reagiu com uma careta de espanto, balançou a cabeça, gaguejou. Tentava formular sua defesa quando tratei de interrompê-lo com meus argumentos:

— Vê se não tenho motivos para desconfiar de ti. Em primeiro lugar, te moves com os trejeitos típicos de um fora da lei. Afirmas que não te misturas com maltas, mas aposto que todos nesta taverna, inclusive eu, que sou estrangeiro, perceberam que te vestes como um guaiamum. Em segundo lugar, está claro que a tua condição é de cativo. O que faz um escravo na rua depois do toque de recolher? Ou o teu senhor é muito desleixado, como tantos que existem na cidade, ou estás fugindo de teus afazeres e te arriscando a um perigo que ultrapassa os sofrimentos do açoite. É impossível que não saibas que teu país se encontra em guerra com o Paraguai. Se algum guarda te puser as garras, serás imediatamente enviado à frente de batalha. Por fim, mesmo admitindo que moras na rua e que trabalhas em troca de comida, dizes que tens meios de recompensar o meu trabalho.

— Pois tenho! — desafiou, nervoso, ao mesmo tempo em que atirava uma bolsa de pano sobre a mesa. — Olhe se não tenho! Olhe se não tenho!

Um tanto contrariado, verifiquei o conteúdo da bolsa. Era um espalhafatoso colar de ouro com turmalinas que pareciam legítimas e, como peça central, um diamante de tamanho razoável acomodado numa espécie de crucifixo de madrepérolas. Confesso que tomei um susto. Olhei para o Araújo, que de trás do balcão tentava acompanhar a conversa, e também para os outros fregueses, que começavam a se retirar da taverna.

— E essa agora! — empurrei a bolsa para o moleque. — É óbvio que a joia é roubada.

— Não é, não.

Um tanto contrariado, verifiquei o conteúdo da bolsa.

— Insistes em mentir?

— Estou fazendo o que é direito! — Agora ele falava com o timbre dos suplicantes. — A peça vale muito, dá até pra ficar rico, e é um presente que estou dando a vosmecê.

— Presente?

— Só peço que ajude a encontrar minha mãe. Ela foi vendida da casa onde a gente morava e desapareceu no mundo. Foi por isso que fugi...

— E aproveitaste para roubar a joia?

— Não roubei. Era dela.

— Uma escrava com um colar que vale uma fortuna? Queres que acredite nisso?

— É verdade. Juro por Santa Rita que é a mais pura verdade.

— Então por que ela não levou a joia consigo?

— Não sei, não vi quando foi embora. Ninguém mais tem notícia da minha mãe. Procurei por tudo que é canto, mas não sei como fazer para achar gente sumida. Vosmecê sabe! Vosmecê encontrou a artista do teatro, não foi? Com a minha mãe vai ser mais fácil. Vai ser mais lucrativo.

E empurrou a bolsa para mim.

Empurrei-a de volta:

— Não posso ficar com isso.

— Mas é um presente.

— Dispenso. É justo que um filho queira descobrir o paradeiro da mãe, mas no momento não posso ajudar. Dentro de três dias embarco para minha terra natal. Não tenho mais nada que me prenda ao Brasil e, francamente, não sou insensato o bastante para me envolver com joias roubadas e escravos fujões. Sugiro que deixes esta taverna o mais rápido possível. Daqui a pouco ela estará cheia de urbanos dispostos a recrutar mais um "voluntário" para morrer de cólera no Paraguai... Araújo! Anota a despesa do vinho na minha conta.

— Vosmecê não vai aceitar o colar?

— Foi o que acabei de dizer.

— Não vai procurar a minha mãe?

— Sinto muito, mas é impossível cancelar minha viagem.

— Vosmecê não pode fazer isso.

— Claro que posso! — Por pouco não emendei que era um homem livre e por isso tinha o direito de ir e vir para onde bem entendesse. Felizmente, calei-me antes de cometer tamanha indelicadeza. — Está na hora de me recolher. Boa noite, rapaz. E boa sorte em tua busca.

Dando o assunto por encerrado, tomei o caminho da porta. Mas um imprevisto, de repente, reacendeu os ânimos da conversa. Sacudido por um arranco de desespero, o moleque se atirou sobre mim, puxou-me com a mão esquerda pelos colarinhos e, com a direita, deu um jeito de enfiar a bolsa dentro da minha camisa.

— O colar é de vosmecê! — gritou. — E vosmecê vai encontrar a minha mãe!

Quanta insolência! Não sei se fiquei mais irritado com ele, que teve a audácia de fazer aquilo, ou comigo mesmo, distraído a ponto de permitir que um estranho me tocasse. Se o agressor estivesse determinado a me eliminar, poderia ter cortado a minha garganta sem a menor dificuldade. Foi com esse pensamento que desferi o primeiro golpe, mas no íntimo sabia que estava realizando o meu plano de verificar a eficácia dos capoeiras. Finalmente teria respostas para minhas dúvidas a respeito dos seus truques de combate.

E que respostas! Quando tentei acertar a cabeça do moleque com um chute, ele simplesmente desapareceu do meu campo de visão. Era como se possuísse o dom de se derreter e se recompor em outra parte, ao término de uma cambalhota.

— Eu sabia! — reclamou o Araújo. — Já pra fora, os dois! Minha taverna não é arena para selvagerias!

Prossegui na ofensiva, girei os quadris e lancei a perna

com a maior velocidade de que era capaz. De novo o moleque se esquivou, desapareceu e reapareceu rente ao meu corpo, tão próximo e tão bem posicionado que, se quisesse, poderia ter me atingido com uma cabeçada.

— Não vou machucar vosmecê — disse enquanto gingava na minha frente. — Careço de sua saúde para encontrar minha mãe.

Ferido em meu orgulho de *savateur*, investi novamente contra o capoeira, mas agora armado com a garrafa de vinho. Só vi quando ele abaixou a cabeça. Na sequência, tudo se embaralhou diante dos meus olhos, ouvi um estrondo forte no soalho e, quando recuperei a noção de espaço, avistei os candeeiros balançando no alto da taverna. Havia acabado de levar uma rasteira.

— Se eu fosse vosmecê, ficava quietinho aí no chão.

Era demais! Tomado de verdadeira fúria, mais uma desvantagem para mim, levantei-me urrando e, como um louco, corri para agarrar o oponente. No instante seguinte, voltava a me encontrar com o soalho. Dali, sentindo a dor de todas as humilhações, olhei para a porta e vi o filho do Araújo voltando com dois guardas armados de fuzis.

— Epa! — exclamou o moleque. — Parece que agora é a minha vez de "se recolher". Mas não se preocupe que volto pra continuar a conversa.

Veloz como um relâmpago, pulou a janela e desapareceu na escuridão da noite. Um dos guardas chegou a atirar, o outro contornou a taverna e correu no encalço do fugitivo, mas era evidente que tudo não passava de energia desperdiçada. Xingando o capoeira e censurando a minha insensatez, o Araújo se aproximou para me socorrer. Dispensei o auxílio. Apesar da dificuldade, consegui me levantar sozinho.

— Parece que o menino te deu um banho de fumaça!

Pois é. Pior do que a derrota foi ouvir as caçoadas que vieram a seguir.

Ao apalpar as costelas, que me doíam de forma inclemente, percebi que a bolsa com o colar continuava dentro da minha camisa. Em vez de entregar a joia aos guardas, decidi que eu mesmo procuraria o chefe de polícia para pôr um ponto final na questão. Não teria feito essa bobagem se soubesse que, graças à atitude, enfrentaria imprevistos que me levariam a desavenças com um senhor de escravos, a atritos com criminosos vingativos e ao meu próprio confinamento na cadeia pública.

Corria a noite de primeiro de dezembro de 1868.

Como e por que desembarquei no Rio de Janeiro

Antes de descrever o pandemônio de surpresas, confrontos e perseguições que sucederam aquela noite, é útil esclarecer que os capítulos brasileiros das minhas memórias jamais existiriam sem a ação insidiosa do acaso. Quando desembarquei na zona portuária de São Sebastião do Rio de Janeiro, nem em sonhos planejava ficar mais do que alguns meses. Por causa da surra que tomei do moleque, meu futuro e minha própria vida sofreram uma irreversível mudança de curso.

Mas o acaso, mestre e senhor de todas as biografias, era um velho conhecido com quem fui obrigado a me habituar. Não fosse o maldito, que subtraiu as vidas da minha mulher e do meu filho, é possível que eu ainda integrasse os quadros da Scotland Yard, onde ingressei por concurso público e me tornei assistente de Jack Whicher, o patriarca de todos os detetives britânicos. Depois do malfadado trabalho de parto, episódio que prefiro não recordar em detalhes[3], desisti da carreira porque não pude fazer nada além de penar o meu inferno de porres e mendicância nas ruas de Londres.

Dois anos se passaram até que o mesmo acaso retornasse para me oferecer uma espécie de compensação: tirou-me da sarjeta e fez com que me engajasse no transporte marítimo de Liverpool, minha cidade natal. Dali rumei para Marselha e Paris, onde estudei os princípios do savate com *monsieur* Michel Casseux[4]. Depois de um tempo em terra firme, senti uma incontrolável necessidade de viajar pelo mundo e conhecer os jogos de luta de outros povos, assim como seus costumes, sua arte, suas tradições.

Por que desembarquei no Brasil? Também por culpa do acaso, que dessa vez recebeu um reforço do meu orgulho e da minha teimosia. O desentendimento com meus superiores poderia ter ocorrido em qualquer altura dos oceanos, em águas nórdicas ou orientais, europeias ou mediterrâneas, mas deu-se justamente na costa sul das Américas. Na sequência de uma discussão que ultrapassou os limites do tolerável, abandonei o navio no primeiro porto a que chegamos. Nos fundos falsos das minhas duas únicas malas, transportava os lingotes de ouro que, reunidos nos meus anos de navegação, possibilitariam a minha sobrevivência pelos próximos meses.

É claro que já visitara o Rio antes disso, mas até então só conhecia as imediações do cais, um lugar que poderia ser facilmente confundido com a maioria dos portos africanos. Já que a economia brasileira era movida por mão de obra escrava, os homens de cor é que faziam o trabalho pesado nos depósitos e atracadouros. Um rápido passeio pelo centro demonstrou que, também lá, os negros compunham a maior parte da paisagem.

O comércio fervia por causa dos soldados, armas e mantimentos que dia a dia embarcavam para o Paraguai. Apesar disso, levei horas para vender o primeiro lingote.

Além de fétida e insalubre, a cidade era cheia de trapaceiros, todos querendo enganar o inglês com cara de bobo que precisava de uma cama para descansar os ossos. Depois de muita procura, encontrei um feirante que me ofereceu um preço justo pelo ouro. Como uma coisa puxa outra, o mesmo sujeito indicou o caminho de uma moradia decente e mais ou menos barata.

Foi assim que me hospedei no sobrado da viúva Jandira, pensão muito bem localizada na esquina da rua Direita com a Teófilo Ottoni, quase à sombra do morro de São Bento e não muito distante do Paço Imperial, o centro político do país.

Ainda que não desejasse observar o poder, foi inevitável notar que o imperador era um homem discreto e meio recluso, que detestava os eventos oficiais, inclusive os bailes e as recepções da nobreza, e que preferia governar do palácio de São Cristóvão, a léguas de distância, ou mesmo de sua gigantesca residência na cidade serrana de Petrópolis. Apesar disso, perdi a conta de quantas vezes vi a carruagem de Dom Pedro passar em meio a guardas emplumados sobre duas filas de cavalos marchadores.

Embora tenha temido que os outros hóspedes estranhassem a minha aparência excessivamente inglesa — o queixo sempre barbeado e as pontas do bigode se misturando às suíças que me desciam aos lados da face —, eles logo demonstraram simpatia e, diante das minhas dificuldades com o idioma local, agiram com paciência e didatismo. Eu havia aprendido rudimentos de português em Angola, mas uma coisa era a língua para viagens passageiras e outra para a convivência cotidiana. Além do mais, o que se fala em Luanda soa muito diferente do que se fala no Rio.

Dali da pensão, um porto seguro do qual partia para minhas navegações urbanas, passei a estudar os hábitos do povo e as características da terra. Saía a pé ou de charrete, ou então alugava um tílburi na frente do Hotel de France, onde me acostumei a almoçar de vez em quando. Houve ocasiões em que utilizava aqueles antigos bondes puxados a burro, um serviço de transportes a cuja inauguração assisti nos meus primeiros dias de Brasil. Tarde da noite, quando voltava para meu quarto, não descansava antes de anotar tudo o que presenciara ao longo do dia. Desnecessário dizer que os cadernos que consegui preservar são de grande utilidade para a redação destas memórias.

Graças às andanças pelas diversas freguesias da corte e pelas mareantes extensões dos arrabaldes, cedo descobri que existiam duas cidades em uma. O Rio era lindo para quem o admirasse de longe e feio para quem resolvesse encará-lo de perto. Como as faces opostas da mesma moeda, sempre de costas uma para a outra, parece que as duas cidades só se encontravam na hora em que os pretos deveriam lavar os pés dos brancos. Encontravam-se, é fato, mas nunca se percebiam mutuamente.

Se por um lado havia os pontos vistosos da capital, as confeitarias, o passeio público, as lojas das modistas estrangeiras na rua do Ouvidor, os teatros, os salões de baile e os saraus dançantes oferecidos por senadores entediados e condes carentes de notoriedade, por outro era impossível deixar de ver a pobreza que ameaçava engolir o casario da região central, bem como o crescimento dos cortiços e zungus espremidos entre os morros, as ditas casas de tomar fortuna (onde pretos velhos praticavam toda a sorte de bruxarias e feitiçarias[5]), as rodas de batuques perseguidas pela polícia, os mendigos de todas as raças e, pior de tudo, a ação violenta dos capoeiras.

Graças ao meu interesse nos diferentes métodos de pugilismo, as maltas mereceram destaque nas minhas anotações. Nas cercanias das praças e dos chafarizes, era comum encontrar negros organizados em círculos que, ao som do tambor e às vezes do urucungo, entregavam-se por horas à prática da capoeiragem. Eram em sua maioria escravos, normalmente os chamados "de ganho", encarregados de transportar água para as residências ou prestar serviços corriqueiros que iam do corte de cabelos à venda de jornais. Gozavam de certa autonomia, já que circulavam livremente pela cidade, e por isso possuíam tempo e condições de se formarem mestres na arte de lutar.

Talvez pela necessidade de defender os territórios em que ganhavam o pão, mas também por causa das disputas étnicas que seus antepassados trouxeram da África, juntavam-se em grupos e expulsavam os concorrentes indesejados. Era uma luta pela sobrevivência. Ao fim de cada dia, se o escravo não entregasse uma soma mínima ao seu dono, seria punido por desobediência, o que implicaria uma surra de chicote ou uma temporada de solidão no cativeiro. Se, entretanto, o escravo prosperasse em seu negócio, poderia ficar com uma pequena parte dos lucros.

Isso fez com que as maltas crescessem e se espalhassem por toda parte. Em cada freguesia era normal encontrar uma "gangue" que gostava de se exibir com gritos de guerra e emblemas tribais. Com o tempo, ninguém conseguia se lembrar dos motivos que principiaram os conflitos. E as brigas tornaram-se tão sangrentas que as maltas começaram a compor alianças para não perecer. Foi dessa forma que nasceram os nagoas e os guaiamuns, dois numerosos exércitos que passaram décadas se enfrentando em correrias pelas noites afora.

Identificados pelo uso de lenços ou cordões vermelhos, os guaiamuns provinham de Santa Rita ou de qualquer rua ou beco do centro urbano. Eram em sua maioria crioulos, escravos nascidos no Brasil, mas também contavam com a adesão de pretos forros e até brancos pobres que se tornavam lutadores habilidosos. Já os nagoas, que se distinguiam por faixas de cor branca, formavam um cinturão ao redor do inimigo, dominando as regiões de

Santa Luzia e São José, bem como a Glória, a Lapa e todo o terreno acima do Campo da Aclamação. Predominantemente africanos, consideravam-se os legítimos donos da luta. Muitos ainda traziam no rosto as marcas de suas tribos de origem.

Durante as festas religiosas, quando os confrontos atingiam um clímax de selvageria, as autoridades montavam armadilhas para capturar os líderes de ambos os lados. Chegaram a prender o terrível Pinta Preta da Lapa, chefe dos nagoas, bem como diversos líderes dos guaiamuns, mas a maioria dessas ações eram vãs. É que todos os pequenos e grandes cabeças das maltas contavam com a proteção de políticos poderosos do Império. Caso a polícia trancafiasse algum deles, não faltavam juízes com ordens expressas de libertá-los.

Em troca de benesses que envolviam alforrias, cargos públicos e dinheiro em espécie, os capoeiras usavam a força para fraudar as eleições para a Câmara dos Deputados. Ou o eleitor votava nos candidatos da malta, ou sofreria na pele as consequências da teimosia. Considerando que os nagoas trabalhavam para os conservadores e os guaiamuns para os liberais, as agressões e os assassinatos tendiam a aumentar diante das urnas. Com base num cenário como esse, o menos atento dos cronistas concluiria que o Rio jamais encontraria a paz.

Quando já estava suficientemente inteirado das leis e da ética dos capoeiras, decidi que deveria colocar suas habilidades à prova. Se desafiasse um deles para uma disputa mano a mano, poderia verificar se a ginga e as rasteiras eram superiores aos socos e às patadas do savate. Pode parecer ignorância, mas isso fazia parte do aprendizado. Tenho certeza de que o austero Michel Casseux aprovaria a minha atitude.

Infelizmente, não tive tempo de efetivar o plano. Por aqueles dias, o sumiço de madame Aimée caiu como uma bomba sobre a corte. Não se falava de outra coisa nas janelas e nos jornais. Como resultado, sugiram as teorias mais estapafúrdias para explicar o que logo foi batizado como "o sequestro do século". Eu costumava assistir aos espetáculos do Alcazar Lírico, o café-cantante da rua Uruguaiana em que a atriz brilhava ao interpretar as operetas cômicas de Offenbach. Uma vez que *monsieur* Arnaud, o proprietário, tinha conhecimento da minha antiga passagem pela Scotland Yard, pediu-me que tentasse descobrir o que de fato acontecera com a maior de suas estrelas.

— O show deve continuar! — dizia o francês, aflito. — Não sei se sobreviveremos sem o brilho de Aimée.

Esse foi o impulso que me enredou no tal Caso do Teatro, evento que me trouxe fama de investigador meticuloso. Por outro lado, devido à superexposição do meu nome na imprensa, acabei granjeando mais aborrecimentos do que alegrias. Mas não é por causa disso que deixo de relatar o episódio. Considerando que a história já foi contada pelos jornais, não tenho motivos para repeti-la neste modesto exercício de recordação. Se alguém tiver curiosidade suficiente para pesquisar o tema, informo que as fontes menos distorcidas se encontram nos arquivos do *Jornal do Commercio*.

Devo relatar, isso sim, o que aconteceu nas entrelinhas das investigações. Por causa de uma pista que seguia com o intento de localizar a atriz, desisti temporariamente de pesquisar o cotidiano do populacho e procurei me aproximar o mais que pude da alta sociedade fluminense. Graças aos trajes providenciados por *monsieur* Arnaud, passei a bancar o aristocrata inglês, um disfarce que a qualquer momento poderia ser desmascarado pelas minhas mãos de marinheiro.

No rastro do meu suspeito, consegui convite para um baile no palacete da viscondessa de Silva, viúva do mitológico marquês de Abrantes. Durante anos os dois causaram assombro com suas faustosas recepções na Glória. Após a morte do marido, a viscondessa se orgulhava de manter a tradição.

E não era para menos. Nunca vi festa mais concorrida, com um belo desfile de moças e senhoras bem-vestidas, um serviço de bar e cozinha digno de Buckingham e duas orquestras que se revezavam na execução das valsas e polcas que preencheriam a madrugada. A olho corrido, calculei umas quinhentas velas iluminando o ambiente.

Confesso que fiquei empolgado com o abanar de leques e o farfalhar de saias ao meu redor. Por um breve momento, esqueci o meu suspeito e me entretive em duas contradanças com uma jovem de cabelos encaracolados com quem trocara um sorriso à entrada do salão. Ela nada disse enquanto rodopiávamos entre a infinidade de casais, mas deixou transparecer que, se pudesse fazer isso sem despertar maledicências, seria meu par pelo resto da noite.

Quando agradeci a dança com uma mesura à francesa, e só fiz isso porque os brasileiros adoravam tudo que cheirasse a Paris, fui surpreendido pela chuva de olhos que caía sobre mim. Tirá-la para dançar foi um erro imperdoável. Logo descobririam quem eu realmente era, o que poderia comprometer o sucesso da investigação. Lembrando a mim mesmo que estava ali a trabalho e não a lazer, abandonei a festa enquanto era tempo. Antes de bater em retirada, porém, não deixei de me despedir da jovem com um aceno.

No dia seguinte, uma mucama de olhos assustados me procurou na pensão. Trazia um bilhete sem assinatura com a seguinte mensagem:

Espero que o senhor não perca a peça de amanhã no Teatro Lírico. Se não for pedir demais, use um lenço de seda azul ao pescoço.

Só podia ser a moça do baile. Logo descobri que se tratava de sinhazinha Mota, uma das herdeiras mais invejadas da corte (daí o porquê de tantos olhos sobre mim), dona de um dote que compreendia mais de quatrocentos escravos, três fazendas de café e milhares de contos de réis aplicados em ações do Banco do Brasil. Órfã de mãe desde a infância, era filha de José Joaquim Aristides Mascarenhas da Mota, o barão de Jaguaruna, um homem rude que sempre usava botas de montaria e jamais se afastava do seu chicote de fazendeiro.

Em vez de se aventurar num novo casamento, o barão preferiu criar os filhos sozinho. No trato com as mulheres, parece que fazia como boa parte dos senhores de escravos: valia-se das negras mais jovens e bem formadas da senzala. Era provável, portanto, que a branquíssima sinhazinha Mota possuísse dezenas de meios-irmãos extraviados nos cafezais do pai.

Hesitei, relutei, mas não resisti à tentação de ir ao teatro com o lenço no pescoço. Estava em cartaz uma montagem de *Romeu e Julieta*, mas quase não dei atenção ao palco, ocupado que ficara em contemplar a faceirice de sinhazinha, que de minuto a minuto se preocupava em sorrir para mim. Sentada ao lado do pai, no camarote, exibia sua beleza à prova de ressalvas. Seu único defeito, segundo confidenciava às amigas, era ser alta demais para uma dama. Usava uma fita azul para prender os cabelos, detalhe que a princípio me passou despercebido. Só mais tarde soube que, entre as moças da corte, era costume combinar as cores com os pretendentes, sinal de que nossa história já tinha um começo.

Para minha decepção, todavia, não passava de um começo que encontrou o fim antes de alcançar o meio. Foi impossível conversarmos no teatro, tanto no intervalo quanto na saída, já que o barão se mostrava uma sentinela eficaz. Mais tarde, assim que cheguei ao meu quarto, escrevi uma carta que nunca obteve resposta. Na noite seguinte, localizei a residência da família Mota, no Catete, e comecei a jogar pedrinhas nas janelas do segundo andar. Quanta patetice! Lá estava eu, do alto dos meus 36 anos, desejando que a vida me proporcionasse uma última temporada de Romeu.

"A despedida é uma dor tão doce" — diria Julieta, ou melhor, sinhazinha Mota —, "que estaria repetindo 'boa-noite' até que chegasse o dia".

Quando um vulto estranho abriu a janela — a mucama que me trouxera o bilhete na pensão? —, achei que seria melhor desistir e voltar para casa.

Pouco demorou para que os boatos atingissem meus ouvidos. Sinhazinha Mota havia partido para um destino ignorado, possivelmente a casa dos tios no Nordeste, onde passaria uma temporada de descanso. Atento a todos os movimentos da filha, o barão de Jaguaruna jamais permitiria que ela se envolvesse com um marinheiro pobretão, segredo rapidamente desvelado pelos fofoqueiros que me viram no baile e no teatro.

Admito que minha primeira reação foi de revolta, e revolta juvenil, passional, aguerrida, que me incentivava a cruzar o país e encontrar sinhazinha onde quer que fosse. Um pouco mais tarde, ao refletir melhor sobre o assunto, entendi que estava sendo precipitado. Será que ela realmente desejava me reencontrar? Seria inútil enfrentar o barão para fazer papel de palhaço. "Na dúvida, espere", dizia o Capitão Evans[6], um conselheiro que eu costumava ouvir.

Naturalmente, isso não impediu que eu ficasse um longo tempo com a cara amarrada. A fim de me distrair da frustração, dediquei-me de corpo e alma ao Caso do Teatro. Quando enfim encontrei Aimée e a devolvi ao público do Alcazar, *monsieur* Arnaud abriu a carteira para fazer o pagamento. Rejeitei a maior parte da recompensa, disse que não ligava para dinheiro e que só havia cumprido o meu dever. Se ele não se ofendesse, aceitaria apenas o valor de uma passagem de volta à Inglaterra. Eu estava farto do Brasil. Com a venda do último lingote de ouro, adiantei o aluguel até o dia marcado para a minha partida.

Sem ânimo de voltar às anotações sobre os capoeiras, dediquei o resto do tempo a rabiscar bobagens nostálgicas das quais me envergonharia mais tarde. Ao compreender que sinhazinha, tão imatura e angelical, fazia-me recordar a esposa que perdi em Londres, senti o terrível desejo de saborear uma bebida de procedência honesta, raridade que, por aqui, só encontrei no baile da viscondessa de Silva.

Nesse sentido, tristemente, eu só podia recorrer a taverneiros como o Araújo, o maior e mais descarado falsificador de uísque da cidade. A primeira vez que lhe pedi um Scotch foi também a última. Para complicar, nunca me adaptei à aguardente brasileira, forte porém insípida, tampouco à cerveja da terra, fermentada demais, tanto que, para conter a pressão sob a rolha, era necessário fixá-la com um cordão enrolado no gargalo.

Na taverna do meu amigo, vinho era o máximo que a coragem me autorizava a enfrentar. Assim, ao fim de cada dia, enquanto aguardava a data do embarque, resignei-me a cumprir o ritual de beber e pensar para em seguida pensar e beber.

Foi quando o acaso, de novo ele, e dessa vez na forma de um moleque que queria localizar a mãe, entrou pela porta e, com um par de rasteiras, derrubou os meus planos, as minhas decisões, e me obrigou a seguir por um caminho inesperado.

Dia de festa na corte

Não consegui dormir durante a noite.

Estava com o espírito pesado por causa da surra que tomei na taverna. Um verdadeiro banho de fumaça, como disse o Araújo, copiando o linguajar subterrâneo dos delinquentes. Mesmo com minha experiência nas ruas de Londres, Paris e Marselha, não tive condições de me esquivar dos ataques do capoeira. Ora, ataques! Tentei convencer a mim mesmo de que fui prejudicado pela embriaguez, mas o fato é que o moleque estava apenas se divertindo às minhas custas. Ou possuía qualidades excepcionais para os jogos de destreza corporal, ou o sistema de pugilismo que praticava era superior, não apenas ao savate, mas a todos os outros que conheci em minhas viagens.

Vitorino não passava de uma criança crescida, mas tinha atitude guerreira, algo que deve ter aprendido com os pais ou com outros negros oriundos da África. Admirei-me quando disse que se chamava Quissama, denominação de uma tribo que conheci em minha passagem por Angola, um grupo que vive às margens do rio Cuanga e se caracteriza por uma conduta de estoicismo e bravura. Ao contrário do que acontecia nos Estados Unidos, os escravos do Brasil não usavam os nomes dos donos, mas dos portos em que eram forçados a embarcar para a América. Quase todos, por isso, perdiam as referências de origem. Manter a tribo no nome significava um histórico de orgulho e determinação acima do comum.

Quando o sol já estava alto, sentei-me na cama e mais uma vez vislumbrei o colar que ficara comigo depois da luta. Notei um cordãozinho de ouro no interior da corrente, adorno curioso e, no meu entendimento, pouco comum em joias do gênero. Para que serviria, se é que servia para alguma coisa? Seja como for, era uma peça belíssima. Decerto valia o dobro ou mesmo o triplo do que pude calcular à primeira vista.

Se eu fosse mais jovem e menos experiente, é provável que cedesse à tentação de fugir com o tesouro na algibeira. Àquela altura da vida, porém, não era preciso ter viajado por cinco continentes para saber que a riqueza fácil costuma vir acompanhada de consequências difíceis, de modo que o mais sensato era entregar a peça às autoridades e voltar para casa com a consciência tranquila. Apesar desse raciocínio, senti vontade de ficar o resto do dia no quarto. Procuraria o chefe de polícia no fim da tarde, ou apenas na manhã seguinte. Conferi o bilhete do vapor sobre a cômoda e confirmei que ainda dispunha de dois dias no Brasil.

O caso é que fogos de artifício começaram a espocar na direção do Paço Imperial. Fui até a janela e vi a rua Direita tomada por uma procissão de pretos e pardos que carregavam a imagem de São Sebastião e entoavam ladainhas com nomes de deuses estranhos ao cristianismo. Mais ao longe, avistei uma banda tocando canções em estilo festivo. Diante dela havia três escravos se contorcendo em piruetas que desafiavam a credulidade dos observadores. Eram capoeiras exibicionistas, muito comuns nas ruas da cidade. Mesmo em sua condição de cativos, eram temidos e até respeitados por seus conterrâneos.

Desgostoso com o barulho que aumentava a cada minuto, lavei-me, vesti-me, ocultei a bolsa com o colar no interior da camisa e desci para a sala de refeições. As mucamas haviam acabado de retirar a mesa.

— Bom dia, senhor Woodruff — disse a viúva Jandira, que me encontrou enquanto eu caminhava na direção do quintal. — Se o senhor quiser, mando servir o *breakfast* mais uma vez.

Ao contrário das outras almas da pensão, que me tratavam por *"mister"*, a gorda mulher policiava-se para sempre me chamar de "senhor". Em compensação, quando possível, procurava temperar suas frases com expressões de língua inglesa. Fazia isso para agradar ao hóspede que pagava o aluguel adiantado? Ou seria mais por deboche, para zombar do estrangeiro que, graças ao disfarce de aristocrata, ostentava fumaças de falsa nobreza? Nunca consegui descobrir.

— Obrigado, minha senhora, mas não precisa se preocupar comigo. Eu só gostaria de entender o que está acontecendo lá fora. Por que estão soltando fogos a essa hora da manhã?

— Então não sabe?

— Não. É por isso que pergunto.

— Mas claro, que tolice a minha, como poderia saber se veio de um país tão distante e com hábitos tão diferentes? Hoje comemoramos uma data muito especial na corte. É o aniversário do nosso imperador. Quarenta e três anos! Vai ser o dia todo assim, com música, procissões, missas. Esses fogos que estouraram agorinha não são nada. Espere para ver à noite, que coisa mais linda.

— Pelo visto os brasileiros cultivam um grande amor por Dom Pedro.

— Ah, senhor Woodruff, não se iluda com as aparências. Eles gostam é de farra, de cantoria, de esbórnia, não sei se prestam atenção no pobrezinho do imperador. Mas acho que ele não se importa muito com isso, não. Dizem que detesta as folias do povo. Sorte que temos a princesa Isabel. Essa sim é que é festeira! Ela e o marido costumam oferecer as recepções mais chiques do Império. Na quarta-feira que vem, antes de subirem em definitivo para Petrópolis, abrirão as portas do palácio da rua Guanabara para um baile de fim de ano. Não se fala de outra coisa na corte. Ah, se eu pudesse estar lá…

Antes que a conversa se alongasse demais, agradeci à viúva e saí para tomar um pouco de ar no quintal. Sob a sombra das mangueiras, encontrei o português Miguel Coutinho Soares a entreter-se com seus exercícios matinais. Era marido da dona da pensão — um marido 27 anos mais jovem! — e por isso ficou conhecido na vizinhança como o Miguelzinho da Viúva. Não se importava que lhe fizessem chacotas, desde que isso acontecesse longe dos seus ouvidos. Nunca se metia nos negócios da esposa, mas também não trabalhava, preferindo passar os dias a perambular em sua charrete estofada. Vestia-se com apuro, encerava o bigode, repartia o cabelo ao meio e caminhava com uma planejada pose de fidalgo lusitano.

Apesar da elegância, tinha fama de fadista e baderneiro. Parece que fugiu de Portugal porque respondia a sete processos simultâneos por desacato à autoridade e perturbação da ordem pública. Andava sempre armado com uma navalha Rodgers e possuía incrível habilidade numa técnica de combate que os portugueses chamavam de jogo do varapau. Consistia em movimentar bastões ao redor do corpo, a fim de criar uma zona de proteção, e inesperadamente atacar os inimigos com pancadas circulares ou estocadas de longo alcance.

A mesma curiosidade que eu tinha em relação aos capoeiras me levou a questionar Miguel sobre os princípios da sua arte. Tornamo-nos amigos, a ele ensinei alguma coisa do savate e do *canne*[7] francês, e com ele aprendi a manejar um porrete de petrópolis, uma das armas prediletas da bandidagem fluminense. No que diz respeito ao refinamento dos golpes de bastão, não havia sistema mais elaborado que o jogo do varapau. Possuía séculos de existência, nascera no norte de Portugal, entre os pastores e os camponeses que passaram a usar seus cajados em situações de perigo, e chegou ao Brasil pelas mãos de imigrantes como Miguel.

Ele se exercitava todas as manhãs — "para não perder o requebro", dizia — e a cada dia se tornava mais destro com seus bastões de carvalho. Quando cheguei ao quintal, executava uma sequência de movimentos tão velozes e ritmados que, em vez de enxergar a arma, eu apenas ouvia os zunidos que ela produzia no ar.

— Bravo! — aplaudi. — Daqui a pouco não precisas mais correr da polícia!

Antes de dar por mim, Miguel terminou de rodopiar o bastão e, num golpe desferido contra um galho de mangueira, fez com que uma das frutas se despedaçasse em dezenas de estilhaços amarelados.

— Ora, vejam, se não é o meu velho amigo bretão, o mais legítimo servo da rainha Vitória.

— Pelo que acabei de observar da minha janela, parece ser mais recreativo servir a Dom Pedro II.

— E o que achas que estou a fazer em terras de além-mar? Morro de saudades de Lisboa e do meu Minho, mas aqui a vida é melhor e mais alegre. Sobra-me tempo para os jogos e a diversão.

Sem o menor aviso, Miguel se aproximou e, boleando o bastão mais uma vez, tratou de projetá-lo em direção a mim. A madeira parou a uma polegada de espicaçar o meu crânio. Senti o deslocamento de ar contra os meus cabelos, mas não me mexi, com exceção de uma breve piscadela, porque sabia que o português estava testando o meu sangue frio.

— Isso se chama controle! — gabou-se ele.

— Nada mal. Pena que sejas indefeso com as mãos vazias.

— E eu sou homem de me afastar das armas? Bem sabes que sempre levo a bengala aos meus passeios. Em falta de um pedaço de madeira qualquer, cá tenho a minha sardinha de estimação. — Sacou a Rodgers e, num passe de mágica, estava com a lâmina aberta e pronta para o pri-

Senti o desfocamento de ar contra os meus cabelos, mas não me mexi.

meiro corte. — O que houve, meu bom inglês? Não te animas com a demonstração das novas técnicas? Faz dias que não apareces para a nossa ginástica do varapau. Mas hoje vamos recuperar o perdido. Pega ali o teu petrópolis e vem jogar um bocadinho com teu amigo.

— Perdão, mas hoje será impossível. — Apalpei a joia no interior da camisa. — Tenho de resolver um assunto urgente.

— Mas que assunto é esse que não pode aguardar o recreio de dois camaradas? Deixa para depois, homem! Aproveita para te adestrares enquanto estás no Brasil. Depois, na Inglaterra ou seja lá para onde fores, não haverá ninguém com quem praticar o joguinho dos portugueses. E eu, por cá, também fico em desvantagem, sem o meu instrutor particular de savate. Afinal, meu velho, vais mesmo nos deixar a esta altura do calendário? Por que não ficas para o Natal e o Ano-bom? Bem sabes que na pensão estás em família. Além do mais, sequer viste como são animados o Entrudo e o carnaval da corte. Perdão por dizer, mas é uma estupidez partires assim, sem mais, de uma hora para outra.

— Talvez tenhas razão, mas já comprei o bilhete do vapor.

— Isso é desculpa que se dê? Diga-me ao menos a verdade: se estás a partir por causa daquela rapariga mimada, saibas que não vale o sacrifício.

— Te referes a sinhazinha Mota?

— A quem mais? Não foi essa a moça que te arrancou o sossego e uma parte do teu próprio bom senso? Depois que encontraste madame Aimée e te tornaste famoso no Rio de Janeiro, todas as mulheres disponíveis e até muitas das indisponíveis ficaram doidas para te conhecer.

— Que me importa a fama? É por causa disso que o pai de sinhazinha implicou comigo. Pensa que sou um marinheiro dado a brigas e bebedeiras.

— E não és, homem de Deus? De nada adianta ficares aí, cabisbaixo, triste como um bode a ruminar pelos cantos. Passas o dia escondido no teu quarto e a noite a encher os bofes no Araújo. Nem pareces ser bretão. Ou pensavas que o sistema de castas do Brasil seria mais brando que o da tua amada Inglaterra?

— Seja lá por qual motivo, sinhazinha foi obrigada a viajar contra a vontade.

— Como é que podes ter certeza?

— Tendo.

— Ora, tendo! Falas como quem duvida das próprias palavras. Não és tu o especialista em encontrar pessoas desaparecidas? Por que resolveste voltar a Liverpool em vez de empreender uma busca à tua gaivota desgarrada? Deixa que eu mesmo respondo: tens medo de dar com os cornos na porta e descobrir que ela viajou sem derramar uma mísera lágrima. Assim que o pai lhe exibiu a passagem, a moça pôs-se a bater palminhas saltitantes e, poft!, era uma vez o inglês das investigações.

— Melhor parar, Miguel, começas a romper os limites da nossa amizade.

— Para concluir, apenas para concluir, diga-me por que ela não te escreveu uma única cartinha de despedida.

— Ora, por quê! Estava sob a vigilância do pai.

— Vigilância! Lamento informar, amigo, mas não existe vigilância capaz de dobrar os caprichos de uma mulher decidida, ainda mais se for uma sinhazinha namoradeira e cercada de mucamas subornáveis...

— Vê como fala, ô bilontra! Mais respeito com sinhazinha Mota! Mais respeito comigo!

— Oba! Até que enfim temos os ânimos levantados! Pega ali o teu petrópolis, vamos brincar.

Sim, sim, eu já devia saber que o patusco Miguelzinho da Viúva só estava me provocando porque carecia de um parceiro para seus treinos. Entendendo a estratégia, baixei a guarda e respondi que me sentia indisposto. Diante da insistência, desculpei-me mais uma vez, pois agora tinha pressa em entregar o colar às autoridades, e abandonei o quintal.

— Perdão, meu amigo, perdão — disse atrás de mim. — Eu estava a caçoar quando falei de sinhazinha. Era apenas uma galhofa. Uma galhofinha de nada, inofensiva e sem graça.

Acenei para dizer que tudo estava bem.

Com a mão sobre o colar, atravessei por dentro da pensão. No caminho, obriguei-me à gentileza de cumprimentar sinhá Aurora, uma hóspede que vivia massacrando o piano da sala, e o senhor Alberto Quintanilha, um velhinho que passava os dias lendo e relendo a *Semana Ilustrada*. Saí direto no burburinho da rua Direita, muito mais cheia que o habitual.

Passava um pouco das dez. Um novo grupo seguia um carro que levava, lado a lado, o retrato de Dom Pedro e a imagem de um santo bastante popular na corte, São Pedro de Alcântara, protetor da família imperial. Ao contrário da anterior, a atual procissão não era formada apenas por negros, mas por gente de todas as cores e extratos sociais. Alguns estavam descalços, outros bem-vestidos; alguns riam e tumultuavam as orações, outros cantavam como se fossem morrer no dia seguinte, quase choravam, tamanho o fervor de suas faces martirizadas.

Ouvi mais fogos de artifício às minhas costas, pelo jeito disparados do morro de São Bento. O povo rumava para o Largo do Paço, onde era certo que haveria um coro de saudações ao imperador. Adivinhei que encontraria o local tão cheio e agitado quanto um formigueiro.

Infelizmente, não pude chegar até lá para verificar se estava certo. Quando passava pela esquina com a rua da Alfândega, dois capoeiras surgiram do nada e me empurraram para fora da multidão. Muitos viram o que aconteceu, mas ninguém largou a reza para me ajudar.

— O que é isso? — gritei. — Quem são vocês?

Agarraram-me pela roupa, rasgaram uma manga do meu paletó, derrubaram meu chapéu. Acertei um dos agressores com um soco. O outro continuou me empurrando e um terceiro — que sequer avistei — aproximou-se por trás e cobriu minha cabeça com um saco de pano. Várias mãos me agarraram e me atiraram ao fundo de uma carroça que saiu em disparada.

Num minuto me encontrava com os pulsos amarrados às costas, sem poder enxergar nada, sem ao menos imaginar por que me capturaram e para onde estavam me levando.

Pancadaria na rua da Alfândega

Com a cabeça sufocando dentro do saco e o corpo prensado contra o soalho da carroça, sofri maus bocados por causa dos solavancos que o veículo dava sobre o precário calçamento da rua. Tentei me debater e me livrar do aperto, mas era inútil. Os capoeiras, com os joelhos apoiados nas minhas costas e na minha nuca, não me deixavam o menor espaço para reagir.

— Eia, avante! — ouvi os gritos do cocheiro. — Saiam da frente, saiam da frente!

O trânsito de carroças, seges, carruagens, caleches, cabriolés e tílburis era caótico no centro do Rio de Janeiro. Por causa disso, o veículo em que eu estava foi forçado a parar duas vezes. Meus raptores berravam para que ninguém atrapalhasse a corrida, xingavam, prometiam saltar para a estrada e esbofetear os idiotas que porventura barrassem a passagem.

Para onde estavam me levando? Ou mais importante: por que estavam fazendo isso comigo? Algo a ver com o colar que eu trazia no interior das minhas vestes? Era possível, mas até então não haviam me revistado à procura da joia.

Pelo que conhecia da geografia da cidade, tentei visualizar o caminho trilhado pela carroça. Por enquanto, salvo engano, corremos apenas em linha reta. Isso queria dizer que continuávamos na rua da Alfândega. Se nos próximos minutos não dobrássemos nenhuma esquina, o mais provável é que sairíamos no Campo da Aclamação.

Quando eu menos esperava, porém, a carroça parou pela terceira vez, e parou de forma mais abrupta, muito diferente das duas anteriores.

Ouvi novos gritos do cocheiro:

— Roda daqui, carrapeta, roda, roda!

E dos dois que me seguravam:

— Arreda por cima! Arreda por cima!

O que queriam dizer com aquilo? Só podia ser um palavreado próprio das maltas, para o qual meu português era insuficiente. Continuei ouvindo o que ocorria ao meu redor e tentei remontar a cena que se desenhava com palavrões e urros de batalha, bem como ruídos de — golpes? sim, eram golpes — provavelmente aplicados contra a cabeça do cocheiro.

De um segundo a outro, os joelhos saíram de cima de mim, deixando-me livre para me movimentar no fundo da carroça. Embora não soubesse o que estava acontecendo, entendia perfeitamente que era o momento de me livrar das amarras e do saco em minha cabeça. Mais golpes estalaram nas proximidades, então acompanhados de queixas de dor. Os cavalos puxaram a carroça por mais alguns metros. Depois pararam, mas pararam de mansinho, sem que ninguém ordenasse.

De pé, ainda com as mãos presas e desnorteado pela

falta de visão, escutei uma voz que, se não era de todo familiar, definitivamente não era de fácil esquecimento:

— Vosmecê está bem?

Quando o saco foi puxado da minha cabeça, a primeira coisa que vi foi um moleque empoleirado na boleia da carroça.

— Vitorino Quissama?!

— Vim para livrar vosmecê.

— Livrar? Estás me seguindo, isso sim!

Olhei ao redor e entendi que os cavalos haviam parado porque, sem condução, desviaram-se do caminho e encontraram uma parede pela frente. O cocheiro estava caído no meio da rua. Mais atrás, sob o olhar dos curiosos, os dois outros agressores começavam a se reerguer para investir contra nós. Vitorino dera um jeito de jogá-los para fora da carroça.

— Então resolveste me seguir? Responde, moleque!

— Agora não dá tempo de bater papo — disse enquanto tentava, às pressas, soltar as amarras que envolviam os meus pulsos. — Vosmecê não se importa de dar uma mãozinha com esses três? Desconfio que a briga vai continuar.

Os dois capoeiras já estavam bem perto. Refeitos e cheios de ira, haviam sacado as navalhas e pareciam resolvidos a lavar o calçamento com o nosso sangue. Vitorino não conseguia desatar os nós que deram na cordinha. Não teve outra escolha além de me deixar com as mãos amarradas e continuar sozinho na peleja.

— É comigo! É comigo!

Numa acrobacia reprovável por todos os princípios do savate e do bom senso, saltou da carroça, girando o corpo em pleno ar, e atingiu um dos capoeiras com uma pancada reversa de calcanhar. Antes que encerrasse o salto, e isso foi incrível, uma nova pancada, aplicada com a outra perna, levou o oponente a nocaute. A metros da façanha,

45

o segundo agressor recuou. Mesmo com a navalha aberta, hesitava diante do garoto que gingava à sua frente.

No outro lado, o cocheiro começava a se levantar. Parecia tonto. Mesmo assim, num gesto instintivo, levou a mão à cintura, donde previ que sacaria uma arma de fogo. Meu sangue gelou. Mesmo com as mãos amarradas, pulei da carroça e corri na direção do bandido. Quando chutei seu estômago, um revólver caiu no chão. Um segundo chute, este circular, pôs o cocheiro para dormir de uma vez. *God save the savate!*

Seria justo que confiscasse a arma para mim. Com as mãos inutilizadas, porém, limitei-me a chutá-la para longe. Pensei que algum dos curiosos que assistiam ao espetáculo apanharia o revólver. Correram do objeto, isso sim, ou para chamar a polícia, ou para chegar mais cedo à procissão e deixar para trás o que acabaram de presenciar. Assim era o povo do Rio, uns muito valentes, outros muito covardes e todos muito traiçoeiros, mas isso eu já sabia desde que desembarcara na cidade.

Voltei ao cocheiro, pisei em seu peito e exigi que me desse algumas respostas:

— Quem são vocês? Por que tentaram me sequestrar? Para onde estavam me levando?

— Deixa — disse Vitorino, que se aproximava esbaforido. Nesse meio tempo, havia dado cabo do segundo capoeira. — O coitado não pode falar. Mesmo que pudesse, jamais tocaria o nome de Ioiô.

— Ioiô? Que caçoada é essa, moleque? O que está acontecendo aqui?

— É melhor a gente fugir. Os urbanos devem estar a caminho.

Agarrou o meu braço e me fez entrar por uma viela que se abria à nossa direita. Era ridículo, não havia a menor razão para abandonar o local. Ao contrário do moleque, eu não estava me escondendo de ninguém, tampouco cometi qualquer delito contra as leis do Brasil. Fui agredido, nada mais.

Mesmo assim acompanhei Vitorino em sua corrida por sobre os caixotes de bananas e os galináceos desavisados que encontramos pelo caminho. Se já é difícil fazer isso com total liberdade de movimentos, imagine com as mãos atadas às costas. No fundo, eu estava ansioso para interrogar o moleque sobre o que acontecera na rua da Alfândega, e mais ansioso ainda para resolver a questão do colar.

Corremos durante dez ou quinze minutos, vencemos uma boa distância até alcançarmos um terreno baldio que ficava próximo ao morro do Livramento.

— Chega! — exclamei, exausto. — Não aguento mais correr.

— É melhor encontrarmos um esconderijo.

— Estamos seguros aqui.

Virei-me para que ele pudesse libertar minhas mãos. Em vez de fazer isso, continuou enchendo meus ouvidos de advertências.

— A polícia pode aparecer de repente. E os navalhistas também. Duvido que só venham em três.

— Já disse que estamos seguros. Sabes quem são aqueles sujeitos?

— Sei, mas prefiro não contar.

— Como não, moleque? Eles tentaram me sequestrar. Por que fizeram isso?

— Vosmecê não vai gostar de saber.

— Ah, vou sim. Vais me explicar cada detalhe do que está acontecendo, a começar por teu próprio comportamento. Apareceste na carroça porque andas a me seguir, é isso?

— Juro que não.

— Juras?

— Juro por Santa Rita.

— De novo essa Santa Rita! Aposto que passaste a noite vigiando a pensão.

— Não é isso. Nunca segui ninguém. Nunca vigiei ninguém. Estou apenas protegendo vosmecê.

— Protegendo? Ora essa! Agradeço a preocupação, mas sei me cuidar sozinho.

— Não era o que parecia uns minutos atrás.

— Quanta petulância! Só porque tiveste sorte no Araújo, não significa que possas falar comigo dessa maneira. Por que não tentas me derrubar mais uma vez? Agora não estou alto por causa do vinho, tampouco me pegarás de surpresa como ontem à noite. Mesmo com as mãos imobilizadas, tenho os pés para te dar a lição que mereces. Vem, se tiveres coragem!

— A última coisa que quero é brigar com vosmecê. Careço dos seus serviços para encontrar minha mãe.

— Além de petulante, és teimoso. Decerto pensas que por estares me "protegendo" dos perigos que tu mesmo puseste no meu caminho, voltarei atrás em minha palavra. Pois saiba que Daniel Woodruff não é homem de cuspir para depois lamber. Em guarda! Vamos desfazer o equívoco de ontem. Deixa-me mostrar que, apesar desses teus saltos e cambalhotas, não és verdadeiramente páreo para mim.

Avancei para bater em Vitorino, mas ele se afastou sem revidar. No que avancei com mais insistência, contentou-se em esquivar-se e posicionar-se fora do meu alcance. Levantou os braços e, com a tristeza estampada na face, repetiu que não voltaria a lutar comigo.

— Pedaço de mequetrefe! — xinguei. — Se tens medo de me enfrentar uma segunda vez, que diabos estás fazendo que ainda não tiraste esta maldita corda dos meus pulsos?

— Por que vosmecê grita desse jeito?

— Porque parece que és surdo!

— Vosmecê deveria se acalmar.

— Queres saber de uma coisa, moleque? Chispa já da minha frente! Vai para o inferno, mas vai agora, lá talvez consigas encontrar essa mãe de que tanto falas. Quanto a mim, só quero sair desta cidade de loucos e retornar depressa a Liverpool.

Sem mais nada para dizer, afastei-me de Vitorino por uma trilha que cruzava o terreno baldio. Logo encontrei um velho que puxava um burro de carga pelo cabresto. Virei de lado e exibi minhas mãos atadas.

— Cavalheiro, por gentileza, poderia ajudar a me livrar disto?

O velho tomou um susto exagerado. Deixou cair o palheiro, em pânico, recuou tropeçando nos próprios passos, depois lembrou-se do burro e voltou às pressas para levá-lo consigo. O que houve com ele? Deve ter estranhado a minha aparência deplorável, ou talvez tenha ouvido os brados que lancei contra Vitorino, ou quem sabe fosse um daqueles anciãos que ainda morriam de medo dos estrangeiros.

— Espere, por favor, não vá embora, não pretendo lhe fazer mal, só preciso do seu auxílio para...

— Viu como sou necessário? — disse Vitorino, que me seguia. — Não vai ser nada bonito chegar amarrado à pensão.

— Já não te mandei para o inferno?

— Já, sim senhor. É onde vivo desde que nasci.

— Mas o que...

— Aguentei até o dia que me separaram da minha mãe. Depois disso, decidi que era melhor morrer do que continuar sendo tratado como um bicho. Se não descobrir onde ela está, não tenho mais nada para fazer em cima do barro, não senhor.

Só agora pude perceber como o moleque estava desesperado. Não chorava, não sorria, quase não piscava, apenas me olhava fixo e triste, tão triste e tão fixo que só me restou levar a sério o que acabara de dizer. Por um instante, pensei que fosse cair de joelhos e implorar o meu auxílio. Felizmente, isso não aconteceu. Nas duas ocasiões em que havíamos nos encontrado, Vitorino provou ser orgulhoso demais — e arrogante demais — para aceitar a carapuça das vítimas. Imaginei que, em algum momento de sua curta e malfadada existência, tenha jurado (a Santa Rita?) que jamais se curvaria diante de ninguém. Tinha um objetivo, localizar uma pessoa querida, certamente a única que tinha apreço por ele, e lutava com todas as armas para transformar o sonho em realidade. Embora relutasse em admitir para mim mesmo, senti uma contraditória simpatia pela atitude do moleque, uma simpatia paterna, difícil de explicar. Aquietei-me, acalmei-me, mas continuei com o intuito de encerrar a discussão.

— Não te dás por vencido, não é mesmo? Então presta atenção que vou explicar pela última vez: é impossível, para mim, sair à procura de quem quer que seja por terras do Brasil. Não recuso o trabalho porque tenha algo contra ti, mas simplesmente porque pretendo embarcar para a Europa. Tens ideia do quão distante fica a Europa?

— Isso não está certo.

— Talvez, mas é o que vai acontecer. Hoje saí do meu quarto com o firme propósito de entregar o colar à polícia. Se me recuso a trabalhar para ti, é justo que também recuse a recompensa que me impuseste. Já que voltamos a nos encontrar, podemos aproveitar a oportunidade e resolver tudo agora mesmo. Se não queres desatar a corda dos meus pulsos, peço apenas que retire a joia da minha camisa. Está no mesmo lugar em que a depositaste na noite de ontem. Depois, se quiseres devolvê-la ao legítimo dono, ou entregá-la às autoridades, ou jogá-la no mar, isto já não é da minha conta.

— O colar é de vosmecê.

— É roubado.

— Era da minha mãe.

— De novo essa mentira?

— Ela ganhou de presente.

— Posso saber de quem?

Vitorino abaixou a cabeça e ficou em silêncio.

— Posso saber de quem? — repeti.

— Do maldito que se considera o dono dela. Depois ele arrancou o presente de volta e vendeu a minha mãe para longe.

— Ora, rapaz, ainda não entendes como funciona a cabeça dos senhores de escravos? Até parece que és tu o estrangeiro. Se eles compram e vendem, se exploram e açoitam, também se acham no direito de surrupiar os bens dos cativos. Qualquer juiz confirmará que o colar não pertencia à tua mãe e, portanto, não pode pertencer a mim.

— Pouco me importa o que dizem os juízes. Nenhum deles faria algo por mim. Fugi de casa para encontrar minha mãe, mas fracassei porque as pessoas evitam responder perguntas de pretos fugidos. Quando ouvi falar do Caso do Teatro, entendi que vosmecê é o único que pode me ajudar. Então decidi pedir ajuda, mas primeiro voltei e apanhei o colar, porque sabia que essa espécie de trabalho requer um grande pagamento. E agora... nem isso!... Vosmecê também resolveu fechar os ouvidos para mim.

— Lamento, moleque. Se houvesses me procurado uns meses atrás... Além disso, é difícil confiar em ti. Acabo de sofrer uma tentativa de sequestro, mesmo assim não revelas quem eram os sequestradores, gente que provavelmente conheces, tampouco o que queriam comigo, algo que, suponho, tenha a ver com o colar.

— Eles estavam a serviço do maldito.

— Maldito?

— O que se considera meu dono.

— E quem é essa pessoa?

Mais uma vez, Vitorino desviou os olhos e respondeu com o silêncio.

— Vamos, moleque, diz quem é.

— Eu não queria contar essa parte, não quero que vosmecê fique com medo.

— Medo? Não te preocupes que sou calejado nessa matéria. Ou dizes quem é o sujeito, ou a nossa conversa termina aqui.

— Alemão.

— Como?

— É o Alemão.

— Fala mais alto. Que Alemão?

— O Alemão Müller.

Será que entendi direito? As palavras me atingiram como bofetadas, ouvi as batidas do meu coração, passei por uma tontura que por pouco não me derrubou na frente do moleque. Ele estava se referindo ao maior e mais organizado criminoso de todo o Rio de Janeiro. Só então percebi o tamanho da tempestade que se armava sobre a minha cabeça.

Cabeça de Porco

Não foi difícil me livrar de Vitorino.

Depois que ele finalmente libertou os meus braços, retornei até a rua mais próxima e comecei a gritar para chamar a atenção de algum urbano que estivesse de passagem. Já que o número de policiais era pequeno para a extensão da cidade, a princípio o moleque continuou me seguindo, mas logo se viu forçado a se afastar e procurar algum matagal para se esconder.

Sabia que, se fosse pego, seria chicoteado e devolvido ao dono, que por sua vez também o castigaria com requintes de crueldade. Se isso não acontecesse, o mais provável é que fosse enviado à frente de batalha no Paraguai, sem sequer receber treinamento militar e sem a menor expectativa de voltar com vida.

— Guardas! — eu gritava. — Guardas!

Não teria feito isso se Vitorino aceitasse a devolução do colar. Mais teimoso que uma mula, insistia em dizer que aquele era o meu pagamento, recusava-se a admitir que eu estivesse cometendo a idiotice de desprezar uma fortuna em troca de um trabalho tão simples.

Seja como for, de nada me adiantava, àquela altura da história, entregar a joia às autoridades ou a alguma vala à beira da estrada. Logo os capangas do Alemão Müller voltariam a me procurar com um aparato maior e mais agressivo. Se eu quisesse resolver a situação e evitar transtornos com meu embarque e minha própria integridade física, só me restava uma coisa a fazer: visitar a toca do lobo.

O Alemão queria falar comigo, não queria? Pois muito bem. Resolvi apresentar-me por livre e espontânea vontade. Se o problema fosse o colar, estávamos a um passo de resolvê-lo. Se fosse qualquer outro mal-entendido, conversaríamos para aclarar a questão. Daniel Woodruff nunca foi homem de ficar se escondendo pelos cantos.[8]

Como atestava a minha própria experiência, não era preciso residir durante muito tempo no Rio de Janeiro para conhecer as milhares de histórias que circulavam a respeito do Alemão. Todos sabiam que ele e sua malta se encastelavam nos fundos do Cabeça de Porco, um dos maiores cortiços da cidade, que ficava nos limites da zona portuária, aos pés do morro da Providência, não muito longe de onde me encontrava no momento.

Pensei em apanhar um tílburi para chegar mais rápido, mas era complicado encontrar carros vagos naquela região, ainda mais porque, embarcados ou em grupos que seguiam a pé, as pessoas continuavam se dirigindo ao Paço para comemorar o aniversário do imperador. De vez em quando, ao longe, fogos de artifício estouravam para recordar que a corte passava por um dia especial. Peguei a pequena bolsa no interior da minha camisa, verifiquei se tudo estava certo com a joia e apertei o passo para chegar o quanto antes ao meu destino.

Enquanto caminhava na contramão das pequenas multidões que desciam para o centro, rememorei tudo quanto ouvira acerca do criminoso. Embora vivesse num cortiço e fosse ele mesmo um experiente capoeira, o Alemão nunca se comportou como um bandido comum. Tinha espírito aristocrata, usava fraque, cartola e pincenê, não raro frequentava os salões da corte e, ao que tudo indica, acalentava o sonho de receber um título de nobreza. Contentar-se-ia com uma comenda de barão, mas, à boca miúda, dizia-se que queria muito ser chamado de visconde.

Certos boateiros juravam que não era alemão de verdade, mas belga, húngaro ou sueco. Ou até mesmo brasileiro, não obstante o forte sotaque, tendo migrado há anos de alguma das províncias do sul. Como um Napoleão do crime[9], usava o seu conhecimento e a sua perfídia para efetivar golpes que envolvessem grandes somas em ouro, joias ou dinheiro vivo. Comandava, por isso, um complexo sistema de corrupção que envolvia os habitantes do Cabeça de Porco, a Guarda Urbana e certos indivíduos que trabalhavam no Paço Imperial.

Protegia e fazia-se proteger por políticos importantes do Império, tanto liberais quanto conservadores, e sempre empenhava o seu exército de capoeiras para coagir os eleitores durante os pleitos para a indicação à Câmara dos Deputados. Esse exército, diga-se de passagem, era formado por seus próprios escravos, que recebiam vultosos incentivos para roubar e até mesmo matar.

Se algum deles fosse preso, bastava ao Alemão apresentar-se às autoridades como proprietário e levá-lo de volta para as ruas. Era por isso que os policiais honestos odiavam certos senhores de escravos. Agora sabendo que Vitorino pertencia ao facínora, enfim compreendi o que quis dizer com "só roubei quando fui forçado". O Alemão devia estar possesso não apenas por causa do colar, mas principalmente por ter perdido um "soldado" tão talentoso quanto o moleque.

Sua malta vivia e agia em território guaiamum, seus escravos inclusive vestiam-se como guaiamuns, mas quase nunca se envolviam nas costumeiras brigas contra os nagoas. A menos que a rixa fosse vantajosa para os negócios, o Alemão abominava qualquer forma de disputa étnica ou territorial. Enquanto outros desperdiçavam tempo e energia numa luta que para ele não fazia sentido, preferia que seus homens corressem atrás dos lucros advindos do roubo, do estelionato, do suborno, do jogo e da prostituição.

Até aquela agitada manhã de dezembro, eu só havia visto o Alemão uma vez, e ainda assim de longe. Foi na saída do Alcazar Lírico, após um show de madame Aimée e suas cocotes. Qualquer um se impressionaria com a quantidade de capoeiras que faziam a segurança do patrão. Por uma dessas contradições que tornavam o Brasil tão singular, parece que era mais fácil cometer um atentado contra o próprio imperador.

Quando cheguei ao Cabeça de Porco, senti uma instintiva vontade de recuar. Os portões do cortiço foram construídos para lembrar a glória dos céus, mas era certo que ali existia um pedaço do inferno. Algumas crianças me cercaram em alvoroço, as menores pedindo esmolas, as maiores apenas me observando, e logo passei a ser vigiado também pelas mulheres que lavavam roupa, pelos velhos que espiavam de suas janelas e pelos poucos homens que permaneciam em casa num dia de festa.

Era quase meio-dia. Um longo repique de sinos iniciou-se no campanário da igreja vizinha em homenagem a Dom Pedro. Com a bolsa firme na mão esquerda, atirei uma moeda a um menino e pedi que me auxiliasse no labirinto que encontraria à frente:

— Como é que faço para encontrar o Alemão Müller?

O menino demorou a responder, balançou a cabeça em dúvida, pensei até que fosse devolver a moeda. Quando enfim levantou o braço e apontou um ponto vago no horizonte, outra criança saiu correndo e desapareceu nas entranhas do cortiço. Parece que o Alemão contava com um eficiente sistema de informações. "Tanto melhor", refleti. "Se eu demorar demais para encontrá-lo, ele logo providenciará uma forma de fazer isso por mim".

— Obrigado, menino — ironizei. — Acabas de me prestar o maior favor do mundo.

Até onde foi possível, segui o trajeto percorrido pelo pequeno informante. Virei à direita e encontrei um mar de lençóis estendidos em varais de roupa. A fragrância de limpeza se confundia com o forte odor que emanava do solo. Animais circulavam por toda parte, não apenas cães e gatos, mas também galinhas, patos, cabras e leitões. As lavadeiras, que conversavam e riam à farta, silenciaram ao perceber minha presença. Trabalhavam duro para pagar o aluguel, mas tudo ali era precário, improvisado e decadente, inexistiam as mínimas condições de dignidade humana.

Quem era o explorador da má sorte e da miséria daquela gente? O próprio Alemão? Pouco provável. Talvez viabilizasse o serviço de cobrança, nada mais. Pelo que me constava, era somente um inquilino do Cabeça de Porco. Inquilino privilegiado, mas inquilino. As más línguas davam conta de que o verdadeiro dono do cortiço era o conde d'Eu, esposo da princesa Isabel, boato que nunca se confirmara com tintas oficiais.

— Moço? — disse um rapaz macilento que se aproximou de mim. — Aonde o senhor pensa que vai?

— Já não sabes? — ironizei.

— Não faça isso. Eles vão matar o senhor. Matar e jogar o corpo na baía.

— Obrigado pelo aviso.

Ou deveria agradecer pela ameaça?

De qualquer maneira, isso queria dizer que eu estava no caminho certo.

Entre as dezenas de casinhas de porta e janela, algumas muito velhas, outras mais novas e bem cuidadas, subi um lance de escadas de pedra e passei para um ponto mais elevado do cortiço. Um homem puxava uma vaca com chocalho e um bezerro com o focinho amordaçado. Estava vendendo leite de porta em porta. Numa área mais ampla, perto de uma roça de mandioca e uma pastagem em declive, mais crianças brincavam de soltar papagaio e rodar pião. Os demais moradores continuavam me observando e, em certos casos, me advertindo com o olhar.

Então mais distante dos meus ouvidos, o repique de sinos continuava na igreja vizinha.

Depois do segundo lance de escadas, no que as casinhas começaram a escassear, dei de cara com um imenso galpão de madeira, vistoso e imponente, quase encravado na mata que cobria parte do morro da Providência. Como houvesse dois negros fortes e mal-encarados guardando as portas da fortaleza, concluí que ali ficava o quartel general do Alemão. Consideradas as diferenças de clima e arquitetura, lembrei-me dos castelos medievais que, do alto das montanhas, ainda dominam certos vilarejos da Europa.

Aproximei-me com cautela.

— É vosmecê o inglês que está hospedado na pensão da viúva Jandira?

Mais uma advertência, mais uma ameaça. Estava claro que sabiam tudo a meu respeito, quem eu era, donde viera, que buraco usava para me esconder, e por isso poderiam me encontrar com toda a facilidade. Nervoso, acabei respondendo em inglês, mas logo me corrigi:

— Sim, sou eu.

— Pau de fogo?

— Como?

— Está armado?

Em sinal de paz, abri as abas do paletó e deixei que me revistassem.

— Pode entrar. Ioiô está esperando.

Ioiô? Era dessa forma infantilizada que chamavam o Alemão?

Assim que avancei para dentro do galpão, as portas se fecharam às minhas costas. Agora seria fácil acabar comigo e atirar a minha carcaça no oceano. Duvido que os habitantes do Cabeça de Porco informassem à polícia que me viram no cortiço. "Bah!", pensei. "Seja o que Deus quiser! Se desejassem me matar, isso já teria acontecido no lado de fora. Não seria necessário que entrasse para me plantarem uma faca na garganta".

O interior do galpão era rústico, arejado, bem maior que uma senzala rural. Em vez de soalho, chão batido; em vez de móveis ou quaisquer objetos de decoração, pequenos catres enfileirados ao longo das paredes. O teto era alto, sem forro, com telhas nuas. Sob os caibros e travessas que sustentavam o telhado, contei sete candeeiros apagados.

Onde fui me meter?

Diante de mim, sisudos e inescrutáveis, havia pelo menos quinze capoeiras preparados para a ação. Entre eles estavam os dois que me imobilizaram no fundo da carroça. O primeiro tinha o rosto inchado na altura dos olhos. O segundo apresentava um laivo de sangue ressequido ao lado da boca. Tentei localizar também o cocheiro, mas este não se encontrava no recinto. Talvez fosse apenas o dono da carroça e não fizesse parte do bando.

— Daniel Woodruff, eu suponho.

Só agora notei, mais à esquerda, dentro de uma banheira instalada sobre um estrado de sarrafos, um homem tomando banho com o auxílio de uma escrava que lhe esfregava as costas.

— O famoso inglês que desvendou o Caso do Teatro! Fico feliz em conhecê-lo pessoalmente.

Então era este o terrível e odioso Alemão? Mas parecia tão diferente do dia em que o vi no Alcazar...

— Peço desculpas — continuou, solícito. Falava com polidez afetada. Parecia estar tratando com um chefe de Estado. — Mil desculpas por me encontrar em situação tão imprópria. É que sua visita redundou numa surpresa para mim. Depois do que ocorreu na rua da Alfândega, pensei que o senhor se esconderia até a partida do seu navio.

— Pensou errado.

— Sim, mas isso foi bom. Temos muito a conversar. Na verdade, gostaria de lhe fazer uma proposta. Uma proposta irrecusável.

— Não estou interessado.

— Não gostaria ao menos de ouvir o que tenho a dizer?

— Lamento, mas será inútil. O senhor deve saber que embarco depois de amanhã. Vim para resolver outro assunto.

No que tirei o colar da bolsa e o lancei para as mãos do criminoso, muitos dos capoeiras se agitaram, em alerta, e alguns fizeram menção de correr e me agredir. Definitivamente, porém, o chefe deles estava no comando. Com a mão direita apanhou a joia, com a esquerda — com dois dedos da esquerda — sinalizou para que todos se aquietassem.

— Se era isso que o senhor estava procurando — expliquei —, considere encontrado. Não tenho culpa de que a joia veio parar nas minhas mãos. De qualquer modo, nunca pretendi ficar com o que não me pertence. Espero que com isso fiquemos acertados.

O Alemão não respondeu. Levou um tempo verifican-

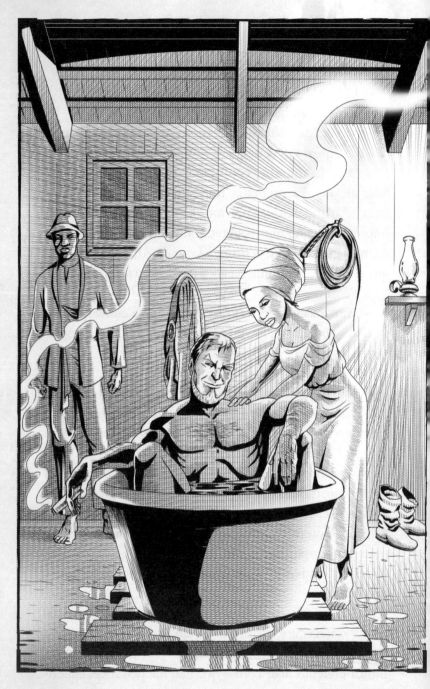

Um homem tomando banho com o auxílio de uma escrava que lhe esfregava as costas.

do o colar. Depois, com cinismo teatral, voltou a sorrir e a olhar para mim:

— Honestidade.

— Perdão?

— É disso que precisamos aqui, *mister* Woodruff, de pessoas em quem possamos depositar a nossa confiança. É óbvio que eu pretendia recuperar a joia, ela me pertence e será decisiva... quero dizer... será útil no futuro. No fim das contas, entretanto, não passa de um objeto mundano. O que importa é a saúde das pessoas, concorda? Mais uma razão para me desculpar pelo que aconteceu na rua da Alfândega.

— Aquilo foi desnecessário. Se queria falar comigo, por que não mandou me chamar? Bastava um bilhete.

— Foi o que fiz. No lugar de bilhetes, porém, mandei mensageiros.

— Mensageiros? Esses dois que estão próximos da sua banheira me atacaram de surpresa.

— Reitero minhas desculpas. Meus ajudantes cometeram tamanha estupidez porque foram provocados por... o senhor sabe... aquele traidorzinho macambúzio que se transformou numa verdadeira pedra no meu sapato... Se tivesse surrupiado o colar em outros tempos... mas agora... justo agora...

— Está falando de Vitorino?

— Espero que não tenham se tornado amigos. Minha proposta diz respeito a ele.

— Repito que não estou interessado, *Herr* Müller. Além do mais, o senhor está recebendo informações distorcidas. Hoje, quando esses dois me atacaram, o moleque sequer estava comigo.

— Como assim?

— Eles me agrediram antes de Vitorino aparecer.

O sorriso se apagou no rosto do Alemão. Fez sinal para que a escrava parasse de esfregar suas costas. Depois de um instante de silenciosas ponderações, virou-se na banheira e ordenou que os dois se aproximassem.

— Tiúba. Nocêncio. Isso que ele falou é verdade?

Os coitados não tiveram coragem de responder. O máximo que fizeram foi lamentar com as cabeças baixas. Ou muito me engano, ou ambos estavam à beira das lágrimas. Após um silêncio demasiado, durante o qual seus lábios começaram a tremer, o Alemão explodiu em gritos:

— Miseráveis! Por que não fizeram como mandei? Por que me deixam passar vergonha na frente de um estranho? Eu, que sou amigo! Eu, que sou irmão de todos os que estão aqui! Mas vocês não perdem por esperar, seus pulhas, seus bucéfalos! Ah, não perdem!

Espumando de raiva, apontou o dedo para um terceiro escravo e, numa língua desconhecida, talvez um dialeto africano, proferiu uma ordem que atirou metade da malta sobre os dois, a molestá-los e empurrá-los para os fundos do galpão. Tudo aconteceu rápido, num frenesi festivo acompanhado de berros, choro, assovios, uma balbúrdia sem par. Por um minuto, o caos tomou conta do ambiente. Curioso é que os escravos que seriam punidos não se atreveram à menor reação. Só pude concluir que, ou armaram o espetáculo para me amedrontar, ou, entre eles, esse tipo de procedimento era comum.

— Para o tronco, os dois! — gritava o Alemão, agora em português. — Setenta chibatadas em cada um! Setenta, não. Cem!

A cena em si era absurda, mas o pior veio a seguir. Enquanto o Alemão continuava maldizendo a incompetência dos infelizes, desviei meus olhos para cima e vi algo que me deixou sem fôlego. Como a mariposa que desconhece o medo e por isso sobrevoa a chama mortal, lá estava Vitorino Quissama, quieto, encolhido, agarrado a um dos caibros que se estendia para o canto mais escuro do telhado. Contraí as sobrancelhas numa mensagem de alerta: se o descobrissem ali em cima, uma tragédia poderia acontecer. Ao enxergar meu espanto, o moleque pôs o indicador sobre os lábios. Seu gesto implorava que não o denunciasse.

A malta do Alemão Müller

É lógico que eu jamais denunciaria Vitorino ou quem quer que fosse para aquele bando de malucos. O problema é que ele estava num esconderijo pouco seguro, podia ser descoberto a qualquer momento, bastava que um dos capoeiras olhasse para cima, mais ao canto, e desse o grito de flagrante.

Foi sorte que o avistei apenas na hora do tumulto com os dois que me agrediram, quando ninguém prestava atenção em mim, nem mesmo o Alemão, ocupado que estava em gritar e xingar. Se vissem a careta que se estampou na minha face, teriam procurado — e encontrado — o motivo da minha surpresa.

Mas que diabo o moleque pretendia ali? Como chegou sem que ninguém o visse? Como fez para subir àquela altura?

Claro: mais do que simplesmente desesperado, ele parecia estar obcecado pelo destino da mãe. Não se afastou de mim por medo da polícia, como pensei a princípio, mas porque anunciei que falaria pessoalmente com o Alemão. Vitorino viu nisso uma oportunidade de espreitar a conversa e quem sabe descobrir alguma coisa.

Tudo indicava que conhecesse o Cabeça de Porco e o morro da Providência como a palma da sua mão. Destreza e velocidade também não lhe faltavam para chegar es-

63

condido, acobertar-se no telhado e ficar atento às nossas palavras. Pena que desconsiderasse toda e qualquer forma de prudência. Se descoberto, não era de duvidar que seria derrubado a pedradas e espancado até a morte.

Desviei os olhos para baixo, disfarçando, não queria ser responsável por uma desgraça. Metade da malta estava nos fundos do galpão para castigar Tiúba e Nocêncio, a outra metade ficou montando guarda ao redor da banheira. O Alemão estalou os dedos para que a escrava voltasse a lavar suas costas. De um minuto a outro, passou da fúria à serenidade, e isso, conforme minha experiência, confirmava a frieza e a imprevisibilidade do seu caráter.

— *Mister* Woodruff! — disse, farsesco, era difícil saber se estava sendo sincero ou debochado. — Continuo devendo desculpas ao senhor, ainda mais agora, depois desse... digamos assim... contratempo doméstico.

— Não seja por isso, *Herr* Müller. Aceito todas as desculpas, sem problemas. Bem, o senhor está com o colar, já fiz o que tinha de fazer aqui. Se me der licença...

— Um momento, um momento. Ainda não ouviu a minha proposta.

— Melhor não desperdiçar o seu tempo. Preciso arrumar as malas para o embarque.

— Mas eu insisto!

E insistia mesmo, quase gritou para deixar claro que eu não sairia antes de ouvi-lo. Como desejasse manter a pose de bom anfitrião, voltou a sorrir com polidez.

— Peço apenas alguns minutos da sua atenção. — E voltando-se para o mais carrancudo dos capoeiras: — Tenório! O que estás fazendo que ainda não trouxeste uma cadeira para o nosso visitante?

— Agradeço a gentileza, mas estou bem assim.

— O senhor é meu convidado. Não posso oferecer muito em termos de conforto, mas hospitalidade é o que não falta entre nós.

O capoeira correu e trouxe um banquinho, mesmo assim permaneci em pé. Fiz um grande esforço para não levantar os olhos e, com a minha curiosidade, trair a posição de Vitorino.

Enquanto eu pensava em algo para dizer, uma segunda escrava entrou pela porta dos fundos. Era jovem e muito bonita. Embora estivesse em trajes mínimos, seminua, nenhum dos presentes — fui a exceção! — surpreendeu-se com os seios à mostra. Aproximou-se da banheira e, com a ajuda da outra mulher, despejou uma bacia de água quente sobre a cabeça do Alemão.

— Ah, que coisa boa! — gemeu ele. — Mais água! Vão, vocês duas, tragam mais água!

Elas saíram correndo, rindo, parece que se sentiam privilegiadas ao atender os caprichos do Ioiô.

— Por que não toma um banho, *mister* Woodruff?

— Preciso voltar para meus afazeres.

— Posso providenciar uma banheira e duas mulatas para auxiliá-lo.

— Seria muito agradável, mas estou atrasado e…

— Sabe qual é o segredo da minha saúde? Banho quente diário. É isso que recomendo a todos os meus amigos, inclusive ao senhor. Posso considerá-lo meu amigo, não posso?

O que ele pretendia com aquela conversa? Queria me impressionar? Ou apenas me ver caindo mais fundo na armadilha em que me meti? Admito que estava nervoso. Temia que, de repente, algum dos capoeiras apontasse o dedo para o telhado, gritando, e iniciasse uma caçada a Vitorino. Será que o moleque conseguiria fugir a tempo? Era a única alternativa. Mesmo com sua habilidade invejável, não teria condições de enfrentar a malta completa.

Desejei que fosse possível lhe enviar uma mensagem mental:

"Foge enquanto podes, idiota, mais tarde conto o que descobrir sobre a tua mãe".

Mas que diabo estava acontecendo comigo? Sem que desse por mim, começava a raciocinar como um investigador disposto a aceitar o caso.

— Posso ou não posso, *mister* Woodruff?

— O quê?

— Meu amigo. Posso considerá-lo como tal?

— Claro.

— Ótimo. O senhor já deve ter percebido que valorizo os meus amigos. Gosto de mimá-los e recompensá-los pelos mínimos favores. Estou mentindo, Tenório?

— Não, não. Ioiô está dizendo a verdade.

— Viu? Ninguém aqui me deixa mentir. Gosto inclusive de zelar pela saúde dos meus amigos, por isso indico os banhos. A receita, aliás, é decisiva para a saúde pública. Se o povinho do Império cultivasse hábitos de higiene pessoal, não teríamos tantas doenças mortais, não teríamos essa maldita febre amarela, tampouco crianças morrendo por motivos inexplicáveis. Outro dia comentei o assunto com um colega da cidade, Brian Gordon, o irlandês, não sei se o conhece. Concordou comigo no ato. Dez minutos depois, porém, admitiu que ele mesmo não convive muito com água e sabão.

Como se houvesse contado uma grande anedota, bateu com as palmas das mãos nas bordas da banheira e soltou uma gargalhada. Foi acompanhado pelos capoeiras, que não perdiam a oportunidade de bajulá-lo. Isso me trouxe um certo alívio. Quanto mais se distraíssem com banalidades, menos chances teriam de descobrir Vitorino.

— O senhor, que está há pouco tempo no Brasil, deve ter se admirado com a pobreza dos nossos chafarizes e o número reduzido de carregadores de água. É o que falta para o país progredir, na minha modesta opinião, ou melhor, não só na minha, pois todos os estrangeiros que conheço se assustam com isso tão logo desembarcam no cais. Duvido que também não tenha se assustado.

— Para ser sincero, fiquei assustado com outra coisa: a quantidade de indivíduos que compõem o elemento servil.

— Elemento servil? — ele começou a rir de novo. — Ouviram, rapazes? Elemento servil, é muito boa! O senhor deve ter lido alguma das mutretas que os abolicionistas publicam nos jornais. É pena que queira voltar para a Europa antes de conhecer a verdade sobre a América. Esses abolicionistas, *mister* Woodruff, essa corja, e só digo isso para preveni-lo, é formada por um bando de velhacos. Velhacos, não. Hipócritas. Têm vergonha de escrever a palavra "escravidão", mas vá verificar as casas e as fazendas deles. Estão cheias de negros trabalhando em troca de abrigo e uns míseros trapos para cobrir o corpo. Ora, abolicionistas! Vivem do tal "elemento servil", mas se acham civilizados demais para reconhecer que é a escravidão que carrega este país nas costas. Não me diga que o senhor se mistura com essa cambada.

— Misturar não é o termo, mas conheci alguns, conversei com outros. Pelo que sei, nenhum deles é proprietário de escravos. Ou conseguiram me enganar, ou são sinceros em seus propósitos.

— Claro, claro, existem os pobretões idealistas, gente que adora sonhar com um futuro dourado e fantasioso, mas eles seriam os primeiros a passar fome com a abolição. Seria o caos, o fim de toda a paz, faltariam braços para trabalhar no campo, faltaria comida, e faltaria para todos, sem exceção, para brancos e pretos.

Não fazia sentido discutir o assunto com ele, ainda mais ali, no ninho das serpentes, mas o fato é que a conversa acabou magnetizando a atenção de todos sobre mim. Isso poderia significar a salvação de Vitorino. Controlando-me para nunca olhar acima, resolvi pôr lenha na fogueira:

— Entendo seus argumentos, *Herr* Müller, mas eu, que sou inglês, fiquei um tanto desconcertado com a cena

67

que... bem... que acabei de presenciar. Posso supor que há dois homens sendo chicoteados lá fora. Mesmo que recebam essa espécie de punição por males que cometeram contra a minha pessoa, não se pode negar que estamos diante de uma indignidade.

— Indignidade, o senhor diz... Reconheço o nobre teor de suas observações... Entretanto, com o perdão da franqueza, indignidade é o que ocorre na Europa, especialmente na sua pátria, onde famílias de operários desempregados morrem de fome e de doenças piores que a febre amarela.

Com um sorriso triunfante, o Alemão voltou-se mais uma vez para os capoeiras:

— Tem alguém passando fome aqui em casa?

— Não, Ioiô.

— Tem alguém doente? Alguém que alguma vez ficou sem remédio?

— Não, Ioiô.

— Tem alguém que já foi castigado sem merecer?

— Nunca, Ioiô.

— Veja, *mister* Woodruff, veja que negros fortes e bem-compostos! Imagino que, na Inglaterra, apenas os artistas de circo tenham tamanha compleição física. Sei que o senhor é muito moço, nada tem a ver com o que aconteceu no passado, mas os ingleses lutaram tanto para acabar com o tráfico negreiro no Atlântico que se esqueceram de acabar com a miséria em seu próprio território. Os chamados abolicionistas, tão ceguinhos, coitados, são incapazes de enxergar a lógica da nossa realidade. De minha parte, prefiro ser prático. Prático e justo. Melhor: prático, justo e bondoso. Trato meus homens e minhas mulheres como se todos fizéssemos parte de uma família. Trabalhamos juntos, como sócios, e juntos dividimos os lucros. Verdade ou mentira, moçada?

— Verdade, Ioiô.

— Tem alguém aqui que quer a alforria?

— Não, Ioiô.

— Podem falar, não precisam ter medo. Se alguém quiser a alforria, basta pedir em voz alta. Dou na hora, com documentos e tudo. Mas que fique de aviso: a liberdade é um caminho sem volta! Nunca mais quero ver o ingrato na minha frente. Que fique pedindo esmola na rua do Hospício ou comendo caroços de jaca para não morrer à míngua. Aqui somos todos iguais, desde que todos cooperem e obedeçam.

As escravas já haviam retornado com mais duas gamelas de água quente, que aos poucos despejavam nos ombros e no peito do Alemão. Aproveitei o momento e ergui os olhos para o esconderijo de Vitorino. Ele não estava mais lá! Acaso tomou juízo e saiu do galpão? Continuava ouvindo a conversa a partir de outro ponto? Passeei meus olhos de um lado para outro, tentava avistá-lo, sem sucesso.

— Oh, Deus, como são malignos os ingratos! — Sem perceber meu desconcerto, ou pensando que eu estava rígido por causa de suas ideias, o Alemão continuou o discurso. — Imagine o senhor que, apesar do tratamento principesco que os negros recebem ao meu redor, houve um maldito Lúcifer que se revoltou contra mim, arrumou as trouxas na calada da noite e optou pela vida miserável que levam os foragidos. Vitorino Quissama, o vira-casaca! Como se a fuga não bastasse, teve a audácia de voltar e me roubar. Temos conhecimento de que tentou contratar o senhor para ajudá-lo a encontrar a mãe, outra molecagem que não merece perdão, que acabou envolvendo um estrangeiro em problemas exclusivos da nossa casa. Quando eu colocar as mãos no fedelho… Ah, *mister* Woodruff, a justiça será feita.

— Tenho dificuldade para entendê-lo, *Herr* Müller. Agora há pouco o senhor disse que daria a alforria a quem tivesse coragem de enfrentar a vida nas ruas.

— O caso de Vitorino é diferente.

— Mas por que não deixá-lo arcar com o peso da liberdade? Aposto que aprenderá a lição.

— Ele me apunhalou pelas costas, desapareceu sem mais nem menos, depois ficou zanzando nas nossas barbas, agiu como se fosse o pior dos judas, decidiu se meter nos nossos negócios. Precisa ser castigado e ficar de exemplo a todos que se deixam levar por caraminholas. O diabo é que está difícil devolvê-lo à coleira. Vitorino é jovem, quase uma criança, mas possui uma habilidade acima do comum. A culpa é minha. Tudo o que ele sabe aprendeu comigo. Bem, quase tudo, costumo guardar dois ou três truques na manga. Sabemos que ele confia no senhor, que vai procurá-lo mais cedo ou mais tarde. Quero que nos ajude a capturá-lo.

— O quê?!

— Não posso me desfazer do colar, mas peça o quanto achar conveniente. Podemos fechar o negócio agora mesmo.

— Já disse que não estou interessado.

— Diga um valor. Dinheiro não é problema.

— Estou deixando o Brasil.

— Só precisamos de um dia. Se conheço Vitorino, sei que vai procurá-lo ainda hoje.

— Quer que eu entregue um jovem à chibata?

— É um escravo fujão. A lei me dá o direito de puni-lo.

— Está me ofendendo, *Herr* Müller.

— Todo homem tem um preço.

— Talvez, mas minha honra não está à venda.

— Honra? O senhor disse que é meu amigo, não de Vitorino. Ter honra significa valorizar a amizade.

— É hora de me retirar. Passar bem.

— *Mister* Woodruff! Quem não está comigo está contra mim. Não me diga que vai ajudar o fedelho a encontrar a mãe.

— O senhor sabe que estou de partida.

— Também quero encontrá-la e fazê-la pagar por todo mal que causou a esta casa. Basta-me uma pista confiável.

— Pista? O senhor não se lembra para quem a vendeu?

— Mas eu não... O que foi que disse?... Ah, sim, acho que começo a entender. Foi isso que Vitorino lhe contou, que vendi a mãe dele? É mesmo um moleque ardiloso. Ela fugiu, *mister* Woodruff. Era a minha preferida, sempre foi tratada como a rainha do plantel, mesmo assim resolveu fugir. E fugiu porque não tinha amor a ninguém, nem aos irmãos e muito menos ao filho.

— Mentira!!!

Um grito — e um vulto — cortou a atmosfera do galpão.

Aconteceu o que eu temia, embora pelo lado reverso. Enquanto o Alemão vomitava a infâmia — "minha preferida", "não tinha amor a ninguém", "muito menos ao filho" — adivinhei que Vitorino, tão ágil em seus jogos de luta, mas tão desconcertado em sua imaturidade sentimental, não suportaria mais ouvir em silêncio. Saltou do esconderijo, agora no outro extremo do telhado, e correu ao encontro da banheira. Algo brilhava entre seus dedos, uma lâmina, uma navalha.

— Mentira — gritava. — Mentira, mentira!

Pulou para cortar o pescoço do Alemão.

Confronto desigual

Ao longo de minhas andanças pelo mundo, conheci inúmeros jogos de luta e, através deles, tive a chance de presenciar proezas que não são facilmente transmissíveis pela escrita.

Isso vale para os *savateurs* de Paris e Marselha, para os mestres do varapau na Península Ibérica, para os temidos praticantes de *wing chun* que conheci em Hong Kong e Fatshan e até mesmo para certos arruaceiros de Londres.

No entanto, as maiores demonstrações de ousadia, malícia, garra e espírito marcial, testemunhei durante aquelas que deveriam ser minhas últimas horas no Brasil. Não me refiro apenas à destreza de Vitorino Quissama, mas também à surpreendente capacidade de combate que descobri nos gestos tresloucados do Alemão.

Quanto ao moleque, vale a pena relembrar o que ocorrera na noite anterior, na Taverna do Araújo, quando me mostrou o que um capoeira de linha é capaz de fazer com um adversário desavisado. Verdade que não pude observá-lo a contento, pois eu é que estava sofrendo os golpes, bem como não tive condições de perceber exatamente o que fez contra meus raptores na carroça, já que meu rosto permaneceu coberto na parte inicial da briga e, na final, minhas atenções se destinavam a nocautear o cocheiro que tentara sacar um revólver.

Mas eu vi, e vi com uma clareza à toda prova, o que se passou no galpão depois que os gritos — "mentira!, mentira!" — estraçalharam a falsa calmaria do ambiente. Mesmo que Vitorino estivesse nervoso por causa das palavras lançadas contra a honra da mãe, sua ação preservava a intrepidez e a harmonia de sempre. Saltou das alturas com a agilidade de um gato, sem que seu corpo denunciasse o menor desequilíbrio, e gingou por entre os demais capoeiras, sem permitir que nenhum lhe encostasse as mãos, até se aproximar o suficiente do alvo que pretendia eliminar.

Quanto ao Alemão, espantou-me o sarcasmo com que acompanhava a investida de Vitorino. Contemplou e quase aplaudiu a sagacidade do moleque contra a inércia dos escravos, pegos de surpresa, e depois se deu ao luxo de aguardar o avanço do inimigo, o salto que se alongava na direção da banheira, o brilho da navalha que sorria no ar.

Ergueu-se num espasmo, mas ainda com o semblante tranquilo, e nu do jeito que estava, com o pé de apoio dentro da água, atingiu o corpo do moleque com um chute que os capoeiras chamam de bênção de peito.

Vitorino teve seu grito interrompido. Desarmado da navalha, que voou pelos ares, foi atirado para longe da banheira e da vingança, onde deveria enfrentar a chuva de pancadas que estava por vir.

— Pau nele! — gritou o Alemão. — Pau nesse miserável dos diabos que teve a audácia de nos desafiar!

Pensei que o moleque ficaria no chão, derrotado, deixando-se agarrar pelos antigos colegas que o cercavam. Em vez disso, levantou-se e enfrentou o disparo de socos e pontapés contra sua cabeça. Num impulso instintivo, avancei para o centro do confronto, mas tive de me conter porque três lâminas, que surgiram do nada, tocaram meu pescoço, prontas a cortar, e sinalizaram o descuido do meu ato.

— Quieto! — disse uma voz à minha esquerda.

— Quer morrer por nada? — disse outra, à direita.

— Melhor não se intrometer — completou uma terceira, já na minha frente. — É assunto de família.

Estavam atentos a todos os meus passos, desde que cheguei, e não hesitariam em me sacrificar se suspeitassem que isso fosse necessário para satisfazer as vontades do chefe. Era óbvio que Vitorino não podia se mexer direito, o chute do Alemão fora forte e certeiro demais. Mesmo assim rodopiava sobre si mesmo e lançava as pernas ao derredor para manter os oponentes a distância. Em nenhum momento tentou fugir. Enfrentava o perigo de cara limpa. E cometia assim um novo erro — pior do que ter deixado o esconderijo. Era apenas uma questão de tempo, e pouquíssimo tempo, até ser detido pelo grupo que crescia, pois os escravos que estavam com Tiúba e Nocêncio voltaram ao ouvir o estardalhaço no galpão.

73

— Vosmecê sabe achar gente sumida! — gritava o moleque durante a refrega. Dirigia-se a mim, mas não me olhava, não podia, estava ocupado em afastar os agressores. — Ache minha mãe... o nome dela é Bernardina... é uma africana de Angola... tem escaras no rosto...

Para ele, que à beira da derrota me passava o nome e as características de quem pretendia encontrar, era como se estivéssemos assinando um contrato, não em torno da joia ou outro pecúlio qualquer, mas de uma espécie de cumplicidade que nascera quando me esforcei para mantê-lo a salvo no telhado.

Para mim, que relembrava as tragédias da juventude, quando fui arrancado da convivência da minha mulher e daquele que seria o meu primogênito, era como se revivesse a luta inglória da criança que morre antes de nascer, que grita em busca do ar e da luz, que esperneia e se debate para perecer na indiferença do destino.

Se vivo fosse, meu filho teria mais ou menos a idade de Vitorino.

Ele já perdera as energias para a desigualdade da luta. Os capoeiras já não o atacavam com o empenho de antes. Contentavam-se em cercá-lo e deixá-lo ser tomado pela exaustão. Tinham todo o tempo do mundo, não precisavam se expor a golpes desnecessários, riam-se do bicho acuado que esperneava no meio da roda.

— Ache minha mãe! — dizia chorando, e chorava de raiva, abatido pela fadiga que se apoderava do seu corpo.

Um segundo antes de ser capturado, parou de rodopiar, abaixou os braços e finalmente olhou para a minha face idiotizada. Já não gritava, gemia.

— ... Ache... minha... mãe...

Os capoeiras caíram sobre o infeliz. Covardes, bateram sem o menor resquício de piedade. Vitorino desmaiou, teve as roupas rasgadas. Alguém lhe atirou um balde de água no rosto, fez com que acordasse para apanhar mais

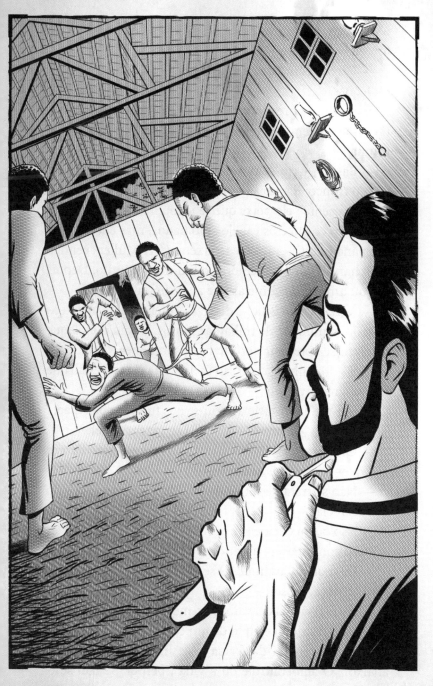

Os capoeiras caíram sobre o infeliz.

um pouco, para novamente desmaiar e sentir o terror do fim que o esperava.

— Parem com isso! — implorei. — Querem matar o moleque?

As navalhas pressionaram a pele do meu pescoço, bastava que dessem um talho horizontal para acabar com a minha vida.

— Basta! — riu-se o Alemão. — Podem levar o traste para o tronco. E aproveitem para soltar Tiúba e Nocêncio. É um presente pelo peixe que se jogou na nossa canoa.

Com o corpo e os cabelos molhados, mas coberto por um pano que a escrava lhe trouxera, *Herr* Müller acendeu um charuto para comemorar o seu novo triunfo. Depois calçou um par de chinelas e se aproximou de mim.

— Agradeço a visita — disse. — Infelizmente, não teremos oportunidade de trabalhar juntos. Como o moleque resolveu se apresentar por livre e espontânea vontade, os serviços do senhor já não são úteis a esta casa. Desejo que faça uma boa viagem.

Virou-me as costas e dirigiu-se aos fundos do galpão.

— Espere — chamei. — O que vão fazer com ele?

— Ora, ora, *mister* Woodruff, que tom é esse? Parece que quer se intrometer nos meus assuntos…

— Não se trata de intromissão. Ele já recebeu mais do que merecia.

— Isso quem decide sou eu.

— Se continuarem espancando o coitado, eu… eu…

— Eu o quê? Continue. O senhor está a ponto de fazer uma ameaça, é isso?

Mais pressão das navalhas no meu pescoço. Apertei os olhos ao sentir o princípio de um corte. Uma gota de sangue se desprendeu da ferida e deslizou por meu peito abaixo. "O autocontrole ou a vida", pensei. Se não sufocasse a raiva nascente nos meus lábios, receberia como resposta uma sentença de morte.

— Não é uma ameaça — respondi com dificuldade. — É um pedido. Poupe a vida do moleque. Ele errou, é fato, mas também demonstrou que tem valor.

Melífluo como uma serpente, o Alemão chegou mais perto e soprou a fumaça do charuto nos meus olhos.

— Não se preocupe, *mister* Woodruff. Sei como lidar com meus negros. Sugiro que volte logo para a Europa. O Brasil não é terra para um moço sensível como o senhor.

Com isso fui empurrado para fora do galpão. Ao fecharem as portas, os capoeiras deixaram claro que, se eu tentasse voltar, não seriam tão amigáveis e condescendentes. Atônito, sem saber como agir, sem saber ao menos o que pensar a meu próprio respeito, tentei dar a volta para ver o que estava acontecendo nos fundos. Era loucura. Ninguém poderia fazer mais nada por Vitorino, nem por mim, se insistisse em bancar o bisbilhoteiro. Ao perceber o tamanho da minha imprudência, virei-me e desci pelo Cabeça de Porco.

Usei o mesmo caminho da chegada, a pastagem, a roça de mandioca, as crianças que brincavam em grupos, o lance de escadas que ficava entre os domínios do Alemão e as centenas de casinhas caoticamente distribuídas ao pé do morro. Quando passei pelas tinas de lavar roupa, o rapaz que antes me lançara a advertência voltou a me abordar.

— Não mataram o senhor? É um milagre. Um milagre!

Ele batia palmas e se descabelava em risadas de escárnio, incitava as lavadeiras a rir e a me vaiar também. Por um instante imaginei que estivesse realmente surpreso com minha sobrevivência, mas tudo aquilo era falso e ofensivo. Os habitantes do cortiço, ou pelo menos uma parte deles, detestavam os intrusos na mesma medida em que amavam o sangue derramado pelo Alemão.

— Milagre! Milagre! Milagre!

Despertadas pela algazarra, as crianças surgiram de

todos os lados e começaram a atirar lama em cima de mim. Correr era a única alternativa ao meu alcance. Sorte que já estava perto dos portões, o que me permitiu sair sem maiores prejuízos. Por uma questão de segurança, continuei correndo para oeste, sob o olhar intrigado dos transeuntes. Só parei ao cruzar os trilhos da estrada de ferro e me misturar às árvores do Campo da Aclamação.

— Bando de cretinos! — resmunguei. Sentia o meu coração pulsando embaixo da língua.

Pela primeira vez em muitos anos, tive dúvidas sobre o acerto da minha conduta. Tentava convencer a mim mesmo de que havia feito o possível pelo moleque. Além do mais, seria patético se, a essa altura da vida, passasse a me envolver na sina dos outros. Eu estava de viagem marcada, não era amigo de roubos e sentia-me cansado de aventuras irresponsáveis. Fui coerente, portanto, ao devolver a joia e ficar limpo para sair do Rio.

Com efeito, eu só queria ir embora, esquecer os brasileiros, esquecer sinhazinha Mota, esquecer a escravidão, algo que de fato ultrapassava o meu entendimento. Mas a voz de Vitorino implorando meu auxílio me seguia galpão afora, me cercava e me questionava com um tom de súplica e decepção. Era isso que atirava lama e estrume no meu rosto. Um sussurro oriundo do passado sugeria que, no fundo, estava agindo como um covarde. Eu, covarde? Nunca apliquei o termo à minha pessoa.

Atormentado por meus pensamentos, desci a rua 7 de Setembro e avistei, na direção do Paço, uma nova nuvem de fogos de artifício. Os festejos em homenagem ao aniversário do imperador já estavam calmos, menos na rua Uruguaiana, pela qual entrei, cabisbaixo, e pus-me a flanar por entre o povo. Vendedores ambulantes aproveitavam o dia de festa para apregoar seus produtos à multidão. Vendiam frutas, doces, balas, biscoitos, leques, ventarolas e toda a sorte de quinquilharias domésticas.

Rodas de flautas e violões se espalhavam pelas esquinas, umas se ocupando em tocar polcas para o deleite de dançarinos embriagados, outras se empenhando em musicar as quadrinhas obscenas que nasciam sabe-se como e passavam a circular de boca em boca. Enquanto dois velhos tentavam lembrar e dispor na ordem correta os inúmeros nomes de Pedro II, um grupo de rapazes planejava visitar a praia da Gamboa, logo à noitinha, onde haveria uma roda de batuque com lundus, umbigadas e todas as outras danças dos negros.

Apesar de tantas distrações, no meio de toda aquela gente, no centro de toda a balbúrdia e o zunzum do populacho, a voz continuava fazendo eco na minha cabeça.

"Vosmecê sabe achar gente sumida... ache minha mãe... africana de Angola... escaras no rosto..."

Bernardina! Eis o nome da mulher que eu sequer conhecia e, mesmo assim, num intervalo de poucas horas, havia se precipitado como uma tempestade sobre a minha consciência. Se ainda mantinha na face as marcas características de sua tribo, pode-se presumir que tenha chegado num dos últimos navios negreiros que operaram antes da extinção do tráfico. Marcou-me a memória um comentário do Alemão: "era a minha preferida, sempre foi tratada como a rainha do plantel".

Considerando a beleza da escrava que trazia água para o banho do criminoso, era de se cogitar que Bernardina fosse uma mulher de encantos invulgares. Não poderia ser muito mais velha do que eu, talvez fosse até mais jovem, o moleque devia ter no máximo quinze anos, e é fato que, no Brasil, as escravas começam a procriar nos primeiros alvores da puberdade.

Porventura fora vendida, como dizia Vitorino? Ou será que fugira, como dizia o Alemão? Se a segunda hipótese fosse verdadeira, o que a teria incentivado a se arriscar numa fuga fadada à dor e ao martírio? Por que não levou o filho consigo, que poderia auxiliá-la e defendê-la como ninguém? O caso não era meu, não poderia ser meu, mas nem por isso deixava de ser intrigante.

Com a mente cheia de conjecturas, entrei na confeitaria do Alcazar Lírico.

Conforme anunciado no cartaz pregado à porta, mais tarde as cortinas do teatro se abririam para a apresentação de uma peça em homenagem aos bravos que combatiam no Paraguai. Em tempos de guerra, os cafés-cantantes do Rio se encheram de francesas que dançavam com as pernas de fora para louvar a bandeira do Império. Quando me sentei, aliás, vi algumas das dançarinas saracoteando pelas escadas que ligavam a confeitaria à sala de espetáculos.

— Peça o que quiser! — disse uma voz atrás de mim. Pelo sotaque francês e meio afeminado, só podia ser *monsieur* Arnaud, o proprietário. — É por conta da casa.

— Agradeço a hospitalidade — respondi —, mas tamanha cortesia me parece um exagero.

— Não seja modesto, *mister* Woodruff. Depois do que fez por este humilde centro de artes e diversões, será sempre o nosso convidado.

— Apenas cumpri meu dever de admirador. Madame Aimée é uma grande artista.

— Eu sei, eu sei, mas isso não significa que a sua investigação teve menos importância. Posso lhe fazer companhia?

Sem esperar resposta, *monsieur* puxou uma cadeira e sentou-se à mesa comigo. Balançou a cabeça, espantado:

— O que é isso no pescoço do senhor?

— Nada.

— Como assim, nada? É um corte. E está sangrando.

— É apenas um arranhão.

— Mas suas roupas estão sujas e rasgadas. Foi uma briga?

— Não. Quer dizer, sim. Mais ou menos. Alguém roubou o meu chapéu. Tentei recuperá-lo e o desfecho foi infeliz.

— Tudo isso por um chapéu? Ora, *mister* Woodruff, o senhor é um ótimo investigador e um péssimo mentiroso. Aposto que andou se envolvendo num novo confronto com o tal moleque capoeira.

— Mas como...

— As notícias correm, meu caro! Hoje não se falou de outra coisa nas janelas da Uruguaiana. Ao contrário do que se dá com o público do Alcazar, parece que a discrição não é o forte entre os fregueses do velho Araújo. Se me permite o conselho, *mister* Woodruff, um homem com a sua inteligência não precisa dessas coisas. O menino lhe passou uma rasteira, e daí? Quem se importa? Para que se desgastar com rixas e vinganças? E depois... os capoeiras... olha, é um perigo se meter com essa gente. O senhor tem sorte que não lhe fecharam o nó da gravata.

— Que gravata?

— A gravata vermelha, pensei que soubesse. É como chamam a degola, uma navalhada que enfeita o pescoço do defunto com um laço e uma fita de sangue.

Dentre os inúmeros vícios de *monsieur* Arnaud, a confusão era de longe o mais insistente. A "gravata vermelha" nada tinha a ver com os capoeiras. Era um eufemismo militar usado no Paraguai, onde a degola parecia ser uma prática comum do exército brasileiro. Senti vontade de contestar o dono do teatro, mas desisti porque os gritos de Vitorino atravessavam a cidade e batiam em cheio nos meus ouvidos.

— Um corte profundo na jugular! — dramatizava ele. — Bela despedida para um estrangeiro ilustre como o senhor, não? É por isso que o Brasil possui má fama na Europa. Se a polícia não tomar providências, os capoeiras vão terminar de destruir esta cidade. Daqui a pouco nem

81

as cocotes virão para dançar no nosso palco. Ah, *mister* Woodruff, por que Aimée cometeu a crueldade de nos abandonar? Medo da violência, só pode ser. Depois do sequestro, jurou que não gastaria mais um mísero minuto da sua vida no Rio de Janeiro...

O homenzinho tagarelava sem folga. Pôs-se a enumerar queixas sobre como o faturamento do Alcazar caíra depois da partida de Aimée, que voltou a Paris com dinheiro suficiente para passar o resto da vida na mordomia. Enquanto eu imaginava os castigos aos quais o moleque seria submetido, *monsieur* não se cansava de discursar sobre "a maior diva que o teatro brasileiro teve a honra de conhecer".

— Nunca trabalhei com mulher mais esperta, devo admitir. Era uma gata selvagem. Não houve um único barão do café que deixasse de mimá-la com uma bolsa de dinheiro. Ela sabia demonstrar gratidão, mas também sabia como manter os cães a distância. Até que um deles... pois é... enlouqueceu e resolveu levá-la à força. Não fosse o senhor a descobrir a toca em que se escondia o asqueroso... De qualquer forma, foi-se o anel, ficaram os dedos. Mas que dedinhos tortos e desengonçados! Veja ali na escada, as cocotes de que disponho, que fraquinhas! Não passam de uma trupe de destrambelhadas. Sei que costumam louvar o resgate de Aimée, mas não se descuide com as perfídias do belo sexo. Elas se sentem felizes com o adeus da diva, uma estrela que valia por toda uma constelação e ofuscava as pequenas luzes que pretendessem brilhar nos palcos da cidade. Mas não foram só as nossas meninas que festejaram o último espetáculo de Aimée. Também as damas da corte puseram as mãos para o céu. Acreditam que agora os seus maridos ficarão livres da...

— Cale-se, por favor, cale-se!

— O que... o que disse?!

— Chega desse falatório inútil. Eu e o resto do Rio de Janeiro conhecemos todas essas fofocas indecorosas.

— Oh, *mister* Woodruff, mil perdões... eu não sabia que... ai, meu Deus... desculpe, só estava tentando ser gentil... pensei que quisesse companhia... que quisesse conversar...

Não fosse a perplexidade inscrita nos olhos do tagarela, acho que minha mão teria se transformado num tapa em sua cara apalermada. Meu repentino descontrole, é lógico, não se destinava a ele, mas a meus próprios tormentos. Eu havia virado as costas a Vitorino, e agora ele estava lá, no tronco, sob tortura, sabendo que jamais reencontraria a mãe.

— Eu é que devo me desculpar, *monsieur*, ando destemperado por causa de certos fatos que ocorreram hoje cedo. Até mais ver.

— Espere, *mister* Woodruff, o senhor não comeu nem bebeu nada. Fique, por favor. Chamarei uma das meninas para lhe fazer um curativo.

Não respondi, não olhei para trás. Voltei para o burburinho da Uruguaiana e caminhei até a Taverna do Araújo. Eu estava inquieto, angustiado. Sabia que seria incapaz de levar tamanho remorso na bagagem. Era preciso fazer alguma coisa antes de embarcar, mas o quê? Pedi que o menino Jorge me trouxesse uma jarra de vinho.

— Algum problema, *mister*?

— Nada não, rapaz. Apenas cuide para que a minha caneca não se esvazie.

— Sim, senhor.

— E peça ao seu pai para fechar a minha conta. Embarcarei no sábado para Liverpool. Não quero deixar nenhuma dívida para trás.

Bebi até o toque de recolher, ou até a meia-noite, já não lembro ao certo.

Lembro que comecei a imaginar como seria o rosto —

83

e o corpo! — de Bernardina. Até por isso, é óbvio que não tive condições de prever a reviravolta do dia seguinte. Uma figura ilustre e imprevisível, que resolveu me procurar por motivos peculiares, faria a proposta que modificaria por completo o rumo dos acontecimentos. Eu pensava que a história houvesse chegado ao fim, mas a verdade é que ela estava apenas começando.

Conversa com o ministro

Acordei por causa das fortes batidas na porta do meu quarto.

— Ainda estás a respirar, ô bretão de uma figa?

Era a voz do Miguelzinho da Viúva, que mesclava a ênfase da impaciência com um leve acento de preocupação. Devia estar há um bom tempo tentando me acordar.

— Já vou, homem, já vou! Queres pelo amor de Deus parar com esse barulho?

Sentei-me na cama, desnorteado. Sentia uma insuportável dor de cabeça. Todo o meu corpo doía, minha boca tinha um gosto absurdo de cobre, minha língua latejava. Abri a janela. O sol já não estava na posição em que me habituei a encontrá-lo de manhã.

— Que horas são? — perguntei.

— Quase quatro da tarde — respondeu Miguel, do outro lado da porta. — Perdão por perturbar a tua ressaca, mas temos lá embaixo um agente do governo que deseja falar contigo.

— Governo? Mas que diabos será agora?

— E eu lá sei da tua vida, meu velho? Melhor te apressares que o sujeitinho parece trazer uma notícia de importância.

Bebi da água destinada à minha higiene matinal. Depois lavei-me, troquei-me, apanhei o chapéu de reserva sobre o armário. Não lembrava como fizera para retornar à pensão. Talvez o Araújo houvesse mandado o filho me transportar num carro de aluguel. Tive um sonho confuso em que a viúva Jandira, como uma bruxa de olhos faiscantes, usava cartas de baralho para ler o meu futuro. "Queres fugir para além dos oceanos", dizia, "mas não podes escapar ao teu destino em terra firme". Antes de sair, pus o bilhete do vapor no bolso do paletó.

Quando abri a porta do quarto, encontrei Miguel me esperando no corredor.

— Cristo Jesus! — disse ele. — Que aparência horrível! O que andaste a aprontar na noite de ontem?

— Estava me despedindo do Brasil.

— Sei… Escuta, ô bretão, toma cuidado com o agente lá embaixo.

— Por quê?

— Conheço o gajo de vista. Não é um qualquer. Trabalha diretamente com os chefões do governo. Agora vive um tanto afastado das ruas, mas logo no princípio da guerra, quando dedicava-se a laçar negros para enviá-los ao Paraguai, tornou-se conhecido como o Flagelo dos Capoeiras.

— Capoeiras… Que coincidência…

— Coincidência por quê? O que o homem está a querer contigo?

— Vamos descobrir.

Pensei que encontraria um indivíduo turrão e mal-encarado, com modos e trajes típicos dos arruaceiros recrutados à força pela Guarda. Em vez disso, para minha surpresa, estava no meio da sala um mulato sorridente e muito bem-vestido, um moço de fino trato, como diziam os piadistas da corte. Ao lado da viúva Jandira, ocupava-se em acompanhar a performance de sinhá Aurora ao piano. A polca saía animada, mas a execução era sofrível, ao menos para mim, que pisava em ovos por causa da dor na minha cabeça.

— *Mister* Woodruff? — disse ao me ver.

— Esqueça o *"mister"* — respondi. — Pode me chamar de Daniel[10].

— É uma honra apertar sua mão. Meu nome é Guilherme Otaviano, desde já um humilde criado. Podemos conversar a sós?

Ao ouvir isso, Miguel segurou o braço da esposa e fez com que ela se movesse, um tanto contrariada, para mais perto do piano.

— A dona da pensão me informou que o senhor embarcará amanhã para a Europa. Não temos tempo a perder. Trago-lhe uma mensagem do senhor José Martiniano de Alencar.

— O romancista?

— O próprio. No presente caso, porém, a mensagem não se refere a nenhum tema de interesse literário, mas tão somente às atribuições do senhor Alencar como ministro da Justiça. Ele deseja conversar com o senhor. Devo acrescentar que se trata de um assunto sigiloso.

— Assunto sigiloso… Confesso que estou admirado. O que uma das figuras mais importantes do Império iria querer com um marinheiro que está prestes a deixar o país?

— Isso o senhor ouvirá da boca do próprio ministro.

— Seria possível adiantar algum detalhe?

— Infelizmente, não tenho permissão para dizer nada além do que já disse.

— Bem… Quando se daria essa conversa?

— Agora mesmo. O senhor ministro o espera numa carruagem estacionada em frente à pensão.

Era impossível negar-me a atender um chamado — ou seria uma convocação? — dessa natureza. No que acenei para Miguel, avisando que estava de saída, a viúva abriu os braços e apelou para o meu bom senso:

— *No breakfast, no lunch?* Quer ficar doente, senhor Woodruff? É preciso comer alguma coisa. Assim o senhor vai passar mal, vai sentir tonturas, pode até desmaiar no meio da rua.

— Agradeço a preocupação, dona Jandira, mas fique tranquila que não pretendo demorar.

Não duvido que a anfitriã estivesse realmente preocupada com minha saúde, mas ninguém precisaria conhecê-la para saber que, no fundo, morria de vontade de descobrir o que o governo queria comigo, uma vontade, diga-se de passagem, que também me fustigava e quase me fazia esquecer a dor de cabeça.

Assim que descemos os quatro degraus que separavam a rua e a pensão, avistei uma carruagem com as cortinas das janelas cuidadosamente fechadas. Depois de abrir a porta e armar a escadinha para que eu pudesse entrar, Guilherme Otaviano avisou que ficaria em cima com o cocheiro.

— Sinta-se à vontade — disse com toda a educação. — O ministro Alencar está ansioso para falar com o senhor.

Assim transcorreram aqueles que deveriam ser os meus últimos momentos no Brasil. Num dia, metia-me numa briga com um moleque capoeira, no outro visitava o covil de um criminoso juramentado, e ainda noutro, sem a menor previsão, ficava frente a frente com um dos homens mais famosos e influentes do país, que pelo visto não fazia caso de receber um marinheiro cujo nome estaria definitivamente ligado à má bebida do Araújo, às cocotes do Alcazar e às confusões do Cabeça de Porco.

Tão logo me acomodei no estofado à sua frente, José de Alencar bateu com a bengala no teto e ordenou que o carro seguisse em marcha.

— É um prazer conhecê-lo — disse ao me cumprimentar. — Lamento pelo calor que faz aqui dentro, mas não podemos abrir as cortinas porque o nosso encontro deve permanecer em segredo.

87

Amado como escritor e odiado como político, pareceu-me diverso das caricaturas e daguerreótipos com que era retratado na imprensa. Ainda não tinha quarenta anos, mas já ostentava os trejeitos de um ancião grisalho e maltratado pelo tempo.

— Como quiser — respondi. — Para onde estamos indo?

— Para lugar nenhum. Instruí o cocheiro a passear a esmo pelas ruas da cidade. Ninguém pode suspeitar que o Ministério está solicitando a ajuda de um estrangeiro. Os liberais transformariam o fato num carnaval de intrigas e mal-entendidos.

A que espécie de ajuda estaria se referindo? Queria que eu fizesse alguma investigação? Minha curiosidade aumentava com os solavancos que a carruagem dava sobre os buracos da rua Direita. José de Alencar usava um lenço ensebado para secar o suor da testa. Podia vê-lo graças a um raio de luz que entrava por uma fresta nas cortinas.

— Apesar do pouco tempo que vive no Brasil, parece que o senhor possui ouvidos afinados para o idioma de Camões. No entanto, se for de sua preferência, também podemos falar inglês.

— Não será preciso. Temo cometer certos deslizes, mas já me sinto à vontade com a língua da terra.

— Fico feliz por isso. Esclareço que não sou nenhum poliglota, apenas um escrevinhador que de vez em quando abandona as musas para lidar com a vidinha rasteira da política. Tenho a fortuna de conhecer o inglês pelos lábios da minha esposa, que é filha de escoceses.

Fez uma pausa, metódico, abriu uma pequena pasta e dela extraiu algumas páginas de jornal. Não era homem de olhar diretamente nos olhos do interlocutor. Somada a seu físico franzino, tal característica era motivo de desconfiança para o mais ingênuo dos mortais.

— Vamos ao que interessa — prosseguiu. — Como todas as pessoas da corte, também acompanhei de perto o

Caso do Teatro. Se me permite a confissão, senti um enorme desejo de fazer como tantos dos meus colegas da imprensa e escrever sobre as suas façanhas. Daria um excelente folhetim, com drama, ação, suspense, tudo que o público aprecia. Isso para não citar o desfecho inesperado da história. Quem poderia adivinhar que o sequestrador de madame Aimée fosse logo o visconde de Rio Fortuna, um velho decrépito e analfabeto?

— Reconheço que eu mesmo me surpreendi com o resultado das investigações.

— Também haveria humor, é claro, toda narrativa precisa de uma boa dosagem de humor. Por exemplo: quando o visconde resolve prender a madame com os mesmos ferros que usava para disciplinar os escravos desobedientes. Existe passagem mais hilária? É como *A megera domada* de Shakespeare. Mas não! A história da investigação não se prestaria aos palcos, mesmo nas mãos do Grande Bardo. Ela pertence ao universo livresco por excelência. Suspeito até que poderia gerar uma nova forma de romance, com tramas sensacionais em que a razão estaria a serviço da lei e da justiça, em que o raciocínio dedutivo e a capacidade de observação do herói sempre se mostrariam capazes de vencer o avanço da barbárie e do crime doentio. Seria um enorme sucesso. Pena que me falte tempo para a empreitada. Não fosse o chamado que ouço da madrasta política, escreveria a sua história como Dumas escreveu a de Garibaldi, com as tintas do coração e a fidelidade do admirador sincero.

O que estava acontecendo naquela carruagem? O escritor queria me bajular e assim abrir caminho para as solicitações do ministro?

— Sinto-me lisonjeado — respondi —, mas não por isso acrescento que estamos conversando de admirador para admirador. Há cerca de seis meses, quando cheguei ao Brasil, o primeiro livro que tentei ler foi *Iracema, a virgem dos lábios de mel.* Digo tentei porque, devo admitir, meus conhecimentos de português não estavam à altura da musicalidade da prosa e da exuberância do vocabulário indígena. Felizmente, o caixeiro da Livraria Garnier sugeriu que me iniciasse em sua obra com outro romance, *O guarani*, uma narrativa esplêndida que devorei numa única noite de leitura. O livro é arrebatador desde o prólogo. Sugerir que o texto não era de sua autoria, mas que se tratava de um antigo manuscrito que o senhor havia copiado e remoçado... Nossa! O truque pode ser antigo, mas sempre funciona para avivar a trama. *O guarani, Iracema*, os dois volumes d'*As minas de prata*, são três dos livros que levarei na bagagem em meu retorno à Europa.

— Ah, sim, soube há pouco que o senhor pegará o vapor de amanhã. O tempo corre contra nós. Eu adoraria que ficássemos conversando sobre literatura até o fim da tarde, mas é necessário que tratemos de política.

Até então radiante, o rosto do escritor converteu-se em sombras e cansaço. Estava claro que amava as letras com todas as forças, mas não a política, que o aborrecia, que se lhe afigurava como uma espécie de via sacra indispensável a seu papel de homem público.

— O senhor deve ter notado que ontem celebramos o aniversário do nosso imperador.

— Sim, é claro, seria impossível deixar de perceber.

— Leu os jornais?

— Ontem? Bem, estive um tanto ocupado com... digamos... os preparativos da viagem.

A minha cabeça ainda doía. Sem aviso, a carruagem parou de circular por alguns minutos. Alencar bateu com a bengala no teto e perguntou por que não prosseguiam conforme o combinado. Responderam que as ruas estavam cheias e tumultuadas, que o trânsito estava lento e que era preciso ter um pouco de calma. O romancista soltou um suspiro de impaciência. Comentou que já não aguentava se locomover no centro da cidade. Voltando à nossa conversa, separou um dos papéis que retirara da pasta e finalmente o passou para as minhas mãos.

— Por favor, leia o que está escrito na parte inferior, à direita. Pertence à seção A Pedidos do *Jornal do Commercio.*

— Deve haver algum engano. O senhor disse que falaríamos de política. Isto aqui é um poema.

— Leia, por gentileza. Depois explico do que se trata.

Inclinei a página para que fosse iluminada pela pouca claridade que atravessava as cortinas. Após limpar a garganta com um pigarro, fiz a leitura em voz alta:

Oh! excelso monarca, eu vos saúdo!

Bem como vos saúda o mundo inteiro,
O mundo que conhece as vossas glórias...
Brasileiros, erguei-vos, e de um brado
O monarca saudai, saudai com hinos!

Do dia de dezembro o dois faustoso,
O dia que nos trouxe mil venturas!

Rebomba ao nascer d'alva a artilharia
E parece dizer em som festivo
Império do Brasil, cantai, cantai!

Festival harmonia reine em todos;
As glórias do monarca, as sãs virtudes
Zelemos, decantando-as sem cessar.

A excelsa imperatriz, a mãe dos pobres,
Não olvidemos também de festejar
Neste dia imortal que é para ela
O dia venturoso em que nascera
Sempre grande e imortal Pedro II.

— E então? — disse ele. — O que achou?

— Temo que ainda não tenha entendido aonde o senhor quer chegar.

— Não percebeu nada diferente nos versos?

— Diferente em que termos? Apesar da minha parca familiaridade com a língua portuguesa, posso garantir que poucas vezes li um poema tão infantil e bajulador.

O ministro permaneceu sisudo, mas o escritor se abriu num meio sorriso de cumplicidade. Alencar devia detestar os maus poetas com o mesmo ódio que destinava aos políticos da oposição.

— O senhor está diante de um acróstico — explicou. — *Acrostic*, como se diz na sua língua. Se ler somente as primeiras letras de cada verso, terá a revelação de uma mensagem secreta.

Ao reavaliar o poema conforme as instruções que acabara de receber, enfim compreendi por que se tratava de um impasse político e não literário.

— "O bobo do rei faz annos"?

— Isso mesmo. Os versos são ruins, mas a ofensa foi bem arquitetada. Acabo de ter uma séria conversa com os diretores do *Jornal do Commercio*. Juram que ninguém percebeu o embuste. Acredito neles. São simpáticos à Coroa e, além do mais, tornaram-se as novas vítimas dos vícios que ajudaram a propagar na nossa imprensa.

— Vícios?

— Como o senhor talvez saiba, o hábito de escrever sob pseudônimos e as seções A Pedidos representam a própria alma do jornalismo fluminense. Ao preço de alguns míseros réis, qualquer idiota pode se apresentar ao balcão de uma redação e providenciar a publicidade das descomposturas que bem entender.

— Ouvi dizer que a prática existe para assegurar a liberdade de expressão.

— Isso é fato. Eu mesmo costumo recorrer a nomes fictícios para a divulgação dos meus escritos. O problema é que a afronta não se destina a um cidadão comum, mas ao titular do trono. De acordo com nossa Carta Constitucional, a pessoa e o nome do imperador são invioláveis, não podem ser alvo de crítica ou contestação, muito menos de piadas de mau gosto. Ainda que Dom Pedro seja louvado pela tolerância às ideias alheias, o acróstico lhe arrancou das estribeiras. Está furioso. Chamou-me ao Paço e exigiu providências imediatas.

Alencar suspirou, chateado, mirava um ponto invisível no interior da carruagem. Sempre que falava do monarca, deixava transparecer uma mancha de desconforto.

— Com toda a modéstia, *mister* Woodruff, creio que meu cargo possua compromissos mais urgentes que a perseguição de poetas desocupados, mas ordens são ordens, ainda mais quando proferidas pelo imperador. Se o senhor lê nossos jornais, sabe que não sou amigo de Dom Pedro, tivemos muitos atritos no passado, ele possui reservas em relação às posturas políticas que sustento. Suspeito que me encarregou do caso apenas para testar minha lealdade... e também minha paciência. A ele preciso entregar a cabeça do engraçadinho numa bandeja. Caso contrário, o diálogo entre a Coroa e o Ministério se tornará ainda mais difícil.

— Entendo.

— Até hoje cedo[11], ninguém havia se dado conta do acróstico. Tudo passaria em brancas nuvens se outro jornal, por pura maldade oposicionista, não houvesse escancarado a piada para todo o Rio de Janeiro.

Passou-me um novo papel, a primeira página do *Opinião Liberal*, e pediu que lesse o parágrafo publicado com destaque, logo abaixo de uma caricatura em que Dom Pedro, com cara de coiote, soprava velinhas sobre um bolo de aniversário:

93

Para quem não sabe, o Acróstico é uma forma poética em que as primeiras letras de cada verso, se lidas em sentido vertical, revelam uma frase escondida, sendo que um belo exemplo pôde ser visto ontem, nas páginas de um certo jornalzinho que insiste em circular no nosso Commercio. O recado vertical, tão explícito, diz que "o bobo do Rei faz annos"! Isso mesmo, em pleno 2 de dezembro! Uma impostura de marca maior! Digno de nota é que o jornal em questão, o tal jornalzinho, vive das esmolas do palácio. Ora, ora, imaginemos o que não faria se fosse uma folha independente. Revisar antes de publicar: eis o conselho. É que depois não adianta ficar se desculpando com o Imperador.

Antes mesmo de encerrar a leitura, meu coração disparou. Por incrível que pareça, ali estava a resposta do enigma! Sim, ali, naquela página pública, debaixo de todos os narizes da corte. Se não a resposta completa, pelo menos a ponta de um *iceberg* que prometia grandes revelações. Bastava verificar se minha intuição possuía fundamento e se seria possível puxar o fio da meada. Dobrei o jornal e me perguntei como os assessores de Alencar não se deram conta do que eu percebera instantaneamente. A única resposta que me ocorreu é que estariam cegos de nervosismo, com as mentes tomadas pela ira, incapazes de encarar a afronta com serenidade.

— Já abri um inquérito para apurar o caso — disse Alencar —, mas tenho certeza que uma investigação feita pelo nosso pessoal dará com os burros n'água. Os jornalistas costumam proteger-se uns aos outros, ninguém vai colaborar direito com a polícia. Precisamos de alguém de fora, e o senhor é o homem certo para o trabalho. Peço que adie sua viagem, que fique mais uns dias no Brasil. Naturalmente, providenciaremos um novo bilhete de embarque, além de cobrir todas as suas despesas durante o período em que se ocupar do caso.

— Acho que isso é desnecessário.

— Está recusando o meu pedido?

— Pelo contrário, estou aceitando, mas creio que não será preciso cancelar a viagem. Se meu raciocínio estiver correto, o caso será resolvido até a hora do jantar.

— O quê?! Está falando sério?

— Eu jamais blefaria diante de um ministro.

— Mas como é possível?

— Peço que confie em mim. E que tenha paciência.

— Bravo! É disso que gosto nas pessoas, que sejam objetivas, que tragam respostas rápidas aos imprevistos do dia a dia. Posso assegurar que a Coroa será generosa com o senhor. Assim que trouxer um nome (e as provas que o incriminam, é claro), faremos o seu imediato pagamento. Quanto vai ser?

Fiquei um instante calado. O acaso — mais uma vez! — acabava de me presentear com uma grande oportunidade. Num único movimento, poderia resolver os problemas que me atormentavam e voltar para casa com a consciência tranquila. Alencar, por seu turno, fora tomado pela euforia. Tinha pressa para provar a Dom Pedro o seu valor.

— Não seja acanhado — disse. — Faça o seu preço.

— Para falar a verdade, preciso que me oriente nesse sentido. Posso fazer uma pergunta?

— Claro.

— Quanto dinheiro é preciso para comprar a alforria de um escravo?

O poeta que morava no castelo

Depois de se despedir, José de Alencar sugeriu que eu saltasse numa parte mais discreta da rua da Quitanda. No lado de fora da carruagem, Guilherme Otaviano fechou a porta e novamente apertou minha mão.

— Fico feliz que tenha atendido ao apelo do ministro.

— Se não aceitei exatamente pelo político, falou-me fundo a estima que nutro pelo romancista.

— Suponho que iniciará pelo *Jornal do Commercio*, não? Adianto que é perda de tempo. Nossos homens já interrogaram toda a redação. O próprio ministro teve uma conversa confidencial com o gerente e o editor. Ninguém consegue se lembrar da pessoa que entregou o poema no balcão.

— Obrigado pelo conselho.

— Se precisar de qualquer coisa para o bom andamento das investigações, basta fazer contato.

— Mais uma vez obrigado, mas creio que não haverá tempo para isso. Prometi ao ministro que traria o nome do poeta até a hora do jantar.

— Assim depressa? Mas como?

— Deixe-me primeiro averiguar se o meu palpite faz sentido. Depois explicarei o caso com a calma que ele merece. A propósito, a residência do senhor ministro fica em Botafogo, estou certo?

— Sim, em Botafogo. Às vezes ele sobe até a Tijuca para jantar na chácara do sogro, mas hoje não será o caso.

Antes de sair caminhando pela rua, tive o prazer de contemplar o assombro do sujeito. Será que percebeu a ironia em minha voz? Era evidente que não havia nada a procurar no *Jornal do Commercio*. Graças à tentativa de auxílio — tão importuna — oferecida por Guilherme

Otaviano, comecei a entender por que Alencar optara por um investigador externo. A cegueira dos seus homens não vinha da raiva, como supus num primeiro instante, mas da incompetência ou do simples comodismo.

Rumei para a rua dos Ourives. Fossem conservadoras ou liberais, as empresas jornalísticas do Rio de Janeiro normalmente se localizavam nas travessas da rua do Ouvidor. O mesmo poderia ser dito das confeitarias e dos cafés-cantantes, dos melhores salões de barbeiros e das lojas de artigos importados. Ao avistar a placa com as palavras *Opinião Liberal*, revisei o raciocínio que montei antes de dizer ao ministro que encontraria o autor do acróstico.

Na minha temporada em Londres, aprendi com *mister* Whicher que, no início de qualquer investigação, o primeiro item a ser definido é o ponto de partida. Se o confundirmos com o ponto de chegada, algo bastante comum entre os principiantes, corremos o risco de desperdiçar energia sem obter resultados efetivos. Ao tomarem o acróstico como o princípio do problema, e não como o seu fim, os agentes do governo se precipitaram numa busca fadada ao fracasso. Mesmo que interrogassem mil vezes os funcionários e os colaboradores do *Jornal do Commercio*, jamais deixariam de andar em círculos.

O verdadeiro ponto de partida estava na nota publicada pelo *Opinião Liberal*, que revelava a mensagem do poema e assim fazia com que uma anedota obscura aparecesse aos olhos do público. Mas essa pequena questão de método não passava de um detalhe. Premeditadamente, a nota se traía numa pista muito mais forte e decisiva. Por incrível que pareça, era um novo acróstico, agora em forma de prosa, que usava as letras maiúsculas do texto para registrar as palavras "Paco riu do rei".

Quando li o poema, não estava preparado para buscar códigos ocultos. Entretanto, logo que li a frase inicial da

97

nota, fui tomado por uma suspeita que merecia verificação. E lá estava, como num jogo de espelhos, uma piada sobre a outra, uma espécie de assinatura da ousadia. Era provável que os dois textos tenham sido escritos pela mesma pessoa. Para resolver o caso, portanto, bastava descobrir quem era esse tal de Paco.

A redação do *Opinião Liberal* era pequena e improvisada. Entrei por uma das três portas que davam para a rua. Atrás do balcão que separava os poucos funcionários dos visitantes e anunciantes, estava um garoto pálido e magricela, no máximo quatorze anos, que usava viseira, tinha as mãos sujas de tinta e no momento atendia um cidadão de longas barbas que desejava comprar um espaço na seção A Pedidos. Mais atrás, concentrados, dois redatores em mangas de camisa usavam surradas penas de ganso para finalizar os artigos do dia seguinte. Poderia ser um deles o Paco?

— Boa tarde — disse ao chegar, mas acho que entrei com demasiada pressa para conferir a pista, pois o garoto da viseira levantou as mãos e pediu paciência, informou que breve eu seria atendido. Enquanto isso, poderia esperar numa das cadeiras à direita.

Sentei-me ao lado de uma pequena pilha com os números atrasados do jornal. Por hora, era tudo de que precisava. Escolhi um exemplar ao acaso e me pus a folheá-lo. Na terceira página, bati com os olhos no nome — ou pseudônimo, que seja — de Paco Galhofa. Aparecia sob uma série de quadras que, sardônicas, achincalhavam as trapalhadas do Império no Paraguai.

Na mosca! Verifiquei outros números para confirmar se não haveria mais "Pacos" colaborando com o *Opinião Liberal*. Negativo. Apenas um, o Galhofa, que assinava sátiras e mais sátiras contra inúmeras personalidades do governo, inclusive contra José de Alencar, algo comum para um ministro emburrado, mas nunca, ao menos não diretamente, para a pessoa inviolável do imperador.

— Sua vez, senhor. Queira aproximar-se do balcão.

"Não posso pisar em falso", pensei. "Ou descubro quem é Paco Galhofa com o garoto da viseira, ou levanto dúvidas sobre minhas intenções e ponho tudo a perder".

A maioria absoluta dos indivíduos que colaboravam com a imprensa era composta por funcionários públicos que precisavam se preservar. Alguns não se importavam em revelar suas verdadeiras identidades, às vezes faziam isso de propósito, especialmente os vaidosos e os exibicionistas, mas no geral usavam os pseudônimos para proteger os nomes e os empregos.

Minha estratégia era silenciar sobre o acróstico e a nota que o denunciava. Devido ao reboliço que provocaram na corte, o garoto se calaria, desconfiado, talvez chamasse os redatores, homens experientes que jamais responderiam as minhas perguntas. Eu ficaria impedido de fechar as investigações antes do embarque. "Procure pelas bordas", ensinava *mister* Whicher, "jamais pelo centro".

— Em que posso ajudar? — disse o garoto.

— Preciso que me faças um favor.

— O senhor é estrangeiro?

— Inglês.

— Logo vi pelo sotaque. Mas diga lá. Se eu puder ajudar...

— Sou um grande admirador do Paco Galhofa.

— Então também deve gostar do Hermógenes e do doutor Trovoada.

— Por quê?

— Os três pseudônimos pertencem ao mesmo escritor.

— Ah, sei... De qualquer forma, aprecio com mais interesse o que ele assina como Paco Galhofa.

— Eu também. É divertido, não? Mas qual seria o favor? Gostaria de fazer um anúncio?

— Na verdade — baixei a voz como se estivesse conspirando — preciso conversar alguns minutos com o senhor Paco.

O garoto mediu-me com os olhos, virou-se um pouco para trás. Felizmente, os redatores estavam tão empenhados no trabalho que sequer perceberam o que acontecia ao redor.

— Hoje ele não veio — respondeu intrigado.

— Escuta, meu jovem — puxei-o pela manga da camisa. — Tenho uma informação de primeira página para passar a ele. Uma verdadeira bomba.

— Se o senhor quiser falar com o nosso editor...

— Não, não, nada disso. Somente o Paco Galhofa possui o talento necessário para escrever sobre o assunto que estou trazendo. Ele vai ficar chateado se perder essa oportunidade. — Baixei a voz ainda mais: — A notícia vem de dentro do Palácio Imperial, e diz respeito a certas movimentações republicanas sob as narinas de Dom Pedro.

— Como é que o senhor sabe de uma coisa dessas?

— É uma longa história. Mas tenho provas. Não passo a informação a mais ninguém que não seja Paco Galhofa. Prefiro procurar outro jornal.

Ele se aquietou, pensativo. Coçava o rosto — sujando-se de tinta — enquanto tentava medir a gravidade das minhas palavras. Discreto, pus uma cédula de dez mil réis ao alcance de suas mãos.

— Inclusive, meu jovem, mereces uma recompensa por tua colaboração. Quando a notícia for publicada, verás que enorme favor prestaste ao senhor Paco e a todo o jornal em que trabalhas.

— Eu... pois é... não sei se devo aceitar...

— Deves, sim. Toma aqui, mais dez mil, é pegar ou largar.

Pegou. Bem devagar, puxou o dinheiro para o bolso enquanto mudava o tom da voz e o comportamento. Agora falava como se nos conhecêssemos há anos.

100

— Amâncio Tavares.

— É o nome verdadeiro?

— Sim. É um rapaz moreno de cabelos escorridos.

— Onde mora?

— No morro do Castelo, no último sobrado antes de chegar ao Colégio dos Jesuítas. Acho que aluga um quarto aos fundos do primeiro andar. Deve estar em casa a essa hora, é só bater e pedir por ele.

— Muito obrigado, meu jovem.

— Fica mais fácil se o senhor subir pela ladeira da Misericórdia.

Peguei um tílburi em frente à redação e ordenei ao cocheiro que tocasse para o Castelo. Foi a primeira vez que subi o morro, mas era como se já conhecesse o local por causa das conversas no Araújo. Muita gente dizia que de lá se avistava uma das mais atraentes paisagens da cidade, o que não é pouco se considerarmos a beleza azulada da Guanabara. Dizia-se também que o subsolo da montanha guardava fortunas incalculáveis, todo o ouro dos jesuítas que, expulsos do país no século XVIII, ali enterraram a sua arca.

Antes de encerrada a subida, confirmei a verdade do que falavam sobre a paisagem. Restava descobrir o meu tesouro, ou seja, as provas de que tanto necessitava o ministro Alencar. Imaginei que a finalização da tarefa seria simples. Dada a patética dimensão do caso, como eu poderia adivinhar a surpresa que me aguardava lá em cima?

A meu ver, Paco Galhofa, ou Amâncio Tavares, fez o possível para ser descoberto. Era um exibicionista desejoso de fama e sucesso. Seu plano fora traçado nos mínimos detalhes. Primeiro plantava o acróstico no *Jornal do Commercio*, uma folha claramente simpática ao governo. Depois, prevendo que quase ninguém enxergaria a ofensa ao "bobo do rei", levaria a "descoberta" para seus chefes no

Opinião Liberal e, sem que ninguém se desse conta, transformaria a nota num novo acróstico em que assinava a façanha.

Por ironia do destino, o último passo do plano estava sendo executado por mim. Arrancaria a máscara do poeta e o conduziria a uma glória que jamais alcançaria por meios convencionais. Seria punido, é claro, mas não a sério, sob pena de tornar-se um mártir das letras. No fim da história, compensaria as perdas com o prestígio adquirido. De minha parte, recomendaria que Alencar cruzasse os braços depois de remeter o seu relatório ao imperador. Se exagerassem no castigo ou dessem demasiada publicidade ao caso, todo o governo sairia perdendo, inclusive Dom Pedro, que teria manchada a sua reputação de homem tolerante.

Na parte mais alta do trajeto, a ladeira da Misericórdia tornava-se íngreme e pesada. Dispensei o tílburi e continuei a pé até alcançar o sobrado às margens do colégio. Bati palmas em frente ao portão. Uma mulher de preto apareceu à janela.

— Boa tarde — cumprimentei. — Posso falar com Amâncio Tavares?

— Ele não mora aqui.

— A senhora o conhece? Saberia dizer como faço para encontrá-lo?

— Está se referindo ao poetinha, aquele?

— Aquele mesmo.

— É no outro lado da rua, ali no sobrado do seu Moreira. O rapaz mora de aluguel num quartinho dos fundos.

— Obrigado.

— Não há de quê, mas a casa está toda fechada, olha lá. Acho que o seu Moreira saiu com a família. Se o senhor quiser entrar pelo quintal e bater na última porta à direita... Não se preocupe que não tem cachorro.

Depois de agradecer mais uma vez, atravessei a rua e

comecei a bater palmas diante do sobrado. Já que o proprietário não apareceu, cruzei o portãozinho de varetas e segui pelo lado da casa, vagaroso, até encontrar a porta que procurava.

— Amâncio Tavares? Estás aí? Podemos conversar?

O silêncio era total. Talvez houvesse saído, ou talvez estivesse lá dentro, quieto, esperando que eu desistisse e fosse embora. De repente, um mal-estar que tinha origem no meu estômago transformou-se numa tontura tênue e vacilante. A viúva Jandira tinha razão: eu estava há muito tempo sem comer.

Insisti no chamado:

— Já sei de tudo, meu caro. És Paco Galhofa, o homem dos acrósticos. Não te preocupes, não pretendo te maltratar. Quero apenas trocar umas palavras contigo. Posso entrar?

Testei a fechadura da porta e me certifiquei de que estava trancada. Havia uma janela aberta, atrás, mas dava para um barranco e por isso ficava fora do meu alcance.

— Amâncio?! Abre, por obséquio, precisamos conversar.

Resolvi que entraria de qualquer maneira. Tomei impulso e, com duas investidas de ombro, consegui arrombar a porta. Eu estava despreocupado, tudo aquilo não passava de uma brincadeira para mim, jamais imaginei que depararia com a cena que se descortinava perante os meus olhos. Pisei numa poça de sangue e por pouco não fui ao chão. Subjugado por um susto nauseabundo, voltei às pressas para a rua. Se houvesse ficado dentro do quarto, é certo que teria perdido os sentidos.

Jamais imaginei que depararia com a cena que se descortinava perante os meus olhos.

Charutos na biblioteca

Depois de descer o morro do Castelo, corri até Botafogo e bati à porta de José de Alencar. Abriu uma escrava gorda que usava um lenço amarrado na cabeça. Perguntou em que poderia ser útil. Respondi que o dono da casa estava à minha espera.

— Iaiá?! — disse ela, virando-se para trás. — O homem chegou.

Por sobre os ombros da escrava, avistei uma mulher bastante jovem que se aproximava num vestido de motivos florais. Abanava-se com um leque gigantesco, pois fazia calor, e parecia disposta a eternizar o sorriso que trazia nos lábios.

— *Mister* Woodruff, eu suponho. Queira entrar, por gentileza. Meu marido o aguarda na biblioteca.

Fazia questão de falar inglês, e falava com uma naturalidade reconfortante, embora procurasse esconder o acento típico dos escoceses. Havia mais duas negras na sala, uma mucama preparando a mesa para o jantar e uma ama de leite, sentada no canapé próximo ao piano Pleyel, que amamentava uma criança branca. Tão logo entreguei o chapéu à escrava, a senhora estendeu-me a mão e se apresentou:

— Georgiana Cochrane de Alencar.

— Encantado.

— Deseja beber alguma coisa? Um café, um chá, um licor?

— Muitíssimo obrigado, minha senhora, mas meu tempo é escasso. Uma urgência sem precedentes é que me faz importuná-la a essa hora da noite.

— O senhor parece tenso. Há algo que meu marido possa fazer para ajudá-lo?

Como explicar que era o contrário que estava acontecendo, que quem precisava de ajuda — e toda a ajuda do mundo — era justamente o seu esposo, o sisudo e venerável ministro Alencar? De uma hora para outra, o que parecia ser a simples birra de um poeta contra Dom Pedro poderia se converter numa crise capaz de derrubar o Ministério e trazer sérios abalos à Coroa. Seja como for, não tive tempo de responder a pergunta de dona Georgiana. Ao ouvir minha voz, José de Alencar entrou na sala como se quisesse pular no estribo de um bonde.

— Então o senhor veio? — disse, eufórico. — Por um momento suspeitei que enviaria um bilhete lamentando o fracasso das investigações.

— Eu jamais cometeria tamanha leviandade. Para mim, senhor ministro, o cumprimento de uma promessa é o que há de mais sagrado.

— Então quer dizer que descobriu o autor do acróstico?

— Creio que sim.

— Mas seria possível em tão pouco tempo? Bem, isso não importa, desde que haja provas para acalmar o imperador.

— Provas? — disse dona Georgiana. — Do que estão falando?

— Oh, minha querida, explicarei tudo mais tarde, prometo. Mil perdões, mas o assunto que temos a debater diz respeito aos segredos do Estado. Por favor, *mister* Woodruff, queira me acompanhar até a biblioteca.

Sem dizer mais nada, Alencar nos deu as costas e caminhou para o interior da casa. Estava ansioso, pisava duro e fazia caretas, mal podia conter a curiosidade em me ouvir. Antes de segui-lo, tive a delicadeza de pedir licença a dona Georgiana.

— Não consigo me acostumar com isso — reclamou a senhora. — Ele esconde tudo de mim.

Quando o ministro cerrou as portas da biblioteca, entendi que não teríamos uma conversa exatamente particular. Muito bem acomodado numa cadeira de palhinha, reencontrei Guilherme Otaviano, o Flagelo dos Capoeiras, que me recepcionou com ares de ansiedade. Não havia dúvidas de que se tratava de uma figura singular. Desde cedo, ao apertar sua mão, planejei bombardeá-lo com perguntas sobre a capoeiragem fluminense, assunto no qual parecia ser especialista. Naquele momento, porém, só pude criar embaraço com um desastrado gesto de desconfiança.

— Não se preocupe — disse Alencar. — Guilherme Otaviano é meu conselheiro nesse caso do acróstico.

— Charuto? — aproximou-se o agente, que não se deu por achado. No que abriu a caixa de Partagás, senti o aroma forte e contagiante. Aceitei uma peça, menos por vontade de fumar do que pelo desejo de remediar uma grosseria. Depois de me estender a guilhotina, que usei com parcimônia, apanhou o castiçal e, com a chama da vela, ajudou-me a acender o pé do charuto. Com um sorriso secreto e um tanto maldoso, concluí que ele estava acostumado a preparar os cigarros do chefe.

— E então? — disse Alencar, tomando assento atrás da escrivaninha. — Qual o nome do desocupado que nos trouxe tanta dor de cabeça?

Hesitei por um instante. Enquanto descia do Castelo e planejava as etapas do meu relato, entendi que deveria ficar atento às reações de Alencar. A cartilha de *mister* Whicher deixava claro que, durante uma investigação, todos são suspeitos e por isso merecem a mesma dose de desconfiança. A dificuldade é que eu não contava com a presença de Guilherme Otaviano. Era preciso observá-lo com cuidado redobrado. Resolvi que seguiria a estratégia traçada a caminho de Botafogo, com a importante diferença de que falaria mais pausadamente para não perder de vista os movimentos faciais dos dois.

— O acróstico foi escrito por um dos colaboradores do *Opinião Liberal*.

— Corja oposicionista! — rosnou Alencar. — Eu sabia que havia um bom partido de patifes por trás dessa indecência.

— Na verdade, senhor ministro, posso garantir que os funcionários e os diretores do jornal são inocentes. Ninguém teve conhecimento do que estava acontecendo. Ainda que rápida, minha investigação aponta para a certeza de que tudo foi planejado e executado por um único indivíduo.

— Quem?

— Um rapaz que utilizava vários pseudônimos, como é corriqueiro, sendo Paco Galhofa o mais notório e recorrente. Não foi difícil descobrir o seu nome verdadeiro.

— Diga de uma vez.

"É agora", pensei, "lá vai o primeiro gancho de direita".

— Amâncio Tavares.

Guilherme Otaviano não demonstrou o menor abalo, ocupado que estava em acender o próprio charuto. Alencar, por sua vez, contraiu as sobrancelhas numa expressão de surpresa. Mexeu-se na cadeira e, seguindo um instinto que denunciava o seu desconcerto, tentou afrouxar os colarinhos da camisa.

— Amâncio Tavares... — resmungou, pálido.

— O senhor o conhece?

— Não... Ou melhor, acho que sim... O nome, quero dizer, já ouvi algumas vezes... Se não me falha a memória, mandou imprimir um livro de versos na tipografia dos irmãos Laemmert.

Era visível o nervosismo do ministro. Não havia como escapar à tarefa de pressioná-lo com mais perguntas.

— Se é um autor publicado, não seria exagero imaginar que o senhor o conheça pessoalmente.

— Eu? Por que deveria? Há muita gente publicando má poesia no Rio de Janeiro... Bem, pensando melhor... Não sei ao certo... Se não me engano ao relacionar o nome à fisionomia... no princípio deste ano... é possível que tenha comparecido à recepção que organizamos para Castro Alves... Esse Amâncio, no entanto, se é quem estou pensando que seja, pareceu-me um jovem por demais medíocre e oportunista. Não entendo o que lucraria ao ofender o imperador. Perdão por perguntar, *mister* Woodruff, mas tem certeza de que não se equivocou? Posso saber qual foi o milagre que o permitiu chegar ao nome de Amâncio Tavares em tão poucas horas?

— Claro que pode, mas acho que isso não tem importância diante do que encontrei no endereço do poeta.

— O senhor esteve na casa dele?

— Sim. — "É hora do segundo gancho", pensei, "um golpe mais traumático e inesperado". — Tenho a infelicidade de informar que Amâncio Tavares está morto.

— O quê?!

— Ele foi assassinado.

É óbvio que se assustariam com a notícia. Ambos saltaram de suas cadeiras, ao mesmo tempo, como se houvessem ensaiado um número de comédia. Trocaram olhares de incompreensão, então voltaram a perscrutar minha face, depois trocaram novos olhares apalermados e por fim assumiram uma patética postura de incredulidade.

— Assassinado? — disse Alencar. — Como assim, assassinado?

— Se minhas impressões estiverem corretas, o crime ocorreu na manhã de hoje.

Imaginei o raio de desespero que atingia a mente do ministro. Era um homem de raciocínio rápido, não precisava de explicações adicionais para entender que estaria perdido se o crime fosse relacionado aos seus esforços para encontrar o autor do acróstico. A oposição se banquetearia com um infindável cardápio de acusações contra o Ministério e a própria Coroa. Então os donos do poder estavam punindo os adversários com a morte? Já que nenhum dos políticos seria louco o bastante para citar o nome do imperador, caberia ao ministro o papel de bode expiatório. Seria o fim de sua carreira política. O sepultamento de sua vida literária.

— Isso é ridículo — disse Guilherme Otaviano. — O senhor deve estar brincando.

Era compreensível que se refugiassem na dúvida. Embora tenha tocado o corpo e tudo o mais naquele quarto, eu mesmo continuava duvidando do que vi quando encontrei Amâncio Tavares com o pescoço destroçado.

— Vejam este lenço sujo de sangue — continuei. — Foi com ele que limpei as mãos depois de verificar o cadáver.

— Que disparate! — cortou-me Alencar. — O senhor está dizendo que ele foi assassinado? Assassinado por quem? E por quê? Por causa do acróstico? Ridículo! É provável que nem seja autor da infâmia.

— É isso, é isso! — interveio Guilherme Otaviano. — Se é que está morto de verdade, então o crime aconteceu por outra razão. Não pode ser ele o autor do poema. Estamos diante de um erro, a investigação foi rápida demais, não podemos dar crédito a…

— Por favor, senhores, acalmem-se! Posso explicar tudo, mas preciso que me deixem falar.

Do bolso interno do paletó, tirei três pedaços de papel, um deles salpicado de vermelho, e os enfileirei no centro da escrivaninha.

— Estão vendo estes garranchos? — expliquei. — A letra é quase ilegível, mas observem o que está escrito na vertical: "o bobo do rei faz annos". Não há dúvida de que seja um rascunho do acróstico. Estava no lixeiro. É a prova da autoria. Suponho que tenha sido difícil compor o poema com a mensagem cifrada, daí a necessidade de várias versões. Ou porque se esqueceu deste papel, ou porque imaginava que jamais teria o quarto revistado,

Amâncio Tavares descuidou-se e permitiu que um dos rascunhos permanecesse intacto. Há ainda uma terceira hipótese: o poeta sustentava o secreto desejo de ser descoberto.

— Por que seria tão tolo? — perguntou Guilherme Otaviano.

— Para ficar famoso — respondeu Alencar. — Mesmo que amargasse uma temporada na cadeia pública, receberia aplausos pela coragem de desafiar o governo. Os jornais se encheriam de artigos exigindo a sua libertação. É possível até que seu livro começasse a vender. Estamos encurralados. Deve haver outros desses rascunhos no quarto do rapaz. Basta descobrirem que ele escreveu o acróstico para que a culpa do assassinato seja jogada nas nossas costas.

— Quanto a isso, senhor ministro, peço que fique tranquilo. Tomei a liberdade de vasculhar o local em busca de novos rascunhos. Dou fé de que esta é a única prova que liga o nome de Amâncio Tavares ao poema.

— Tem certeza de que verificou tudo com atenção?

— Absoluta. Vamos ao segundo papel, muito mais intrigante e esclarecedor. Vejam que...

— Senhor ministro! — interrompeu-me Guilherme Otaviano. — Não podemos permitir que o corpo seja descoberto, muito menos que a Guarda inicie as investigações. Se o senhor me autorizar, darei um jeito de sumir com o cadáver. Por gentileza, *mister* Woodruff, pode me passar o endereço?

Informei que o quarto ficava no morro do Castelo, bastante perto do Colégio dos Jesuítas. Mas adverti:

— Ocultar o corpo é a última estratégia que recomendo. Seria como assinar uma confissão. Breve o local ficará repleto de jornalistas e policiais. Se virem o senhor por lá, um agente tão próximo do ministro, podem levantar suspeitas imediatas.

— *Mister* Woodruff tem razão — disse Alencar. — Precisamos agir com cautela.

— Vamos ao segundo papel — prossegui —, que encontrei caído no soalho do quarto, embaixo do armário. Observem que a letra e a coloração da tinta são diferentes do rascunho que acabamos de analisar. Não possui assinatura, e a mensagem é tenebrosa:

Verme vaidoso!
Queres botar tudo a perder?
Some já da cidade.
Não serás bem-vindo se voltares a nos procurar!

Acredito que Amâncio Tavares tenha recebido este bilhete das mãos do próprio assassino, que se fazia passar por mensageiro. Permitiu que o estranho entrasse, trancou a porta por dentro, pois tudo deveria ser confidencial, e sentou-se para escrever uma resposta. Reparem na terceira folha de papel. Apenas um risco de tinta e um borrifo de sangue. Para o matador, foi fácil aproximar-se pelas costas e, provavelmente com uma navalha, fazer o corte no pescoço de um homem sentado. Suponho que devesse dar um fim ao bilhete que trouxera, mas talvez tenha ficado nervoso e, na confusão da fuga, que se deu pela janela, acabou esquecendo os detalhes.

— Quanta bestialidade! — Alencar apanhou o bilhete e o releu em voz alta. — "Queres botar tudo a perder"? "Some já da cidade"? Quem é essa gente? O que querem? Por que o emprego de tamanha violência?

— Não faço ideia. Mas se chegaram a matar pelo simples medo de serem descobertos, imagino que estejam planejando algo realmente grande.

— Algo realmente grande... — o ministro pensava em voz alta. — Esses três pedaços de papel podem nos levar ao autor do crime?

— Acho difícil. Ajudaram-me a entender o que ocorreu hoje cedo, só isso. Mas há um dado que ainda não mencionei. Havia uma mulher no quarto.

— Uma mulher? — espantou-se Guilherme Otaviano. — Na hora do crime?

— Não creio, caso contrário teríamos dois cadáveres. Ela deve ter deixado o local alguns momentos antes de Amâncio Tavares abrir a porta para o assassino.

— Como é que o senhor sabe disso?

Desconversei. *Mister* Whicher vivia dizendo que um detetive é mais ou menos como um mágico, por isso não deve revelar os seus segredos. Eu estava atrasado, a conversa se alongava demais, seria dispendioso explicar que, aos pés da cama, encontrei uma garrafa com o gargalo manchado de batom. Que tipo de mulher visitaria o quarto de um homem solteiro, provavelmente às escondidas, para beber cerveja do gargalo? A vítima mantinha amores com uma camélia. Era certo que ela passara a noite com ele, e mais certo ainda que soubesse algo capaz de esclarecer o crime. Em vez de dizer isso a Alencar, guardei a informação para mim. Fui contratado para descobrir quem era o autor do acróstico, não para investigar a morte — e a vida! — de Amâncio Tavares.

— Ministro — concluí. — Sugiro que as autoridades se empenhem numa investigação para localizar essa mulher. Encontrá-la é a primeira pista para chegar aos culpados e entender o que se esconde por trás do assassinato.

— O senhor poderia continuar nos auxiliando?

Saquei o bilhete do vapor e o exibi a Alencar.

— Perdão, mas meu navio zarpará às onze horas de amanhã. Cumpri minha parte no trato, trouxe o nome do desocupado que escreveu o acróstico. Peço que façam o pagamento, pois ainda tenho um último assunto a resolver no Brasil.

Alencar voltou a sentar-se e a perder os olhos no vazio.

Verificou mais uma vez os papéis que estavam sobre a escrivaninha. Bateu com a mão na perna e moveu os lábios para resmungar alguma coisa a si mesmo. Antes de atender ao meu pedido, soltou um sonoro suspiro de apreensão.

— O senhor está certo em afirmar que encerrou o serviço para o qual foi contratado. Guilherme Otaviano irá lhe entregar um envelope com os dois mil contos de réis que combinamos. Espero que não se incomode em assinar um recibo. Precisaremos dele para prestar contas ao Tesouro. Obrigado por tudo, boa viagem e boa sorte.

Deixei a biblioteca com o envelope em mãos. José de Alencar e Guilherme Otaviano ficaram a sós para decidir o que fazer. Enquanto pegava meu chapéu com a escrava, dona Georgiana se aproximou e, ainda falando inglês, perguntou se eu não gostaria de ficar para o jantar.

— Agradeço o convite — respondi —, mas estou atrasado para um compromisso inadiável.

— Por caridade, *mister* Woodruff, poderia me contar o que está se passando? Por que meu marido anda tão estranho ultimamente, cheio de segredos e confabulações? Tem a ver com o que acabaram de discutir na biblioteca?

— Lamento, dona Georgiana, mas não devo cometer tamanha indiscrição. Tenho certeza de que ele mesmo, na hora propícia, deixará a senhora a par de todos os acontecimentos. Boa noite.

Enquanto retornava à pensão da viúva Jandira, fiquei pensando nas perguntas de dona Georgiana. Ela tinha motivos para se preocupar com o marido. Tanto na carruagem quanto agora em sua casa, Alencar demonstrara demasiadas contradições. Era certo que estava escondendo alguma coisa de mim. Sabia mais — e muito mais — do que dera a entender durante as nossas conversas.

O Cassino Alvorada

— Toma aqui minha sardinha — disse o Miguelzinho da Viúva. — Há de ser tua proteção, é boa para esconder no cano da bota ou no bolso das calças.

Meio a contragosto, segurei a navalha Rodgers que ele insistia em me entregar. Ocultei a lâmina na camisa, saltei da charrete e permiti que o português ficasse a sós com seu cavalo.

Eram dez horas da noite.

Ao longe, os sinos do mosteiro de São Bento e da igreja de São Francisco de Paula executavam o toque de recolher, ou o Toque do Aragão[12], como enigmaticamente batizado pelo povo, uma lei que vinha perdendo força desde que começara a aventura brasileira no Paraguai. Na verdade, a regra só valia para os negros que se enturmavam em maltas e gastavam as madrugadas a perambular pela cidade. Desde sempre, pelo que soube, houve larga tolerância para os homens brancos que frequentavam as tavernas, os teatros e as diversões noturnas.

Parecia ser o meu caso no momento. Enquanto me aproximava do Cassino Alvorada, os dois praças do Corpo de Guardas Urbanos que passavam a cavalo, em vez de me prender, limitaram-se a tocar os quepes e me desejar boa-noite.

Os cassinos eram abundantes na capital do Império, alguns imponentes e magníficos, outros precários e improvisados, mas todos muito perigosos. Quando falo em perigo, refiro-me aos jogos de azar. Havia gente que perdia tudo nas apostas, riquezas sequer sonhadas pelo comum dos mortais, minas de ouro infindáveis, fazendas inteiras de café, peças e mais peças de escravos que, graças à extinção do tráfico no Atlântico, passaram a valer fortunas no mercado interno.

Havia também quem perdesse a sanidade mental e a própria vida, já que cada cassino, para combater a ação dos trapaceiros e as chorumelas dos devedores, possuía a sua equipe de "quebra-cocos", trogloditas encarregados não apenas de zelar pela segurança da casa, mas principalmente de preencher as promissórias com as assinaturas dos azarados.

O Alvorada era um cassino de nível intermediário, nem tão luxuoso para receber a visita do imperador (dizia-se que Dom Pedro tinha boa mão para o pôquer), nem tão chinfrim para se denegrir com o comércio de bebidas falsificadas ou a prostituição explícita nos salões. Ficava no princípio da rua Espírito Santo, próximo ao morro de Santo Antônio, área sob o controle dos guaiamuns, mas já na complicada fronteira com o território dos nagoas. Boateiros de todos os quadrantes juravam que o Alvorada pertencia ao Alemão Müller, mas isso era controverso e insondável, como tudo o mais que se dizia a respeito do criminoso.

Seja como for, a corrupção e a contravenção é que mantinham os cassinos em funcionamento. Sem o amparo da polícia para manter os arruaceiros a distância, as roletas não teriam condições de girar por muito tempo.

Pertencia o Alvorada ao Alemão? Impossível saber, e isso tampouco me interessava, mas de uma coisa eu podia estar certo: o bandido estava lá dentro. Confirmei o fato no instante em que botei os pés no cassino. Entre as pessoas que iam e vinham no amplo saguão da portaria, esbarrei em Nocêncio e Tiúba, a dupla de capoeiras que tentara me sequestrar na véspera. Acompanhados pelos outros homens do Alemão, todos bem-vestidos e devidamente calçados, só podiam estar ali para guardar as costas do chefe.

— Perdão — resmunguei abaixando os olhos e tentando passar despercebido.

Assim que me viram, porém, moveram-se para o lado, já com as mangas arregaçadas, e interromperam a minha passagem.

— Vosmecê de novo? — disse Nocêncio. — O que veio fazer aqui?

Ao olhar diretamente para eles, percebi que os golpes de Vitorino continuavam estampados em suas faces.

— Isso não é um cassino? — respondi enquanto recuava para uma distância que me pareceu segura. — Vim jogar.

— Mentira! — disse Tiúba. — Ele veio perturbar a noite de Ioiô.

— Ioiô? — ironizei. — Jeito curioso de tratar o dono do chicote, não?

— Que conversa é essa?

— Só quis dizer que, se os senhores estão aqui na frente, então é óbvio que *Herr* Müller está lá dentro. Posso falar com ele?

— Hoje, não.

Sem que me desse conta, os demais capoeiras espalharam-se pelo recinto e formaram uma roda em torno de nós. Já não havia por onde escapar. Longe dos olhos do patrão, Nocêncio e Tiúba queriam a desforra, continuavam se aproximando com trejeitos de ameaça. As portas internas se enchiam de curiosos para assistir à peleja que se anunciava. Os quebra-cocos do cassino apareceram para intervir, mas se acovardaram ao entender que a encrenca era com o pessoal do Alemão.

— É melhor me deixarem em paz — arrisquei. — Tenho uma proposta a fazer para *Herr* Müller. Estou falando de uma boa soma em dinheiro.

— Ioiô não liga para as riquezas deste mundo.

— Liga, sim. E vai se zangar quando souber que perdeu o negócio por culpa de vocês.

— Que invencionice é essa, seu moço? Tá com medo?

Se permitisse que Nocêncio e Tiúba se aproximassem mais um pouco, poderiam me agarrar e anular qualquer tentativa de reação. Na emergência de manter a minha própria segurança, dei um passo à frente e, abrindo os braços num espasmo, empurrei os dois ao mesmo tempo. Em vez de se contraporem à força meio desajeitada do meu gesto, deixaram seus corpos amolecerem e, com a flexibilidade das serpentes, caíram em guarda, já com as navalhas abertas e reluzentes. Era o jogo da capoeiragem que se iniciava.

— Oba! — comemorou Nocêncio. — Faz tempo que não ferro a minha sardinha no pandulho de um branquelo.

— Eu também — riu-se Tiúba. — E agora não tem escapatória, seu moço. Não vai ser só um saquinho na cabeça, não. E não conte com Vitorino para lhe livrar a cara.

Nem com Vitorino e muito menos com o Miguelzinho da Viúva, que não poderia adivinhar o que se passava no interior do cassino. Mais curiosos apareceram para ver o que estava acontecendo, e os outros capoeiras se empenharam em fortalecer a roda. Pelo visto, nenhum deles se intrometeria na disputa. Reconheço que havia um quê de hombridade no arranjo. Dois contra um era covardia, mas dez contra um seria um massacre.

Nocêncio e Tiúba pulavam de um lado para outro, tentavam me confundir com seus movimentos incompreensíveis. Pus meu peso na perna de trás, para poder chutar com mais leveza, e fiz sinal para que parassem de dançar e me atacassem de uma vez. Sem ostentar o gesto, toquei os dedos na navalha Rodgers e me preparei para usá-la como elemento surpresa. Se sobrevivesse ao ataque, agradeceria a Miguel por ter insistido em me confiar a arma. Se não sobrevivesse, azar. Era meu destino encontrar o fim numa briga estúpida e sem sentido? Então que custasse caro, muito caro, a quem me forçava a lutar.

Nocêncio e Tuba pulavam de um lado para outro, tentavam me cofundir com seus movimentos incompreensíveis.

— Vamos logo com isso! — provoquei. — Não tenho a noite toda!

Sob os urros e os aplausos dos colegas, Nocêncio e Tiúba avançaram, ambos com movimentos baixos, e se posicionaram para desferir os primeiros golpes. Quando fechei a mão para empunhar a navalha, um estampido seco e repentino, acho que um tiro de pistola, acabou com a balbúrdia na portaria.

— Vocês estão loucos? — gritou uma voz enrouquecida. — Querem acabar com a boa fama do Alvorada?

Ficamos paralisados. Nocêncio e Tiúba se colocaram de pé, como se nada fosse nada, e ocultaram suas navalhas com a mesma velocidade com que as haviam sacado. A roda que me cercava desapareceu, porque os capoeiras, disfarçando, se apressaram em dispersar. Até então no papel de agressores, voltavam a olhar para baixo, numa postura de falsa submissão. Que diabos estava acontecendo?

Vi a resposta na forma de um homenzinho que se desvencilhava dos curiosos e tomava o centro da portaria. Era gordo e repugnante, embora vestisse uma casaca da melhor qualidade, e estava com as bochechas vermelhas por causa do berro que acabara de produzir. Na mão direita, ainda apontada para o alto, segurava uma arma fumegante. Dois sujeitos mal-encarados o acompanhavam a distância, também usando roupas caras e, pelo modo como escondiam as mãos nos bolsos, carregavam revólveres ou coisa que o valha.

— Já não disse um milhão de vezes que aqui não é lugar de bagunça? — continuou o homenzinho, aos brados, como se estivesse ralhando com um bando de crianças malcriadas. — Logo tu, Tiúba, e tu, Nocêncio, que deveriam agir com mais inteligência? Cambada imprestável de guaiamuns! Querem brigar de graça? Brigar só por brigar? Então por que não se metem a valentes na vizinhança dos nagoas? Lá vão encontrar um monte de desocupados doidos para sangrar — e fazer sangrar! — em troca de nada. Já pra fora, os dois, lá é que é o lugar de vocês, saiam antes que eu perca a paciência e comece a chutar os traseiros de todo mundo.

Ninguém poderia negar que o sujeito sabia como impor respeito, ainda que fosse baixinho e meio cômico. Armas de fogo à parte, era louco o bastante para expulsar os homens do Alemão, embora parecesse conhecê-los com intimidade, já que os tratava pelo nome e, por assim dizer, concedia-lhes conselhos em forma de reprimenda. Algo inexplicável se passava naquela portaria, algo bizarro cujo significado me escapava em parte.

Enquanto Nocêncio e Tiúba se retiravam, e o resto dos curiosos voltava para a sala de jogos, o homenzinho guardou a pistola na cintura e, sempre acompanhado pelos outros dois, aproximou-se para também me repreender. Agora falava devagar, quase sussurrando:

— Eu ficaria muitíssimo grato se o senhor explicasse o que acabou de acontecer neste local.

— Não há o que explicar. Eu mesmo não compreendi a razão de tudo isso. Sem o menor motivo, minha passagem foi barrada pelos capoeiras, que, pelo visto, queriam me machucar com suas navalhas.

— Sem o menor motivo, foi o que disse?

— Exatamente. Não desejo inimizade com ninguém. Vim em paz, e em paz pretendo ficar.

— Suponho, então, que seja um jogador.

— Mais ou menos. Na verdade, estou à procura de um... um amigo... com quem preciso conversar.

— Vejo pelo sotaque que é estrangeiro. Como se chama?

— Daniel Woodruff.

— O quê?! O inglês que salvou a vida de madame Aimée? Até que enfim tenho a oportunidade de apertar sua mão. Muito prazer, meu nome é Álvaro Nogueira de Aguiar, mas todos me conhecem como delegado Nogueira.

Ah, era da polícia! Isso esclarecia detalhes como a arma e o vocabulário de comando, bem como a companhia vigilante dos dois mal-encarados, mas não explicava a sua intimidade com Nocêncio e Tiúba, muito menos a forma como acabara de agir, defendendo, não a ordem pública, mas a reputação do Alvorada. Teria ligações com o Alemão? Talvez fosse um dos olheiros que o criminoso mantinha na força policial.

— Ouvi muitas histórias sobre o senhor — continuou. — Não só as que envolvem a investigação do Alcazar, mas outras, inúmeras outras. Ontem mesmo, que coincidência, fiquei sabendo da sua visita ao Cabeça de Porco. A propósito, o senhor disse que está procurando um… amigo?

Pronto, não havia mais dúvidas. Por meio de insinuações, o delegado Nogueira dava-se à arrogância de declarar que trabalhava para a malta do Alemão. Era um dos muitos policiais corruptos que infestavam a cidade. Ardiloso, estava glorificando meus feitos com a finalidade de descobrir o que eu realmente queria no cassino. Resolvi acabar com o jogo e ir direto ao ponto:

— Vim para falar com o Alemão Müller.

— Alemão? Faça um favor a si mesmo, *mister* Woodruff, não chame o "seu amigo" dessa maneira. Ele não aprecia as…

— Desculpe, delegado, mas não tenho tempo para isso. É possível falar com ele?

— Eu, se estivesse no seu lugar, desistiria da ideia. Fiquei sabendo que ontem, no galpão, o senhor se recusou a trabalhar para *Herr* Müller, e isso o deixou muito decepcionado. Se entrar na sala e interrompê-lo no meio de uma partida, não posso prever como irá reagir.

— Quero propor um negócio.

— Posso saber de que tipo?

— Do tipo lucrativo. Se fizer um esforço para me ouvir, ele pode voltar para casa com uma boa quantia em dinheiro.

— Seja mais preciso. Estamos falando de quanto?

— Dois mil contos de réis.

— Parece razoável. Queira me acompanhar, por favor. Deus o proteja se estiver blefando.

Como era de se esperar, os mal-encarados me revistaram antes que eu pudesse passar adiante. Encontraram a navalha e a entregaram ao delegado, que a guardou no bolso da casaca e riu como se estivesse contando a maior piada da noite.

— Uma autêntica Rodgers, quem diria! Lamento, *mister* Woodruff, mas serei obrigado a confiscá-la. São deveres do meu cargo. O senhor entende, não é mesmo?

Tive vontade de perguntar por que não teve a mesma ética com as navalhas de Nocêncio e Tiúba, mas calei-me porque meus propósitos eram outros e, além do mais, o difícil seria explicar a Miguelzinho o que acontecera à sua lâmina de estimação.

A sala de jogos ficava no outro lado das cortinas que adornavam a porta principal. Era um ambiente largo e bem iluminado, relativamente barulhento, cheio de mesas cercadas por homens — e algumas poucas mulheres — em diferentes estágios de ânimo. Alguns pareciam alegres e dispostos, outros já demonstravam os primeiros sinais de cansaço e ainda outros exibiam um crescente desespero que se refletia nos cabelos desgrenhados e nos palavrões proferidos em surdina.

Avistei o Alemão numa mesa do canto. Ao contrário do que imaginei a princípio, não estava empenhado em nenhuma partida de pôquer, vinte e um ou bacará. Com a cabeça baixa, brincava com as cartas do baralho, pelo visto jogando paciência. Aparentava estar bêbado e era acompanhado por duas mulheres, uma branca e outra negra, que serviam bebidas e lhe faziam massagens nos ombros. Um pouco atrás, com os braços cruzados e atento a tudo o que se passava no recinto, o principal dos capoeiras — se não me engano seu nome era Tenório — zelava pela segurança do chefe.

— *Herr* Müller — disse um respeitoso delegado Nogueira. — Há um cavalheiro aqui que gostaria de falar com o senhor.

— Diga para voltar depois do Natal — respondeu o Alemão, sem levantar a cabeça. — Não percebes que estou ocupado?

— Mas ele insiste, *Herr* Müller, afirmou que é seu amigo.

O Alemão ergueu os olhos e me viu. Embora sorrisse com ar de superioridade, parecia triste e abatido.

— Que surpresa, *mister* Woodruff! O senhor está se tornando especialista em me encontrar nas horas mais inconvenientes e nos lugares mais impróprios.

— Prometo ser breve.

— Pensei que estivesse se preparando para a viagem.

— Primeiro preciso resolver um assunto com o senhor.

Enquanto trocávamos as primeiras palavras, um garçom se aproximou do delegado e lhe entregou um bilhete escrito em papel pardo. Depois de ler a mensagem, o policial balançou a cabeça, preocupado.

— O que houve? — quis saber o Alemão, esquecendo-se um minuto da minha presença.

— Encontraram um rapaz morto no Castelo.

— Assassinato?

— Parece que sim. Fica na minha jurisdição.

— O que estás esperando, Nogueira? Sabes o que fazer.

Depois de consentir com um gesto de espantosa subserviência, o delegado pediu licença e se retirou com seus capangas. Era óbvio que o bilhete se referia ao corpo de Amâncio Tavares. Logicamente, fiz silêncio acerca do que sabia. Mais escandaloso do que ter visitado a cena do crime era descobrir que delegados de polícia recebiam ordens de bandidos como o Alemão.

— Muito bem, *mister* Woodruff, o senhor dizia que

precisava resolver um assunto comigo? Não vejo em que possa ajudá-lo.

— Para não desperdiçar o seu tempo, e nem o meu, já que minha viagem continua marcada para amanhã, dispensarei os rodeios e irei direto ao que interessa: desejo comprar a alforria de Vitorino.

— O quê?!

— Tenho dois mil contos de réis para negociar. Basta libertá-lo que o dinheiro será entregue num local à sua escolha.

Ele demorou a responder. Olhava para mim, irônico, com o rosto paralisado, talvez medindo a seriedade da minha oferta, talvez tentando reorganizar o raciocínio diante de proposta tão inusitada. De repente, deu um tapa na mesa e soltou uma gargalhada. Abraçou as mulheres, que o acompanharam no deboche, e riram os três, com espalhafato. Isso chamou a atenção da maioria das pessoas que estavam por perto. Quando o riso morreu, porém, os olhos do Alemão estavam vermelhos e marejados, resultado do excesso de bebida ou, quem sabe, de uma abrupta e incontornável melancolia.

— O senhor é muito engraçado — disse. — Dois mil pelo moleque, foi isso que ouvi? Não, de jeito nenhum, a peça não vale tanto.

— Mais uma razão para aceitar o negócio. Poderá substituir Vitorino por um escravo menos rebelde.

— Não tenho o menor interesse de subtrair minhas posses.

— Com todo respeito, *Herr* Müller, peço que pense com mais calma. Duvido que receba proposta mais vantajosa por um negro indisciplinado.

— Melhor pararmos por aqui. O senhor disse que é meu amigo, mas não está agindo como tal. Guarde seu dinheiro para os cabarés de Liverpool. O moleque ficará comigo. Tenho planos para ele.

— Torturá-lo até a morte?

— Ainda insiste? Então sente-se, se tiver coragem. Por que não tiramos a sorte dele nas cartas?

— Como assim?

— Aqui está o baralho. Levará a vantagem quem ficar com a melhor mão. Se eu vencer, o moleque será açoitado mais dez vezes. Se perder, diminuo o castigo para cinco sessões de chibata.

— Mas isso é absurdo.

— Então vá embora. O senhor não sabe nada sobre a escravidão. Deixe o assunto para quem lida diretamente com a sujeira. Se não houvesse planos para Vitorino, já teria ordenado que lhe quebrassem os dentes com um martelo. Boa noite, *mister* Woodruff. A conversa já foi longe demais...

A essa altura, era nítido que o Alemão estava prestes a ser derrubado pela bebedeira. Desejei perguntar que planos eram esses que tinha para Vitorino, mas logo vi que isso seria uma afronta imperdoável. As mulheres me encararam com censura, e o capoeira Tenório, que acabara de descruzar os braços, começava a caminhar na minha direção. Hora de bater em retirada.

Dei meia-volta e atravessei a sala de jogos num passo de urgência. Venci as cortinas da porta principal e saí no saguão da portaria. Imaginei que Nocêncio e Tiúba estariam me esperando no lado de fora, eles e todos os outros homens do Alemão. Felizmente, avistei a charrete de Miguelzinho estacionada em frente ao Alvorada. Corri o mais que pude e, sem me preocupar com o que estivesse acontecendo à minha volta, saltei pesadamente sobre a boleia.

O português tomou um susto:

— Mas que diabo...

— Vai, galego, vai!

— Ouvi um tiro no cassino e vim ver o que...

— Vai, galego! Depois eu explico!

O chicote desceu nas ancas do cavalo, que largou em disparada. Olhei para trás e avistei os capoeiras me xingando, alguns ainda corriam e atiravam pedras contra nós. Logo desistiram da perseguição.

— Eu sabia! — disse Miguel durante a fuga. — Sabia que aquele bandurrilha jamais fecharia o negócio contigo.

— Fiz a minha parte — respondi. — Se não foi possível resolver o problema por bem, vamos à maneira incorreta de agir...

Como tirar um escravo do tronco

Meia-noite.

Com o porrete de petrópolis na mão direita, embrenhei-me pelo matagal de capim molhado até alcançar o barranco que me levaria às primeiras alturas do morro da Providência. De lá, se meus cálculos estivessem corretos, chegaria aos fundos do Cabeça de Porco, mais precisamente ao galpão de *Herr* Müller, onde tentaria resgatar Vitorino à força.

— Maldito bretão! — disse-me o Miguelzinho da Viúva, indignado com meu amor pela imprudência. — O que tens dentro dessa tua impoluta caixa de cornos? Excrementos?!

Ele estava certo em se preocupar. Mais do que insensatez, "loucura" era o verdadeiro nome da missão. O que o português demorava a entender é que eu não agia por simples instinto de aventura. Ainda que remota, existia uma planejada expectativa de sucesso. Pelos cálculos que fiz ao sair do cassino, haveria no máximo duas sentinelas tomando conta do moleque. Se conseguisse libertá-lo antes que o Alemão e o resto dos seus homens voltassem para casa, poderíamos fugir sem a necessidade de um confronto direto.

Não havia tempo para pensar duas vezes. Usando apenas calças, botas, camisa e suspensórios, e o porrete, é claro, que empregaria em caso de urgência, atirei-me como um doido à travessia da charneca[13]. Vencer o terreno mostrou-se uma tarefa mais espinhosa do que o previsto. Antes de alcançar o barranco, tive de passar por duas cercas de madeira e uma vala que me fez afundar até a cintura. Com o corpo coberto de lama, meus passos tornaram-se vagarosos e barulhentos.

Para complicar a situação, o barranco era mais inclinado do que eu esperava. Escorreguei quatro vezes, uma das quais deslizando por um longo trecho, mas sempre reiniciava a escalada, a cada tentativa com maior cuidado, até subir alto o suficiente para avistar os barcos no porto e a luz da lua refletida na baía. Um tanto desanimado, reavaliei a minha precária estratégia de evasão. Por ali seria impossível descer com rapidez e segurança ao mesmo tempo, ainda mais se estivesse com o peso de um ferido nas costas. O mais provável é que eu e Vitorino rolássemos ribanceira abaixo.

Supus que aquele fora o caminho percorrido pelo moleque no dia anterior, quando chegou ao galpão sem que os capoeiras dessem por sua presença, mas acho que me enganei. O terreno era por demais acidentado para permitir agilidade na locomoção. O mais sensato, por isso, seria voltar e traçar um novo plano de resgate. É sempre melhor agir com calma, nunca com o destempero da raiva e da teimosia. O problema é que meu cérebro já estava infiltrado por uma ideia fixa. Não aceitaria retroceder antes de encontrar o ponto final da história.

Até porque o Alemão agiu com demasiada estranheza

no cassino. Que planos eram esses que tinha para Vitorino? Por que perdeu a oportunidade de vender um escravo que só lhe causava dor de cabeça? Acaso o moleque sabia de algo que pudesse prejudicar a malta? Ou o bandido queria preservá-lo apenas para aproveitar os seus talentos de capoeira?

Para manter a união do seu rebanho, o criminoso recorria a estratégias que iam além dos ferros e da chibata. Era cínico o bastante para proclamar que todos faziam parte da mesma família. No teatro da minha imaginação, pude ver como um magnânimo *Herr* Müller, montado num cavalo de falsa bondade e condescendência, convencia os cativos de que eles não eram serviçais comuns. Na verdade, eram nada mais nada menos que seus próprios irmãos.

Sim, irmãos! Não de sangue, é lógico, mas de coração, de alma, de amizade. Se às vezes era duro e até mesmo impiedoso com as falhas dos escravos, assim agia por pura obrigação fraterna. Era o irmão mais velho que devia zelar pelo sucesso do bando. Não há dúvidas de que a ideia funcionava como um álibi para a violência dos chamados banhos de açoite.

Difícil entender o que se passava na cabeça de alguém como *Herr* Müller, mas também seria injusto negar que pelo menos uma sentença ele proferiu com acerto: eu nada sabia sobre a escravidão, não possuía a mínima condição de entender o que ela significava e por que persistia num país como o Brasil. E era provavelmente por culpa dessa ignorância que estava arriscando o pescoço e me intrometendo numa briga que não me pertencia.

Com a mente sobrecarregada de cogitações, venci o barranco e passei para uma área mais plana e arenosa. Talvez fosse a roça de mandioca que avistara na véspera. Rastejei devagar, procurando me mexer com um máximo de silêncio. Ainda não vira nenhuma casinha ou mesmo o imenso galpão, mas previ que não estava longe do meu destino. Em vez de continuar rastejando para frente, desviei à direita, morro acima, e cheguei a uma pastagem que me permitia maior liberdade de movimentos.

A luz da lua poderia ser tanto aliada quanto inimiga, por isso continuei agachado, embora sem a necessidade de contato com o solo, até avistar uma sombra que só poderia ser a cumeeira do galpão. Voltei a rastejar, cauteloso, e rezei para não encontrar nenhuma vaca ou cavalo dormindo pelo caminho. Se assustasse os animais, seria imediatamente descoberto pelos vigias que tomavam conta de Vitorino.

Depois de contornar um amontoado de árvores que se erguiam nas encostas da mata, posicionei-me ao lado direito do galpão.

Ali deveria ficar o tronco, e ali deveria estar o moleque. O diabo é que a luz da lua não chegava àquela parte, de modo que tudo se encontrava na mais completa escuridão. Avancei alguns metros, parei, fiquei um tempo deitado sobre a pastagem banhada de orvalho, apenas forçando os olhos e tentando enxergar alguma coisa.

Nisso, ouvi um gemido. Era Vitorino, com certeza, e sua voz soava muito mais perto do que o bom senso me permitiria supor. Estaria sozinho no tronco, sem nenhum vigia de prontidão?

Por um instante de descuido, acreditei nessa facilidade inverossímil. Se houvesse agido de imediato, teriam me capturado sem o menor esforço. Felizmente, minha sorte se manifestou através de um palito de fósforo. Não muito longe do tronco, alguém sentiu vontade de fumar e, com toda a tranquilidade do mundo, acendeu a ponta de um palheiro.

Alarmado, vi a face do capoeira se iluminando com a chama que cresceu e morreu em cinco segundos. Se ele tivesse olhado um pouco para a esquerda, poderia me ver estendido no chão, tamanha era a proximidade entre nós.

Afastei-me o quanto pude, sempre em silêncio. Guiando-me pelo lume do cigarro, dei uma grande volta para me posicionar à retaguarda do vigia.

Tudo indicava que estivesse sozinho ali fora. Abancava-se num caixote de madeira, inteiramente distraído, entregue aos devaneios da noite, talvez se perguntando por que ele, logo ele, ficara de guarda enquanto os outros foram ao cassino se divertir com Ioiô.

Agora de pé, com o porrete em posição de ataque, aproximei-me num passo de tartaruga. Tive receio de que minhas roupas, sujas de lama, produzissem ruídos antes que me aprontasse para o golpe. Precisava ser uma pancada só, seca e forte. Se o capoeira não desmaiasse no ato, se conseguisse dar o grito de alarme, tudo estaria perdido, pois era certo que havia outros dentro do galpão.

"É agora!", pensei.

O porrete cortou o ar e acertou em cheio a cabeça do infeliz, que estremeceu e desmoronou ao lado do caixote. Nesse ponto, dali mesmo de onde estava, pude delinear contornos que me pareceram os braços e a face de Vitorino. Não o encontrei apenas preso ao poste dos castigos, mas suspenso pelos pulsos envoltos em correntes de grosso calibre, fraco demais para ficar em pé, num estado de semidormência causado pelo exagero das torturas.

— Vitorino! — sussurrei. — Sou eu, Woodruff. Estás acordado? Consegues me ouvir?

— Minha mãe... — disse delirando. — Vosmecê encontrou... encontrou minha mãe?...

— Depois falamos disso. Agora precisamos sair daqui. Tens condições de correr? De caminhar, pelo menos?

Perguntei por perguntar. Era óbvio que o moleque estava mais morto do que vivo. Mesmo na escuridão, pude perceber a gravidade dos ferimentos. Levara tantas chicotadas que suas costas se converteram num mosaico de carne viva. Aqueles crápulas desalmados! Onde arranja-

131

ram estômago para cometer tamanha covardia contra um semelhante? Era esse o método que o Alemão usava para domesticar os seus irmãos? Não, o patife não podia ser irmão de ninguém. Nenhum irmão, por mais próximo que fosse de Caim, aprovaria as maldades que aquele bando de carniceiros infligiu a Vitorino.

— Eu sabia que vosmecê vinha... — continuou em seu delírio. — Santa Rita que me disse... que podia confiar no inglês...

— Fala baixo! Há outros guardas por perto?

— O inglês que sabe achar gente sumida...

Não dava para contar com a ajuda de Vitorino. Ele mal conseguia mover os lábios para resmungar suas incoerências. Era preciso carregá-lo dali. Outros capoeiras poderiam sair do galpão a qualquer instante, talvez até uma das mulheres que deviam estar dormindo lá dentro. Bastaria um grito para que me aprisionassem e, agora sim, atirassem meu cadáver nas águas da Guanabara.

Súbito, deparei com um imprevisto: como me livrar das correntes sem fazer barulho? Voltei até o capoeira que estava desmaiado ao lado do caixote. O palheiro permanecia aceso entre os dedos da mão adormecida. Revistei seus bolsos e encontrei uma chave em forma de cruz. Depois de introduzi-la no fecho das correntes, as algemas se abriram e Vitorino desabou aos meus pés. Implorou por água, um pedido impossível de atender no momento.

— Cala a boca, moleque. Não vês que estou tentando te salvar a pele?

Seria fácil transportá-lo, já que era magro e leve como uma pluma, mas de nada adiantaria descer pelo barranco. Se não nos capturassem até o fim da jornada, o mais provável é que caíssemos e quebrássemos as pernas, os braços e os pescoços. Restou-me a perigosa alternativa de atravessar o cortiço e sair pela porta da frente. Suspendi Vitorino sobre meus ombros e comecei a caminhar, ou quase correr, em direção às casinhas do Cabeça de Porco.

Rezei para que estivessem todos dormindo, algo difícil de acontecer numa noite de sexta-feira. Eram simpáticos a *Herr* Müller, ou porque sentiam medo, ou porque acreditavam nas mentiras do bandido. Mais do que meros informantes, funcionavam como uma espécie de barreira humana que protegia a malta de visitas indesejadas. Se alguém me visse com um escravo às costas, gritaria a fim de reunir um belo grupo de pessoas que teriam alegria em me linchar para devolver Vitorino ao Alemão.

Na primeira parte do trajeto, tudo correu mais ou menos bem. Cruzei a zona desabitada que separava o galpão do resto do cortiço, desci as escadas para o nível inferior, onde começavam as moradias, e enveredei pelos estreitos caminhos do Cabeça de Porco, um labirinto atapetado com dejetos de bodes e galinhas. Dezenas ou mesmo centenas de lençóis continuavam estendidos nos varais. Sem fazer caso de desviar, passei por eles, afoito, levando tudo de roldão. Suspeito que muitos dos panos ficaram manchados com o sangue de Vitorino.

Um dos lençóis se enroscou na cabeça do moleque. Por demorar-me a afastar o empecilho, fiquei com o corpo parcialmente coberto no momento em que cruzávamos uma área iluminada por lamparinas a óleo. Não parei de correr, não podia interromper a fuga sob pena de fracassar. Estava descendo o segundo lance de escadas quando ouvi um grito que cortou a noite.

— Assombração! Assombração!

Assim que me livrei do lençol, vi os portões principais do cortiço — fechados! — e a claridade irritante dos candeeiros que começavam a se acender nas janelas das casinhas. Os gritos se repetiam, as primeiras portas se abriam, alguns vultos despontavam para ver o que estava acontecendo. Minha única opção era continuar em frente. Se

133

cometesse a tolice de retroceder, seria rapidamente cercado e derrubado a pauladas. Ao lado dos portões maiores, havia uma pequena porta — ainda aberta! — usada pelos boêmios que costumavam chegar durante a madrugada. Era por ali que escaparíamos.

— Não é assombração! É um homem! Um ladrão!

— Ele tá carregando alguma coisa nas costas!

— Pega! Pega o gatuno! Pega!

Alguém se colocou na minha frente, com os braços abertos, e tentou barrar a minha passagem.

— Olha ele! — gritava ensandecido. — Olha ele! Tá roubando um preto lá de cima!

Pude reconhecer a voz aguda e esganiçada. Por uma coincidência infeliz, era o mesmo jovem macilento que havia incitado as crianças a me seguir no outro dia.

— Sai da frente! — ameacei.

— Não deixa! — continuava ele. — Não deixa o safado sair do Cabeça!

Tomado por uma ira irracional, chutei o peito do rapaz com todas as minhas forças. Ele caiu a metros de distância, desmaiado, mas Vitorino escorregou das minhas costas e, por tentar segurá-lo, perdi o equilíbrio e fui direto para o chão. Levantei-me depressa e de novo suspendi o moleque sobre os meus ombros. Logo à frente, uma dúzia de mulheres e dois ou três homens corriam para trancar a pequena porta dos boêmios.

— Vamos prender o bandido aqui dentro!

Vendo o que ocorrera ao macilento, ninguém ousava se aproximar de mim. Apesar disso, organizavam-se para me encurralar. Sem ter por onde sair, era apenas uma questão de tempo até que me cercassem e me dominassem.

— Saiam da frente! — vociferei, desesperado. — Saiam já da minha frente!

Se largasse Vitorino e corresse sozinho, talvez conseguisse tomar impulso no meio do tumulto e saltar por sobre os portões. Uma coisa dessas, entretanto, estava fora de cogitação. Fossem investigadores de polícia, bêbados ou marinheiros, nunca deixei nenhum dos meus camaradas para trás. Não seria a primeira vez que isso aconteceria, e pouco importava se o moleque fosse negro, escravo ou o diabo que o valha. Se fosse para cair, então cairíamos juntos. Eu ainda tinha o porrete. Derrubaria o máximo de oponentes até o fim das minhas forças.

— Miseráveis! — gritei. — Quem se meter comigo vai morrer!

Ainda que tarde demais, corri como um louco na direção da porta. Antes que pudessem fechá-la, fui surpreendido por um verdadeiro milagre. Um bastão de quase dois metros de comprimento atravessou o umbral e impediu que a passagem fosse bloqueada. Na sequência, a porta explodiu com um chute. Por trás do bastão, avistei a figura salvadora de Miguel Coutinho Soares, meu bom amigo português, que acertou dois dos homens mais esbaforidos e, para abrir caminho na peleja, deu em rodopiar a madeira ao redor de si mesmo. Fazia isso com tanta velocidade que, sob a luz oscilante dos lampiões, só podíamos ouvir um zunido castigando o ar.

— Vamos logo, ô bretão de uma figa! Achas que podes fazer algo sem a minha ajuda?

Havíamos combinado que ele me esperaria às margens do matagal. Felizmente, ao ouvir o barulho no cortiço, veio em meu auxílio porque entendeu que tive de optar por outra rota de fuga. Como afastasse os agressores com o bastão, passei pela porta e literalmente joguei Vitorino no assento da charrete. Subi, tomei as rédeas e gritei pelo português. O cavalo já estava a trote quando ele veio correndo e se atirou na traseira do veículo. O pessoal do Cabeça de Porco também saiu para a estrada. Gritavam palavrões e atiravam pedras que já não podiam nos atingir.

— Isso sim é que eu chamo de uma noite agitada — festejou Miguel. — Como nos velhos tempos, meu caro bretão, como nos velhos tempos!

Passamos por sobre os trilhos do trem e tocamos a toda para a região do morro do Senado. Utilizamos caminhos secundários no intuito de evitar todo e qualquer urbano que pudesse estar pelas redondezas. Assim que tomou as rédeas, o português me garantiu que conhecia o lugar ideal para esconder o moleque.

— Cristo Jesus! — comentou depois de observar a aparência de Vitorino. — Já vi muito castigo de escravos desde que cheguei ao Rio, mas nada igual ao que fizeram com esse miúdo.

Era fato. Temi que o moleque não sobrevivesse à monstruosidade dos ferimentos. Pensando no filho que jamais vi crescer, amparei o moribundo nos braços e senti a tristeza que a *Pietà* de Michelangelo dera ao mundo.

— Chegamos — disse Miguel. — Aqui ele há de ficar seguro.

— Aqui onde?

— Aqui, ora essa! Não estás a ver o abrigo?

Estávamos diante de uma estrebaria abandonada aos fundos da rua Mariana. A região era remota, havia chácaras e pastagens à nossa volta, talvez por isso Miguel considerou que fosse um bom refúgio para Vitorino.

— Nada feito — respondi. — Aqui não vai dar.

— Por que não?

— Olha as costas do moleque. Quem é que vai fazer os curativos? Além do mais, estamos na região dos nagoas. Já pensaste no que fariam se encontrassem um guaiamum convalescendo no território deles?

— É verdade. Mas então o que fazer? A pensão é o primeiro local que a polícia vai revistar.

— Vamos para o centro.

— Centro? Logo no ninho das cobras?

— Calma. Acho que sei onde podemos esconder o moleque.

As muitas serventias do Alcazar

Levei quase três horas para convencer *monsieur* Arnaud a abrigar Vitorino no teatro.

Quando chegamos não havia mais clientes na casa, tampouco cocotes desfilando pelas escadas. Encontrei o francês conferindo o caixa da confeitaria. Ao ouvir meu pedido, ele começou a sacudir a cabeça e as mãozinhas para dizer que eu estava louco e que ele e suas meninas seriam exterminados pela malta do Alemão Müller. Respondi que loucura seria deixar o moleque na pensão, um esconderijo tão óbvio, ou na Taverna do Araújo, que vivia cheia de urbanos, ou em qualquer outro endereço de uma cidade infestada de escravocratas e delatores.

— O senhor não vive dizendo que é contra a barbárie da escravidão? — provoquei. — Não vive se gabando que foi o primeiro empresário do país a contratar garçons negros? Se existe um local em que um escravo fugido pode encontrar amparo, este local só pode ser o Alcazar Lírico.

Muito antes da conversa chegar ao fim, Vitorino já estava deitado num catre discretamente removido para a sala de espetáculos. Impaciente com a demora, Miguel aproveitou-se da calmaria do horário e, entrando pelos fundos, trouxe o moleque para dentro. Deu-lhe água e, com um pano umedecido, tentava limpar as feridas em suas costas. *Monsieur* Arnaud andava de um lado para outro, dizia que aquilo era contra a lei e que estava se tornando cúmplice de um crime.

— Sou um cidadão honesto — chorava. — Não quero ir para a cadeia.

Com frieza e naturalidade, cobrei os favores que me devia desde que salvei a vida de madame Aimée. Não dissera o empresário que eu poderia pedir o que quisesse? E não dissera isso durante nosso último encontro, logo ali nas portas da confeitaria? Pois então, *monsieur*, era chegada a hora de retribuir. Vamos ver se o senhor é um homem de palavra, que cumpre o que promete, ou apenas mais um bobalhão que gosta de falar da boca para fora.

— O moleque só precisa de três ou quatro dias — expliquei. — Assim que puder andar, basta lhe indicar o caminho dos arrabaldes. Dali para frente, saberá se cuidar sozinho.

— E se ele morrer, o que acontece? Não tenho condições de lidar com o cadáver de um preto fujão.

— Vitorino não vai morrer.

— Mas olhe o estado desse menino! Ele mal consegue respirar.

— Por favor, *monsieur*, seja mais otimista.

— Lamento, *mister* Woodruff, mas os riscos são incalculáveis. Peça-me qualquer outra coisa, farei de bom gosto, menos isso. As pessoas entram e saem do teatro o tempo todo, as dançarinas passam a maior parte do dia nos camarins, isso para não contar o pessoal da cozinha e as negras da limpeza, que têm acesso a todas as salas, todos os cômodos, todos os míseros orifícios do prédio, inclusive o porão. É impossível que não ouçam os gemidos do moleque. A notícia vai vazar com a maior facilidade. O Alemão vai ficar furioso comigo, vai cercar o prédio, vai mandar pregar as portas e as janelas para meter fogo no teatro com todos nós trancados aqui dentro.

Por causa do desespero que ameaçava dominar a conversa, resolvi apresentar o último dos meus argumentos, sem dúvida o mais forte, que se materializou na forma de um rechonchudo envelope de papel pardo. Diante dos dois mil contos de réis que caíram sobre a mesa, *monsieur* gaguejou, limpou o suor da testa com a manga da camisa, algo que jamais fizera em público, e piscou uns olhinhos de dúvida e hesitação.

— Isso é para as despesas — esclareci. — E para compensar os riscos que o senhor há de correr.

Mudo e estupefato, permitiu que o pânico fosse se esvaindo aos poucos. Conforme deslizava as pontas dos dedos nos maços de dinheiro, recomeçou o falatório, primeiro lentamente, depois mais depressa e por fim com incrível frenesi, encontrando soluções bastante práticas para os problemas que enfrentaria por ter um fugitivo escondido em sua propriedade.

Miguel olhou para mim e riu com o canto da boca.

— Ora, vejam só, o que uns montinhos de papel com a efígie do imperador são capazes de fazer pela bravura e pela coragem da espécie!

Logo decidiu-se que Vitorino ficaria escondido embaixo do palco, o espaço menos suspeito do teatro. Apenas a cozinheira, a negra Esméria, que também levaria a sua parte, seria comunicada do que estava acontecendo, uma vez que era necessária para trocar os curativos e trazer as refeições do moleque. Eu já havia conversado algumas vezes com ela, parecia uma pessoa corajosa e, conforme as impressões de *monsieur*, totalmente confiável.

Como todos dormissem na pensão dos artistas e o Alcazar ficasse sozinho durante as madrugadas, as chances de êxito eram consideráveis. Nenhuma das cocotes, tão volúveis e indiscretas, deveria tomar conhecimento do segredo.

Cheguei perto de Vitorino para me despedir. Estava de bruços, tinha febre, chorava e continuava delirando por causa dos vergões abertos em sua pele. Naquele instante, duvidei que se recuperaria em tão pouco tempo, três ou quatro dias, conforme vaticinei a *monsieur* Arnaud.

— Desculpa, rapaz, mas não posso ficar para procurar a tua mãe. Volto amanhã para o meu país. Assim que te recuperares, vai embora do Rio de Janeiro. Não voltes nunca mais, não penses nas maldades do Alemão, nem em qualquer forma de vingança. Esta cidade deixou de ser a tua casa.

Pensei que fosse insistir na história da mãe, ou que talvez se lembrasse de agradecer o que fiz por ele, mas a verdade é que Vitorino não respondeu, ou porque não quis, ou porque não pôde devido à dor que lhe dilacerava a carne.

Com um martelo e um pé-de-cabra, abrimos uma passagem aos fundos do palco. Antes de depositar o catre ali embaixo para de novo pregar as tábuas do esconderijo, peguei uma vassoura e limpei as teias de aranha que obstruíam o local.

— Será o nosso procedimento de segurança — disse *monsieur*. — Usaremos o martelo a cada vez que trouxermos remédios e comida ao menino. Se ele não fizer barulho, ninguém desconfiará que temos um hóspede no teatro.

Eu e Miguel saímos do Alcazar em silêncio. Estávamos exaustos, mesmo assim não deixamos de verificar os dois lados da Uruguaiana, bem como suas esquinas mais próximas, para ver se havia alguém em nosso encalço. Subimos na charrete e tocamos num trote leve para a pensão.

— Que história triste! — resmunguei. — Será que o moleque consegue?

— Consegue o quê?

— Sobreviver?

No lugar da resposta que não tinha, o português estalou a língua para estimular a marcha do cavalo.

Quando cheguei ao meu quarto, já havia decidido que passaria o resto da noite em claro. Livrei-me das roupas sujas de lama e do lenço manchado com o sangue de Amâncio Tavares, lavei-me o melhor que pude, vesti bons trajes para a viagem e fechei as duas malas em que transportava os meus pertences. Se pudesse, levaria mais lembranças do Brasil, sobretudo os livros que li durante a minha estada, mas desde cedo aprendi que a vida deve funcionar para frente, para o futuro, não para um passado que jamais retornará, daí a suficiência de duas malas, duas casinhas de caramujo que sempre combinaram com o meu ímpeto de correr mundo.

Uma hora depois, seguindo o pedido do meu amigo português, desci ao primeiro andar para a nossa última conversa. Ele também havia se limpado, também trocara de roupa e agora parecia o velho e inofensivo Miguelzinho de sempre.

— Bretão dos diabos! — disse ao me ver. — Obrigado pela farra. Faz anos que não me divirto como na noite de hoje.

— Quem agradece sou eu. A essa hora, sem a tua ajuda, estariam me sepultando em algum quintal do Cabeça de Porco. Só lamento ter perdido a tua Rodgers. Assim que chegar à Inglaterra, prometo que te enviarei uma navalha novinha em folha.

— Isso é o de menos, meu caro. Importa é que não fomos apanhados.

— É, mas alguma coisa me diz que a história não terminou. Será que fizemos a coisa certa?

— Estás arrependido de teres resgatado o negrinho?

— Não, isso nunca. Temo apenas que ele seja descoberto e devolvido à chibata. Se entendi como funciona a mente do Alemão, dessa vez o moleque apanhará até a morte.

— Não te preocupes com isso. O francês do teatro está sentindo tanto medo que será capaz de vender a alma para que tudo termine bem.

— E se ele mesmo denunciar Vitorino?

— Ah, não! Isso é que não! Primeiro o coitado teria de enfrentar a raiva do Alemão, que não pouparia nem os aliados. E depois, se sobrevivesse, teria de se entender com meus bastõezinhos de carvalho. Podes viajar tranquilo, ficarei atento para que *monsieur* não cometa nenhuma tolice.

— Viajar tranquilo! Esse é o problema! Eu não havia pensado nisso até há pouco, mas é bem capaz que o Alemão venha atrás de ti e da tua esposa.

— Improvável.

— Achas mesmo? Sabes que ouviram nossos gritos lá no cortiço. Aposto que identificaram um sotaque inglês e outro lusitano. Para o Alemão, não será difícil relacionar o meu nome ao teu. Desde que cheguei ao Rio, fiquei hospedado na pensão de uma mulher conhecida por ser casada com um português. Não me surpreenderia se tentassem te pendurar num tronco para descobrir a toca do moleque.

— Teu raciocínio faz sentido, mas sei me cuidar melhor do que imaginas. Quando me intrometi na peleja do cortiço, sabia muito bem o que estava a fazer. Além do mais, quem foi que insistiu para te acompanhar no resgate do moleque, hein?

Isso era verdade. Assim que desci da charrete à beira do capinzal que se estendia aos pés do morro da Providência, implorei que Miguel voltasse para casa em paz. Ele riu como se estivesse lidando com uma criança. "E te deixar morrer sozinho?", brincou. "Ainda tens muito a aprender sobre a índole dos portugueses!". Alguns minutos depois, ele estava batendo com o bastão no cocuruto de toda aquela gente que queria me linchar.

— Acho que tenho a solução para o meu próprio problema — disse ele, e com isso deu a entender que tudo fazia parte de um plano previamente concebido. — Talvez seja preciso sumir por uns tempos.

— Mas não será ruim para ti?

— De jeito nenhum! — E acrescentou em voz baixa: — Acabo de falar com Miminha e ela mesma concorda que devo fazer isso. Entendeu, ô bretão? Acabas de me providenciar umas boas semanas de férias!

Em meio ao riso abafado do português, e confirmando a veracidade de um dito corrente no Brasil, "por falar no diabo vê ali o seu rabo", a viúva Jandira — sim, eles se tratavam por Miminho e Miminha! — surgiu na sala apenas de roupão e chinelos de dedo. Com a cara amassada de dormir, deu-me um forte abraço, depois beijou-me as faces, aos estalos, e olhou nos meus olhos para bendizer a minha saúde.

— *Thanks God*, senhor Woodruff, *thanks God*! Que bom que estejam a salvo, o senhor e essa peste do meu marido. Vivo rezando pela intercessão de Nossa Senhora das Dores, que costuma me atender nos momentos mais difíceis. A fé tem poder, eu sei, sempre soube, a fé tem poder. E o que é certo, senhor Woodruff, é certo e ponto final.

Pela boca de Miguel, ela acabara de saber o que havia acontecido no Cabeça de Porco. Parece que ralhou com o coitado — por que não parava de se envolver nessas brigas de rapazes? —, mas ao mesmo tempo sentiu-se orgulhosa pelo sucesso da empreitada. Não era exatamente contra a escravidão, tanto que possuía duas mucamas para auxiliá-la na hospedaria, mas abominava os senhores e as senhoras que, despreparados para um "saudável comando de escravos", valiam-se do açoite para remediar a própria incompetência.

— Se estavam para matar o moleque a chicotaços — emendou —, nada mais justo que arrancá-lo dos carrascos e removê-lo para um lugar seguro.

Então voltou até a cadeira em que Miguel estava sentado, abraçou-o por trás e aplicou-lhe inúmeros beijos nas orelhas e no couro cabeludo. Nunca consegui compreender a relação dos dois. Segundos após chamar o marido de peste, a viúva acabava demonstrando o imenso carinho que sentia por ele. Talvez por causa da acentuada diferença de idade, quase trinta anos, tratava-o menos como um cônjuge relapso e mais como um filho mimado. E Miguel, por sua vez, se por um lado comemorava as "férias" que tiraria longe da rotina doméstica, por outro também deixava transparecer que teria dificuldades de passar sem a sua Miminha.

"Loucos!", pensei. "Mas o que importa é que são gente boa, excelentes anfitriões e ótimos amigos".

Ouvi galos cantando nas redondezas. Os primeiros raios de sol entravam pelas janelas. Assim que as mucamas acordaram e assumiram seus postos diante do forno e do fogão, a mesa do café foi se enchendo com tudo o que havia de saboroso na cozinha. Tive um alegre desjejum, cheio de bravatas e guloseimas, uma refeição com gosto de vitória e dever cumprido, mas também de certa melancolia, já que me preparava para singrar as novas e imprecisas águas da existência.

Era certo que não retornaria ao Rio, por isso seria difícil reencontrar aquelas figuras que, bem ou mal, deram forma às minhas experiências brasileiras. Curioso é que quase não pensei em sinhazinha Mota, um rosto nítido em minha memória, alguém que pude ver e até mesmo tocar (ainda que de raspão!).

Pensei, isso sim, numa mulher distante e misteriosa, apenas um nome ecoando nos meus ouvidos, uma imagem sem definição, uma mulher que se fazia presente em sua ausência, viva em sua falta de contornos, real em sua sina legendária: Bernardina, a mãe de Vitorino Quissama, a número um do chefe cercado de amantes, a escrava que foi vendida — ou fugiu — para longe dos crimes que sustentavam o poder do Alemão.

Era evidente que o moleque jamais seguiria o meu conselho. Ficaria na cidade, provavelmente rondando o Cabeça de Porco, talvez fosse recapturado antes de encontrar a pista da mãe. Ali na mesa do café, diante das gargalhadas bem urdidas de Miguelzinho, lidei com a tentação de ficar e ajudar Vitorino até o fim. Como fiz no Caso do Teatro, poderia me ensimesmar no propósito de descobrir o paradeiro da escrava, fosse numa fazenda longínqua, numa nova senzala, numa casa de mulheres ou mesmo numa lápide de cemitério.

A verdade, porém, é que eu já havia feito o que me cabia. Estava com a consciência tranquila, pronto para viajar. De agora em diante, o moleque deveria tomar conta de si mesmo. Quem sabe a sorte se amigasse dele? Quem sabe o colocasse no rastro de Bernardina?

Aos poucos, conforme o sol subia lá fora, a mesa do café foi cercada pelos hóspedes que desciam dos seus quartos. Uns se aprontavam para trabalhar ou passear, outros se vestiam com os mais finos trajes para passar o dia no ócio. Todos fizeram questão de me dar abraços e votos de felicidade. Pela primeira vez na vida, o senhor Alberto Quintanilha largou a *Semana Ilustrada* sobre o canapé e se aproximou para conversar comigo.

E sinhá Aurora, por seu turno, apressou-se em abrir o piano e entoar algumas canções de despedida ao "amigo da Inglaterra". Disse que iniciaria com a belíssima música de um gênio brasileiro, o maestro Carlos Gomes[14], que estava na Itália estudando e compondo óperas para o engrandecimento da nação.

Tão longe, de mim distante,
Onde irá, onde irá teu pensamento?

Era uma melodia de fato linda e cativante, que me encheu de um sentimentalismo doce em relação ao Brasil. Todas as dez ou doze pessoas que estavam na sala conheciam a letra, acompanharam sinhá Aurora ao piano, deram-me muitos tapinhas nas costas, tornaram a me abraçar com efusão e, quero crer, sinceridade. O tempo passou depressa entre os meus alegres colegas de moradia.

Quando dei por mim, os ponteiros do relógio marcavam nove em ponto.

— O porto! — despertei. — Um navio me espera no porto.

— Deixa que te levo na charrete.

— De jeito nenhum, ô galego de uma figa! Pego um tílburi ali na frente.

Subi as escadas correndo e apanhei as malas no quarto. Antes de descer, olhei-me no espelho e ajeitei o laço da gravata. Percebi então que todos ficaram em silêncio no primeiro andar. As vozes, os risos, a música, tudo se interrompeu de repente. O que será que houve com eles?

Encontrei a resposta aos pés da escada. Oito soldados do Corpo de Guardas Urbanos haviam acabado de invadir a pensão. Carregavam fuzis, que apontaram para mim, e se posicionaram com o intuito de desencorajar qualquer tentativa de fuga.

— Alguém pode me dizer o que está acontecendo aqui?

A pergunta não era minha, mas da dona da casa. Nenhum dos soldados se importou com explicações. Restringiram-se a se aproximar numa estratégia de intimidação. Dois deles tocaram os canos das armas no meu peito. Larguei as malas e levantei as mãos. Só fui entender o que queriam quando vi o delegado Nogueira entrando na pensão. Como no cassino, o homenzinho caminhava devagar, com as mãos nas costas e o queixo empinado por causa da baixa estatura.

— O que significa isso? — protestei. — Preciso correr para o porto. Meu navio zarpará em menos de duas horas.

— Receio que o senhor não possa deixar a corte.

— Mas por quê? O que foi que eu fiz?

Antes de responder, o delegado abaixou os olhos e sorriu com ironia. Virou-se para os hóspedes, que também começavam a protestar, e exigiu que se calassem. O silêncio foi imediato. A viúva parecia assustada, fazia muxo-

Oito soldados do Corpo de Guardas Urbanos haviam acabado de invadir a pensão.

xos de quem não pode respirar direito, ameaçava desmaiar se aquele absurdo prosseguisse. Nisso, percebi que Miguel já não se encontrava no recinto. "Ótimo!", pensei. "Deve ter aproveitado para antecipar o seu plano de sumir por uns tempos".

— Sabia que sou gaúcho? — disse enfim o delegado. — Gaúcho, entende? É assim que chamamos os filhos do Rio Grande. Meu pai era guarda de fronteira na região de Bagé. Enforcou muitos vagabundos por roubo de gado. Não sei se existe esse tipo de barbaridade no seu país, *mister* Woodruff, mas entre nós não há nada mais indecente que um maldito ladrão de gado. A forca é a única justiça que esses bandidos respeitam.

Estava falando em sentido figurado. Não se referia a bois ou cavalos, mas a escravos, a Vitorino, uma "peça" que surrupiei da propriedade alheia. O Alemão Müller jamais se desgastaria em procurar o moleque pessoalmente. Pra que fazer isso se era mais fácil enviar um dos seus cães de caça? Por pouco o ódio não me dominou, o ódio aos corruptos, àquele fantoche de delegado metido a esperto e valentão.

— Revistem todos os quartos! — ordenou a dois dos guardas. — Duvido que encontrem o que estamos procurando, mas vamos lá. Quanto aos demais, podem proceder à prisão do inglês.

— Prisão? — gritei. — Que crime cometi?

— O senhor sabe muito bem.

— É claro que não. Ninguém pode me acusar de ter roubado coisa alguma.

— E quem disse que estou fazendo isso? — O delegado acendeu um cigarro e, depois de uma tragada pachorrenta, esboçou um sorriso de triunfo. — O senhor está preso pelo assassinato de Amâncio Tavares.

Parte 2

O barril dentro da cela

Por motivos que eu só compreenderia mais tarde, o delegado Nogueira fez questão de me trancafiar numa cela individual, no fim do corredor, longe dos ouvidos e da curiosidade dos outros presos.

— Fiquem atentos ao estrangeiro — ordenou a dois dos guardas. — Ele é cheio de truques.

Depois de me lançar um olhar de esguelha, o delegado virou-se e desapareceu do meu campo de visão.

A cela era minúscula. Contei três passos entre as paredes laterais e menos de quatro entre as grades e a janela dos fundos, na verdade uma frestinha de duas polegadas destinada à passagem de luz e algum ar. Não havia cadeiras, apenas um colchão de palhas atirado no piso e um barril de tamanho médio cheio de água escura. Qual a utilidade daquilo? Seria para minha higiene pessoal? Para matar a sede? Achei melhor não questionar. Por ser minha primeira vez numa prisão brasileira, entendi que a presença do barril constituísse mais uma peculiaridade do país.

— Que horas são? — perguntei aos guardas que ficaram no corredor.

— Ninguém aqui usa relógio — responderam com grosseria.

Dei de ombros e agradeci mesmo assim. Tentava com isso manter o ânimo frente à arbitrariedade da situação. Ao mesmo tempo, imaginei o navio se afastando pela baía da Guanabara. Pude ouvir o apito trovejante da despedida e visualizar as centenas de lencinhos se agitando para dizer adeus.

— Minha embaixada precisa saber que estou preso — reclamei. — Posso enviar o comunicado por algum de vocês?

Os dois começaram a rir.

— Qual é a graça?

— Nada não, seu moço. Ninguém aqui é louco de mexer um dedo sem ordem da chefia.

— Pago pelo serviço.

— Paga com quê? Esqueceu que o seu dinheiro já foi todo para o bolso do delegado?

— Pago quando me libertarem.

— Hoje é sábado, não haverá ninguém para lhe socorrer. Pelo que a gente escutou ali na frente, vai ser muito difícil o senhor sair daqui.

Agora sim aborrecido, joguei o paletó e a gravata de lado, desabotoei meus pulsos e meus colarinhos e comecei a executar flexões de braço no meio da cela. Depois me ergui num salto e, desajeitado no espaço restrito, chutei o ar tantas vezes quantas foram possíveis, mas chutei alto e veloz, com o intuito de extravasar a minha raiva. Por fim, dei em projetar as solas das botas contra os ferros da grade. Cada pancada produzia um estrondo incômodo que reboava pelo interior da delegacia.

— Pare com isso! — gritou um deles. — Pare ou vai se arrepender!

— Vou, é? E quem vai fazer com que eu me arrependa? Tu?

— Eu mesmo.

— Falar é fácil. Quero ver é se tens coragem de entrar aqui.

— Me respeite, seu moço! Duvide se não lhe assento a mão nas ventas.

— Não sejas tolo! — disse o outro, nitidamente o mais esperto. — O inglês só quer criar uma oportunidade de fuga. Deixa que daqui a pouco ele sossega sozinho.

E foi o que aconteceu. Rápido me cansei de lutar contra minha própria sombra. De nada adiantava grunhir e tentar fisgá-los para uma briga de igual para igual. Nenhum dos dois seria idiota o bastante para abrir a cela. Exausto como estava, sem um segundo plano para tirar da manga, restou-me cessar a ginástica.

Por causa dos percevejos e do forte cheiro de urina, não era bom negócio me aproximar do colchão. Passei um tempo andando de um lado para outro, como um bicho, sem nunca afastar os olhos dos guardas. Temia que se aproveitassem de uma distração e entrassem para me espancar às escondidas.

Que diabos queriam com aquele barril dentro da cela? Resolvi controlar a curiosidade, assim como resolvi que não me humilharia a ponto de pedir água ou comida. Desse jeito o dia passou, lento e cansativo. Só no fim da tarde, no limite da minha resistência, abaixei a guarda e sentei-me no piso úmido e escorregadio.

— Então o nosso potro quebrou o queixo? — riram-se os guardas. — Todos quebram, até os mais xucros. É apenas uma questão de tempo.

O delegado Nogueira voltou depois de anoitecer. Também não se atreveu a entrar na cela. Sob a luz do único candeeiro que iluminava o corredor, abriu-se num sorriso cínico e nauseante. Logo atrás apareceram três homens à paisana, todos de cor, sujeitos que — constatei assustado — já havia visto no galpão do Alemão Müller. Quando o delegado dispensou os guardas fardados, compreendi que meu fim era iminente. Eu estava nos fundos de uma delegacia, diante de um homem da lei, mas nada do que aconteceria tinha a ver com a ordem e a justiça.

— Muito bem, estrangeiro. Pronto para confessar o assassinato de Amâncio Tavares?

— Nada tenho a declarar.

— Ora, por favor, não dificulte as coisas dessa maneira. O senhor está cansado, e nós também. Não nos obrigue a passar a noite em sua companhia.

— Não direi nem farei nada antes que minha embaixada saiba onde me encontro. Não sei se o senhor atinou para o detalhe, mas sou um cidadão britânico.

— Pouco me importa quem seja. O senhor cometeu um crime em território nacional e por isso será punido conforme as leis do Brasil.

— Crime? Que crime? A minha prisão é uma farsa, não há coerência no ato, não há sequer documentação jurídica. O senhor será obrigado a se entender com seus superiores.

O delegado manteve a postura de confiança. Tirou o chapéu, alisou os cabelos suados, tornou a cobrir a cabeça como quem testa o peso de uma coroa.

— Meus superiores, o senhor disse? — Voltou-se para os três que o acompanhavam. — Ouviram isso, rapazes? Meus superiores!

Todos caíram na gargalhada.

— Ou melhor — retifiquei — o *seu* superior. Um certo Alemão Müller, se não me engano.

A gargalhada cessou de imediato.

— O chicote — disse o delegado — parece ser o único remédio eficaz contra a surdez. E também contra a fraqueza da memória, eu suponho. Já pedi que fizesse um favor a si mesmo e deixasse de se referir a *Herr* Müller dessa forma indelicada. "Alemão", que horrível. Quando conheci o senhor no cassino, pensei que fosse apenas um inglesinho desbocado, mas agora vejo que não passa de um ingênuo, um tolo, alguém que não faz ideia de onde está enfiando o nariz. Siga meu conselho, *mister* Woodruff, assine a confissão e vamos todos descansar.

— Já sabe qual é a resposta.

— Eu insisto. Pela sua saúde.

— Fico grato, mas saiba que está perdendo o seu tempo. Por que assumiria um assassinato se não existem provas contra mim?

— É nisso que se engana. Temos tudo de que precisamos

para condená-lo. A propósito, sabemos tudo a seu respeito, incluindo as suas patéticas investidas sobre a filha do barão de Jaguaruna. Usar um lenço de seda azul no teatro, onde já se viu? Um homem da sua idade, que vergonha!

Nova onda de gargalhadas. Como souberam desse episódio — que admito ser mesmo patético — do meu fracassado idílio com sinhazinha Mota? Confesso que fiquei temeroso. A gangue do Alemão Müller era mais organizada do que cogitei num primeiro momento. Além do séquito de capoeiras, dispunha de um eficiente serviço de informações e operava um incrível sistema de corrupção no interior da polícia.

— Testemunhas é que não faltam — continuou o delegado. — O senhor conhece um menino chamado... deixe-me verificar minhas notas... vejamos... aqui... Quindim?

— Não.

— Conhece, sim. Ele trabalha no *Opinião Liberal*, o jornal que o senhor visitou na tarde de ontem, mais ou menos uma hora antes do crime.

— O crime aconteceu durante a manhã.

— Então por que o senhor ameaçou o menino com uma navalha e o obrigou a revelar o endereço de Amâncio Tavares?

— Eu não ameacei ninguém, muito menos com uma navalha.

— É o que consta no depoimento do garoto. Ele era amigo da vítima e está disposto a testemunhar no tribunal.

— Isso é ridículo...

— Cale-se, que ainda não terminei. Existem mais testemunhas oculares que provam a sua presença na cena do crime. Dona Quitéria de Azevedo, por exemplo, uma viúva que mora na ladeira da Misericórdia e que, ludibriada pela sua astúcia de assassino, ajudou-o a localizar a vítima. A pobre mulher está em choque. Sente-se culpada pela morte do vizinho e não vê a hora de apontar o dedo para o banco dos réus.

— Que absurdo!

— Silêncio, *mister* Woodruff, silêncio, por favor, deixe-me encerrar minha explanação. Duas das filhas do senhor Arthur Moreira também viram quando o senhor arrombou a porta do quarto em que Amâncio Tavares residia.

— Arthur Moreira?

— O dono do sobrado. As filhas estavam espiando tudo de uma janela no segundo andar. Mais do que isso, ouviram os ruídos da luta, os gritos do rapaz, e logo voltaram a ver o senhor fugindo da propriedade enquanto limpava o sangue das mãos. Sangue que sujou este lenço — está vendo? — encontrado na pensão da viúva Jandira. Deseja mais provas? Mais testemunhas? Ou está suficientemente convencido de que temos todos os meios de pendurá-lo numa forca.

— Forca? Como assim, forca?

— Ora essa! Um assassinato cometido com tamanha brutalidade fará com que o júri exija a sua execução imediata. Infelizmente, temos um imperador de meia pataca que só serve para comutar as penas de morte. Mesmo assim, a forca será substituída pela prisão perpétua. Portanto, *mister* Woodruff, tenho o prazer de informar que o senhor passará o resto da vida na cadeia[15]. A menos que decida colaborar...

— Se está se referindo a uma falsa confissão, saiba que não assino porcaria nenhuma.

O delegado fez nova pausa, dessa vez para acender um cigarro. Balançou a cabeça em sentido afirmativo.

— Para ser honesto — disse — estou pensando em outra forma de colaboração. Em face do que temos contra o senhor, sua assinatura num pedaço de papel é um item totalmente dispensável para o bom senso de qualquer juiz. Ademais, quem é que se importa com a morte de um poeta pobretão? Há questões mais urgentes em jogo, por isso podemos negociar com outra moeda de troca. Será fácil destruir as provas e desacreditar as testemunhas do crime. Basta que dê o que queremos.

— Do que está falando?

— O senhor sabe muito bem! — Agora o delegado se apoiou nas grades e, do meio das sombras que o envolviam, olhou diretamente nos meus olhos. — Onde escondeu o moleque?

— Que moleque?

— Não se faça de bobo. O escravo de *Herr* Müller que foi sequestrado na noite de ontem.

— Não fui eu.

— Ah, não? Então observe estas roupas que também encontramos na pensão. Estas calças e esta camisa não pertencem ao senhor? Veja, cobertas de lama! Sou capaz de cortar meu braço direito se a lama não pertence ao morro da Providência. Chega de rodeios, *mister* Woodruff. Entregue-nos o moleque e deixaremos o senhor em paz. Caso contrário, há de responder pelo assassinato de Amâncio Tavares.

Eu já esperava por isso. Um indivíduo oportunista como o delegado Nogueira jamais se preocuparia em solucionar o crime sem receber um generoso pagamento. A mando de *Herr* Müller, trabalhou para me envolver no assassinato apenas porque queria me pôr numa situação de fragilidade e assim conseguir as informações de que necessitava para localizar Vitorino. Fiquei imaginando por que o moleque poderia ser tão valioso para o Alemão. Se fosse somente um escravo indisciplinado, não haveria motivo de tamanho empenho para encontrá-lo. Ou o bandido estava ferido em seu orgulho e desejava castigar os intrometidos que lhe passaram a perna, ou Vitorino seria uma peça de fato indispensável na organização. Mas… indispensável por quê? Por causa de sua destreza na capoeiragem? Por conhecer algum segredo comprometedor? Ou por quaisquer outras razões que estariam além da minha capacidade dedutiva?

— O que me diz? — tornou o delegado, interrompendo meu raciocínio. — Podemos contar com sua colaboração?

Sujeitinho asqueroso! Se não me vendi por enormes somas em dinheiro, por que haveria de trair a mim mesmo por medo de enfrentar uma acusação caluniosa? Minha resposta foi direta e incisiva: tornei a chutar os ferros da grade, com toda a força, de modo que o delegado, num susto, teve de se afastar com os trejeitos de um covarde. Sobre ele despejei as dezenas de injúrias que me passaram pela cabeça, e fiz isso em inglês mesmo, para que não houvesse dúvida do meu asco e da minha sinceridade. Embora desconhecesse a minha língua, sei que compreendeu a mensagem ao pé da letra, já que sua reação foi muito mais reveladora do que a minha: sacou a pistola e a apontou para o meu peito.

— Imbecil! — explodiu em gritos. — Afaste-se das grades! Agora!

Recuei por precaução.

— Vire-se e apoie-se na parede! Faça isso, miserável, faça ou mando a sua alma direto para o inferno!

Vi-me forçado a obedecer.

— Pedaço de asno! — prosseguiu o delegado. — Deus é testemunha de que fiz o possível para resolver o problema da melhor maneira para nós dois. Se não foi por bem, então só resta ser por mal. Desisto dessa conversa inútil. É com vocês, rapazes.

Com carta branca para agir, os três brutamontes entraram na cela e vieram com tudo para cima de mim. Acertei um deles com um gancho, tentei usar o cotovelo para golpear o segundo, mas não tive chance de reagir à altura. Valendo-se da vantagem numérica e do espaço diminuto, me agarraram e me empurraram na direção do barril. Enfim descobri o que o trambolho estava fazendo ali. Pretendiam me torturar por afogamento.

— Não nos obrigue a fazer isso — disse o delegado. — Fale onde está o moleque e retiraremos a acusação de assassinato. Melhor ainda: fale onde está o moleque e poderá partir no próximo vapor.

Chutei o barril na tentativa de derrubá-lo e esvaziá-lo, mas estava preso no piso, sólido como uma rocha, incólume contra esse tipo de estratégia. Por causa disso, fui castigado com mais socos e pontapés. Ao tentarem me curvar para a frente, segurei-me como pude nas bordas do barril. Bateram-me forte nas costas e nas costelas, forçaram minha cabeça de todas as formas imagináveis, mesmo assim não cedi. Quando o delegado passou-lhes um porrete através das grades, arma que usariam para dilacerar minhas mãos, fui obrigado a desviá-las das pancadas e, desse modo, bebi um primeiro litro de água suja.

— E então? — disse o delegado, minutos depois, ao permitirem que me erguesse para respirar. — Vai revelar onde o moleque está escondido?

Xinguei a mãe do patife, de novo em inglês, para em seguida voltar ao fundo da água. Lembro bem que me debatia como um louco, que lutava desesperadamente para me livrar do tormento, mas os três me seguravam de tal forma, controlando minha força com chaves de braço, que não tive condições de reverter a situação. No intuito de destruir o instrumento da tortura, golpeei o casco do barril com meus joelhos. Novo fracasso.

— Onde está o moleque? — repetia o delegado. — Onde está o maldito moleque? Fale ou vai beber até explodir!

Eu já não estava bebendo, mas inalando, e isso fez com que perdesse os sentidos por um longo tempo.

— Já desmaiou? — ainda ouvi as caçoadas dos brutamontes. — Que fraco!

O redemoinho que se formava no fundo das minhas vísceras cresceu e se agigantou até atingir as dimensões de um ciclone capaz de descoser as velas da embarcação e atirar os marujos contra o tridente de Netuno. No piso lamacento da cela, senti como se as imensas ondas que revoluteavam em meu interior pudessem me jogar de um para o outro lado do convés. "Aos seus postos", ouvi os gritos do Capitão Evans. "Aos seus postos, cambada de moleirões!" Mas já não havia postos a ocupar, não havia navio visível sobre as águas, apenas um mastro quebradiço que balouçava na borrasca, um palito de fósforo que desaparecia na imensidão dos oceanos.

Mais tarde, quando acordei, tossindo e vomitando a água acumulada no meu estômago, a porta da cela estava aberta. Não havia mais nenhum dos torturadores à minha volta. "Que estranho", pensei. Vi o delegado no corredor, com um documento nas mãos. Sacudia a cabeça transtornado, rilhava os dentes enquanto murmurava palavrões para si mesmo. Olhou para mim como se estivesse disposto a me trucidar. Levantei-me devagar, apoiando-me no barril, caminhei dois passos e, cheio de dificuldade, consegui parar em pé.

— Saia já da minha frente — disse ele, com os olhos faiscando de ódio. — O senhor está livre.

— Livre?

— Salvo pela sorte — continuou como se não pudesse me ouvir. — Mas saiba que estarei de olho em todos os seus movimentos. Mais cedo ou mais tarde, *mister* Woodruff, o senhor voltará para esta cela. E voltará para morrer.

Retirou-se num passo prenhe de impaciência e irritação.

Iriam me libertar assim, sem exigir nada em troca? Devia ser um truque, uma armadilha. Queriam que eu fosse para fora porque precisavam ter o cuidado de me executar em campo neutro. Se estavam me torturando há poucos minutos, por que deixaram de precisar de mim tão repentinamente? Acaso encontraram Vitorino? Era preciso averiguar. Com a porta da cela escancarada, não havia alternativa além de seguir na direção da rua.

Apanhei o chapéu e o encaixei na minha cabeça molhada. Sem me importar com as outras coisas, o paletó, a gravata, os pulsos e os colarinhos, que ficaram para trás, saí manquejando pelo corredor. Caí de repente e vomitei uma nova porção da água — tão emporcalhada — que me forçaram a engolir. Senti um forte desânimo, tive impressão de que fora encurralado pelos azares do mundo. Dentro de pouco tempo, porém, descobriria que tudo que estava acontecendo não passava da ponta de um *iceberg*. Um nefasto e tenebroso *iceberg*.

Nova conversa com o ministro

Ainda que cumprisse ordens de José de Alencar, Guilherme Otaviano é que foi o responsável direto pela minha libertação.

Soube disso tão logo o avistei na saída do corredor, onde esperava por mim. Embora ostentasse um planejado sorriso de superioridade, parecia nervoso e um tanto inseguro quanto ao desfecho do seu ato. Apressou-se em segurar meu braço e, sob os olhares confusos do escrivão e dos guardas fardados, ajudou-me a atravessar a antecâmara da delegacia.

— Depressa, depressa! — cochichou ao cruzarmos a porta da rua. — Vamos antes que mudem de ideia.

Olhei para trás e não vi sinal do delegado Nogueira ou de quaisquer dos três que estavam me afogando no barril. Apesar disso, Guilherme Otaviano só relaxou depois de subir comigo na caleche e ordenar ao cocheiro que pusesse os cavalos a correr.

— Ufa! — exclamou satisfeito. — Por um instante pensei que não conseguiria tirar o senhor de lá.

Enquanto a aragem da noite aliviava-me um pouco da tontura e da debilidade física, o Flagelo dos Capoeiras começou a discorrer sobre tudo que fizera para me livrar da prisão. A princípio, por ignorar que lidaria com o delegado Nogueira, imaginou que seria fácil resolver o problema. Bastaram dois passos no interior da delegacia para entender que a tarefa seria mais complicada do que a aparência. Para seu desassossego, o delegado teve a audácia de afrontar a ordem expressa de um ministro. Alegou que José de Alencar desconhecia a totalidade dos fatos e por isso estava cometendo um erro ao solicitar a libertação de um assassino. Dessa maneira, seria mais prudente manter o criminoso sob custódia. No dia seguinte, o delegado faria questão de vestir o seu melhor traje e, acompanhado das devidas explicações, apresentar-se pessoalmente ao ministro da Justiça.

— Por alguns minutos — disse-me Guilherme Otaviano, na caleche — fiquei sem nenhum argumento convincente. Então resolvi blefar. Citei um acordo diplomático entre o Brasil e a embaixada britânica. Segundo o documento, cidadãos ingleses não devem responder por seus crimes às autoridades brasileiras, mas tão-somente ao governo inglês.

— Esse acordo existe? — perguntei admirado.

— Existia! Caducou há muitos anos. Afortunadamente, o velho Nogueira vive tão ocupado com suas falcatruas que nunca teve tempo de prestar atenção às leis internacionais. Aproveitei-me do titubeio que deixou transparecer e emendei que, se obrigasse um cidadão inglês a passar a noite atrás das grades, o próprio ministro seria forçado a se explicar com o embaixador britânico. Tamanho constrangimento causaria meia dúzia de cabeças cortadas, sendo que a primeira, óbvio, seria a do delegado. Ah, *mister* Woodruff, o senhor precisava ver como o bilontra acreditou na peta. Ficou tão pálido, tão enfurecido!

163

Pensei que fosse mastigar a carta com a assinatura do ministro. Mas não teve escolha. A fim de salvar a própria pele, voltou para dentro e colocou o senhor em liberdade.

— Aquele covarde! Ordenou que três capangas empurrassem minha cabeça para dentro de um barril cheio de água imunda.

— Graças aos céus, as notícias correm rápido na corte. Os rumores da sua prisão cruzaram a cidade como fogo num rastilho de pólvora. Claro que toda essa repercussão possui um lado ruim. Pelo que sei, seu nome estará em todos os jornais de amanhã, não mais como o herói que salvou madame Aimée, mas como o facínora que cortou o pescoço de um poeta indefeso.

Espantou-me que Guilherme Otaviano, apesar de sua alegre verborragia, não fez o menor comentário sobre a tortura que me infligiram numa sede da segurança pública, indício de que a prática era comum no Brasil. Seja como for, tive sorte de sair de lá a tempo. Não sei até quando aguentaria sem entregar o esconderijo do moleque. Por sua vez, o delegado Nogueira acabara de embrulhar-se em maus lençóis. Se utilizava o cargo para favorecer os próprios interesses e ainda assim era dispensado de dar satisfações a seus superiores, o mesmo não aconteceria com o Alemão Müller, seu verdadeiro chefe. Como se justificar por ter me posto em liberdade antes de deitar as garras em Vitorino? É certo que o policial seria punido, humilhado, ridicularizado, principalmente depois de descobrirem que me soltou por medo de uma lei caduca. Ficaria ainda mais louco de raiva. Mesmo se descobrisse o paradeiro do moleque por outros meios, seria capaz de descer aos infernos para me encontrar e me castigar até a morte.

— Agradeço o que fizeram por mim — expliquei —, mas não compreendo exatamente o porquê de tamanho esforço para salvar minha pele.

— Temos certeza de que o senhor não é responsável pela morte de Amâncio Tavares.

— Como podem saber disso se mal me conhecem?

— Ora, *mister* Woodruff, que motivos teria para tirar a vida daquele pobre coitado? É óbvio que pegaram o senhor para bode expiatório. Convenci o ministro a interceder por sua liberdade. Agora devo levá-lo à minha casa e abrigá-lo até segunda ordem.

— Quer dizer que falou mais alto a solidariedade humana... Está certo de que foi apenas isso que fez o ministro se ocupar do meu problema?

— Para ser sincero, não. Ele gostaria que o senhor continuasse na investigação.

— Investigação?

— É nosso dever descobrir quem está por trás da morte de Amâncio Tavares. Por uma infinidade de razões práticas e circunstanciais, o senhor continua sendo o homem ideal para a tarefa.

Ah, sim! Meu vapor estava longe no Atlântico, meus pertences foram confiscados pela polícia, o que restara do meu dinheiro se encontrava nos bolsos do delegado e — o mais degradante — os jornais publicariam o meu nome ao lado da palavra "assassinato". Razões de sobra para me acorrentarem a um caso que, iniciado por um acróstico mal-escrito, ameaçava transformar-se na ruína de todo um ministério. É lógico que Alencar não saiu em minha defesa por simples fraternidade. Temia que eu desse com a língua nos dentes sobre os motivos que me fizeram entrar no quarto de Amâncio Tavares. Se vazasse para a imprensa que o ministro me contratou para descobrir o autor de um poema ofensivo à Coroa, um escândalo sem precedentes colocaria a corte abaixo. Alencar não estava jogando limpo, sabia mais do que pretendia dizer e por isso esperava recontratar, não o meu trabalho de detetive, mas o meu silêncio e a minha conivência.

— Interessante — resmunguei.

— O quê?

— A atitude do ministro. Movido por um inquebrantável senso de justiça, solicita que eu descubra o verdadeiro culpado pelo crime. Será que entendi direito?

— Entendeu, sim senhor.

— Pois muito bem. Aceito permanecer no caso, mas sob uma condição irrevogável.

— E qual seria?

— Necessito interrogar um elemento-chave para a continuidade das investigações.

— Sem problema. Basta me dizer o nome da pessoa.

— José Martiniano de Alencar.

— Como?!

— O senhor ouviu muito bem.

— Não vejo aonde poderíamos chegar com isso.

— Mas eu, sim. Preciso interrogá-lo imediatamente.

— Sinto muito, *mister* Woodruff. Não posso importunar o ministro a essa hora da noite.

— Então esqueça! Por favor, cocheiro, pare que desejo saltar.

— Não, não. Siga em frente.

— Pare!

— Siga! É uma ordem.

— Pois eu exijo que pare. Estou falando sério, senhor Guilherme Otaviano. Ou vamos agora mesmo à casa de José de Alencar, ou revelarei aos jornais que o ministro me contratou para realizar a investigação que me levaria ao endereço de Amâncio Tavares.

Confesso que fiquei intrigado diante da expressão raivosa que se desenhou na face do Flagelo dos Capoeiras. Ou tentava me impedir de saltar da caleche e procurar a imprensa, ou abaixava a cabeça e fazia a minha vontade. Felizmente, optou pela segunda alternativa. Depois de um suspiro de contrariedade, pediu que o cocheiro fizesse a volta e rumasse para os lados de Botafogo. Era tarde, os sinos haviam acabado de tocar a recolher. Encontramos escassas pessoas nas ruas, poucos carros de passeio e nenhum guarda a pé ou a cavalo. Por isso, apesar da relativa distância, chegamos rápido ao nosso destino.

Para minha surpresa, o próprio José de Alencar atendeu a porta. Estava com o nó da gravata desfeito e a camisa fora das calças, segurava uma lanterna de querosene e, talvez por causa da luz que lhe batia rosto acima, parecia muito mais tenso e abatido do que eu. Empalideceu ao me ver. Antes que pudesse se recompor, lançou os olhos por sobre meu ombro, como se eu não estivesse ali, e dirigiu-se em reprimenda a Guilherme Otaviano:

— O que significa isso? Não recomendei que evitasse trazê-lo à minha residência?

— Não perca tempo ralhando com serviçais — atalhei. — A ideia de vir aqui foi inteiramente minha. Preciso conversar com o senhor em particular.

— Por que está falando nesse tom comigo? — reagiu o ministro. — É assim que me agradece por tê-lo tirado da cadeia?

— A gratidão, neste momento, é um tema de menor importância. Se estiver indisposto para me atender, tudo bem, não me importarei em tratar do que interessa ao relento. O senhor sabe coisas sobre Amâncio Tavares que não quis me contar ontem à noite. Se realmente deseja que a investigação continue, primeiro precisa me explicar o que está acontecendo.

— Senhor ministro! — disse Guilherme Otaviano, humilde, mas também destacando sua voz de conselheiro. — Acho melhor conversar a sós com *mister* Woodruff.

José de Alencar esfregou a mão na barba e nos cabelos. Só agora notei que estava com a testa suada, que tremia os lábios e fazia um terrível esforço para se controlar.

— Está bem, está bem! — disse, nervoso, como se capitulasse a uma discussão que acabara de travar consigo mesmo. — Peço que me desculpe, *mister* Woodruff. Tive um dia particularmente difícil e... bem... Entre, por gentileza, entre.

Tirei o chapéu, pedi licença e subi os três degraus que me levariam ao interior da casa.

— O senhor, não! — disse Alencar a Guilherme Otaviano. — Espere aqui com o cocheiro.

Tão logo a porta se fechou atrás de mim, uma nova luz surgiu dos fundos e veio flutuando em minha direção. Era dona Georgiana, que pelo visto acabara de acordar. Estava com os cabelos soltos e usava apenas um roupão de gola e mangas estufadas (vi o braço alvíssimo da mão que segurava a lanterna no alto da face). Era seguida de perto pela escrava gorda. Apesar do calor de dezembro, a negra suplicava a Iaiá que tomasse cuidado para não colher uma friagem.

— *Mister* Woodruff?! — disse quando me avistou ao lado do marido. A exclamação continha uma mescla de espanto e repugnância. Eu ainda estava molhado e, devo admitir, meu cheiro não era dos mais agradáveis. — O que aconteceu com o senhor? Está tudo bem?

Sem nada melhor para responder, pedi desculpas por incomodá-la duas noites consecutivas. Considerando que a escrava não se atrevia a chegar perto de mim, tomei a iniciativa de eu mesmo pendurar o chapéu no cabide. Acrescentei que possuía um assunto urgente a tratar com o ministro.

— Mais um? — desconfiou a mulher.

— Depois explico tudo — interveio Alencar. — Volte para seus aposentos, querida. Já é tarde, amanhã teremos um longo dia.

— Senhor meu marido! — indignou-se dona Georgiana. — Peço demais quando desejo saber o que está se passando na minha própria casa?

— É evidente que não! — rugiu Alencar enquanto virava as costas e caminhava para a biblioteca. — Mas agora não temos tempo para isso. Por obséquio, *mister* Woodruff, queira me acompanhar.

Fiquei constrangido por causa da esposa e irritado por causa do marido. Lamentava o modo como ela fora tratada, mas ansiava o momento de falar com ele, de dirigir-lhe todas as perguntas que ricocheteavam na minha mente. Restou-me abaixar os olhos, pedir novas desculpas a dona Georgiana e abandoná-la com a escrava no centro da sala. Assim que entrei na biblioteca, Alencar pediu que trancasse a porta por dentro. Estava atrás da escrivaninha, como quem se protege numa trincheira assediada pelo inimigo, e procurava disfarçar o seu crescente nervosismo. Num gesto falso e sem propósito, apontou-me a charuteira que se encontrava sobre a mesa.

— Fuma? — disse. — Ou prefere beber um conhaque? Tenho uma boa garrafa de...

— Obrigado pela hospitalidade, mas é melhor irmos direto ao assunto. Imagino que o senhor tenha duas ou três coisas a me contar.

— Talvez sim, mas nada que seja relevante.

— Nada? Com todo o respeito, senhor ministro, permita-me duvidar de suas palavras. Ontem, antes mesmo de ouvir que Amâncio Tavares estava morto, o senhor relutou em admitir que sabia de quem se tratava.

— Relutei? Não me lembro dessa parte.

— O senhor ficou abalado quando soube que ele era o autor do acróstico.

— Impressão sua. Só vi esse rapaz uma vez.

— Então o conhecia pessoalmente?

— Já disse: tivemos apenas uma conversa.

— Por que tentou esconder isso de mim?

— Não tentei esconder nada de ninguém. Ouça, *mister* Woodruff, acho que esse falatório não nos levará a lugar

Assim que entrei na biblioteca, Alencar pediu que trancasse a porta por dentro.

algum. Se me permite, estou muito cansado e necessito me recolher...

— É impossível que esteja mais cansado do que eu. Peço que colabore, senhor ministro. Ou dialogamos com franqueza, ou será obrigado a explicar à imprensa por que o Ministério me contratou para descobrir a identidade de um poeta que acaba de ser assassinado.

— Isso é uma ameaça?

— Entenda como quiser.

Desafiado em sua autoridade, Alencar estava a ponto de saltar por sobre a escrivaninha e me estrangular com as próprias mãos. Sabia que eu não tinha mais nada a perder e por isso cumpriria a promessa de procurar os jornais. Era esse detalhe que parecia desesperá-lo, o fato de que se encontrava num beco sem saída por ter cometido um erro de cálculo. Fechou os olhos por um longo tempo, respirando com dificuldade. De repente, feito o títere que se desmonta desengonçado, deixou-se cair na cadeira e, com a cabeça baixa, começou a falar como se estivesse num confessionário.

— No mês de fevereiro, durante o banquete que organizamos em homenagem a Castro Alves, esse rapaz, Amâncio Tavares, ele e outro sujeito que não se deu ao trabalho de se apresentar, fizeram o possível e o impossível para conversar comigo. Vencido pela insistência, aceitei ouvi-los por dez minutos. "Bem que o senhor fez em recepcionar Castro Alves aqui no Rio", disse Amâncio Tavares. "É boa a estratégia de fingir-se amigo dos nossos inimigos. Pelo menos assim podemos ficar de olho nessa corja". "Corja?", perguntei sem compreender. "Os malditos abolicionistas!", completou o outro sujeito, rindo-se com leviandade. "Ora essa!", respondi apoquentado. A abolição, *mister* Woodruff, ou alforria coletiva, como dito pelas ruas, é uma questão de extrema delicadeza. Sou contra a gratuidade da ideia, pois acredito firmemente que o fim do sistema servil, esse mal necessário, resultaria no colapso econômico do Império. Jamais, no entanto, compactuei com a visão egoísta desses escravocratas sanguessugas que só sabem lutar na hora de defender os próprios interesses.

— O senhor está sugerindo que no Brasil existam escravocratas bons e escravocratas maus?

— "Bom" e "mau" são conceitos que não se aplicam à política, mas considere dessa forma se lhe for conveniente. Senti um horrendo desconforto quando Amâncio Tavares e seu amigo associaram a palavra "corja" ao nome de Castro Alves, ele que estava tão próximo de nós, no outro lado da sala. Levantei-me e expliquei que não tinha mais tempo para conversar, mas eles não se cansavam de dizer que possuíam segredos mirabolantes a dividir comigo.

— Perdão, senhor ministro, mas acho que não estou entendendo. Se defende a permanência da escravidão, por que se deu ao trabalho de recepcionar um poeta como Castro Alves? Pelo que ouvi outro dia, trata-se de um dos maiores e mais famosos abolicionistas do país.

— Sei reconhecer o talento de um escritor. Se possui boa pena, pouco me importa o credo que professa. Passei horas palestrando com Castro Alves sobre os dilemas da escravidão. Ele é jovem e audacioso, luta pelo que acredita, e luta com sinceridade, de peito aberto, algo que admiro nas pessoas. Por meu turno, acredito que a escravidão há de se extinguir por si mesma, espontaneamente, tão logo se torne desnecessária à nação. É inviável que termine da noite para o dia, por decreto, como querem os chamados abolicionistas. Essa gente é ingênua ou mal-intencionada. Uma abolição instantânea seria traumática e perigosa, poderia atirar o país numa guerra civil, mais ou menos como aconteceu nos Estados Unidos. Tristemente, esses agitadores que começam a dar as caras nos comícios são incapazes de raciocinar com prudência. Mas agem dessa maneira porque têm um poderoso padrinho espiritual. Por incrível que pareça, *mister* Woodruff, o principal abolicionista, ou melhor, o principal agitador do Brasil é um indivíduo chamado Pedro de Alcântara de Orleans e Bragança.

— Está se referindo ao imperador?

— A quem mais? São as atitudes dele que causam tamanha instabilidade. Há anos vem exigindo que a Câmara e o Senado elaborem propostas de leis para a libertação dos ventres das escravas. Cada negro que nascer a partir de tal data deverá possuir os direitos de qualquer cidadão de cor branca.

— Que mal há nisso? O senhor não considera a iniciativa louvável?

— Na aparência, talvez. Na prática, pergunto: o que acontecerá a esses moleques livres que, no bem da verdade, continuarão sendo filhos de escravos? Quem cuidará deles? Haverá trabalho e escola para todos? Vou ainda mais longe: no caso de uma alforria total, que destino seria reservado aos negros repentinamente emancipados? Estariam fora das senzalas, é fato, mas teriam casas para morar, terras para cultivar, comida para comer? É lógico que não. Assim como nosso imperador, os abolicionistas estão preocupados demais com os fogos de artifício para pensar nas consequências dos seus sonhos irresponsáveis. Não pense que Dom Pedro deseja acabar com a escravidão por causa de suas aspirações humanitárias. Está sendo pressionado por entidades internacionais. Sente vergonha de comandar um país que continua com a economia atrelada ao elemento servil. Embriagado de vaidade, o que quer é ser reconhecido ao redor do mundo como um governante justo e iluminado, mesmo que isso custe a saúde política e financeira do Brasil.

— Compreendo o seu ponto de vista, mas não estamos fugindo do assunto? O que isso tem a ver com Amâncio Tavares?

— Tudo. Posso garantir que leis falaciosas como a libertação do ventre só não entraram em vigor por causa da Guerra do Paraguai, que monopolizou as energias do país. Mas a guerra está com os dias contados. É apenas uma questão de tempo até que Caxias tome Assunção. Quando isso acontecer, Dom Pedro terá tempo e legitimidade para seduzir ou chantagear os políticos oportunistas e forçá-los a aprovar a já chamada Lei do Ventre Livre. Nos corredores do Paço, comenta-se que ele não planeja pôr a assinatura na carta da lei. Deixará a tarefa para a princesa Isabel, que assumirá como regente enquanto o pai estiver excursionando pela Europa. Não sem razão, o imperador acredita que, no Velho Mundo, os esforços da Coroa contra a escravidão serão aplaudidos pelos líderes das nações industriais, pelos filósofos e pelos grandes humanistas, que deverão imortalizar seu nome nas páginas da História.

— Do modo como foi descrita, a manobra parece ser bastante engenhosa, mas o senhor realmente crê que Dom Pedro queira apenas satisfazer a própria vaidade?

— Só quem conhece aquele homem de perto sabe do que estou falando. Desde que me dei conta de que ele pretendia levar essa leviandade adiante, reagi com todos os recursos ao meu dispor. Há pouco mais de um ano, publiquei uma série de escritos com o intuito de chamar o imperador à razão. Sou um crítico respeitoso, mas duro, falo conforme minhas convicções, e pouco importa se o destinatário seja um homem das ruas ou o ocupante do trono.

— Que país difícil de compreender! Se o senhor teve coragem de se pronunciar publicamente contra a conduta de Dom Pedro, por que foi convidado a assumir o Ministério da Justiça?

— Política, nada além de política. O convite foi feito em julho pelo chefe do novo gabinete ministerial. O imperador limitou-se a concordar com a indicação. Dizem que gosta de manter os inimigos por perto. Amâncio Tavares pensou que quis fazer o mesmo com Castro Alves. Sei que ele e seu amigo me procuraram por causa desses artigos que escrevi contra os propósitos abolicionistas da Coroa.

— Ainda não entendi o que exatamente queriam com o senhor.

— Para ser franco, também não entendi ao certo. Sugeriram que me unisse a eles. Usaram a palavra Grupo, como se estivessem se referindo a algo obscuro, uma espécie de irmandade. Expliquei que preferia lutar às claras, sem me esconder pelas sombras ou cometer atos ilícitos. Depois disso, solicitei que se retirassem da minha presença. "As palavras já não são suficientes", disse Amâncio Tavares, de saída. "É preciso agir com realismo".

— No entanto era um apreciador de palavras, mais do que gostaria de admitir, por isso publicou o acróstico.

— E por isso foi eliminado pelos colegas. Quando o senhor me mostrou o bilhete ameaçador que ele recebeu antes de morrer, compreendi que esse bando de lunáticos, sejam lá quem forem, não está para brincadeiras. Essa deve ter sido a razão que me pôs nervoso na noite de ontem.

— Sobre esse Grupo do qual Amâncio falou, que pretende "agir com realismo", o senhor faz ideia do que possam estar tramando?

— Infelizmente, não.

— Um golpe de Estado, talvez?

— Ridículo. Não há clima para isso, ainda mais agora, com a ofensiva no Paraguai. Mas se chegaram a matar um membro por ter cometido um deslize, boa coisa não deve ser.

— Se encontrarmos o assassino de Amâncio Tavares, teremos chances concretas de descobrir quem são essas pessoas e quais são os seus propósitos.

— É isso que estou pedindo, *mister* Woodruff, que continue no caso. Agora que já lhe contei tudo o que podia, preciso saber se aceita levar as investigações adiante.

Em vez de responder de imediato, fiquei alguns instantes em silêncio. Alencar parecia mais calmo. Tirou um Partagás da charuteira e o acendeu com a chama da vela. A fumaça se espalhou pela penumbra da biblioteca.

— Trabalho sozinho — esclareci antes que tivesse tempo de me oferecer outro charuto. — E trabalho do meu jeito.

Por ter aberto a porta abruptamente, surpreendi dona Georgiana em atitude suspeita. Estava agachada ao pé do umbral, espreitava nossa conversa e, pelo jeito, não havia gostado muito do que acabara de ouvir. Lançou-me um olhar de súplica, que eu fizesse o favor de não denunciá-la ao marido. Dei de ombros e saí como se não houvesse percebido nada. Não sei se Alencar chegou a vê-la naquela posição, mas isso não era da minha conta. Como diziam os escravos do Brasil, "eles que são brancos que se entendam".

Uma camélia no cemitério

Quando deixei a residência de José de Alencar, Guilherme Otaviano se ofereceu para me prover de tudo quanto fosse preciso para a continuidade das investigações. Levantei as mãos e respondi que não precisava de nada, que podia andar com as próprias pernas e que os favores do ministro só criariam empecilhos desnecessários.

— Mas onde o senhor vai se esconder durante esse tempo? — insistia ele. — Deixe-me ao menos lhe oferecer abrigo e um mínimo de segurança.

Num primeiro momento, parecia que o auxílio de alguém como Guilherme Otaviano facilitaria as coisas para o meu lado, mas bastava considerar os fatos para concluir que seria melhor mantê-lo a distância. O que ele queria, na verdade, era continuar a par das minhas ações. Além de manter o chefe informado sobre os meus progressos, poderia interferir no caso de eu cometer alguma tolice que pusesse em risco a reputação do ministro.

Por isso continuei na negativa, mesmo sabendo que a minha permanência no Rio de Janeiro se convertera num sinônimo de suicídio. Era como se a cada minuto aumentasse o número de delinquentes que desejavam "arrancar o meu couro". Se fugisse para um lado, toparia com a malta do Alemão Müller; se corresse para o outro, seria cercado pelos homens do delegado Nogueira. Isso para não falar nos infortúnios que aconteceram aos meus amigos, à viúva Jandira, cuja pensão sofria as consequências de ter me abrigado, ao tresloucado Miguel Coutinho Soares, que só Deus sabia por onde andava, e a Vitorino Quissama, fragilmente escondido sob o palco do Alcazar Lírico.

— Estou por minha conta — expliquei a Guilherme Otaviano. — Quando descobrir alguma coisa sobre a morte de Amâncio Tavares, mandarei as notícias diretamente ao senhor José de Alencar.

É óbvio que o Flagelo dos Capoeiras detestou o que falei, uma vez que minhas palavras o impediam de ser o elo que intermediaria os meus contatos com o ministro. Para completar o quadro do desastre, há pouco me referira a ele como "serviçal", e é compreensível que estivesse com raiva de mim. Mais um inimigo que criei pelo caminho? Era tudo de que eu não precisava. Mesmo assim, por pura displicência, não me dei ao trabalho de resolver o impasse. Em vez de pedir desculpas, limitei-me a apertar sua mão fria, a acenar para o cocheiro amuado no assento da caleche e a iniciar uma longa e cautelosa caminhada em direção ao centro.

— Não seja intransigente! — gritaram às minhas costas.

— As ruas são perigosas a essa hora da noite!

Com efeito, não havia nenhum carro de aluguel disponível por aquelas bandas — e eu tampouco possuía dinheiro para cobrir a corrida, outro item que recusei de Guilherme Otaviano —, de modo que me vi forçado a cruzar a pé o território dos nagoas.

Depois do toque de recolher, era loucura passear por estradas tão afastadas dos postos policiais, desprovidas da iluminação dos lampiões, arriscando a me envolver numa disputa de maltas ou ser atacado por bandidos que não poupariam o descuido de um andarilho solitário. Os poucos que se atreviam a essa imprudência locomoviam-se nas garupas de cavalos alazões, ou então na segurança de uma sege ou um cabriolé em disparada, geralmente portando armas de fogo e atentos às movimentações do caminho.

No meu caso, procurei me ocultar na escuridão e evitar encontros com as duplas ou os trios de capoeiras que erravam pela noite. Alguns faziam rondas para se precaver contra os rivais, outros buscavam presas fáceis para assaltar e ainda outros estavam simplesmente à procura de confusão. Quando me aproximei da rua Direita — e dos lampiões — comecei a caminhar com mais tranquilidade.

Suado da cabeça aos pés, subi até a Uruguaiana, onde topei com bêbados e mulheres da vida. Se alguém da Guarda passasse por ali, teria o dever de dar voz de prisão a todos os que estavam desrespeitando o toque de recolher. Mas o fato é que, por causa da guerra no sul, restavam poucos soldados no Rio, e estes, pelo visto, eram obrigados a obedecer às ordens de corruptos como o delegado Nogueira.

Mais adiante, ao passar pelas portas já trancadas do Alcazar Lírico, peguei-me a cogitar sobre como Vitorino teria enfrentado o seu primeiro dia escondido. Continuava vivo? Fora denunciado? Alguma dançarina o descobrira e, por ter ligações com juízes e fazendeiros, achara justo entregá-lo à polícia? Bem, não era hora de me ocupar com isso. Segui em frente, cabisbaixo e apressado.

Quando dei por mim, estava batendo à janela do Araújo.

— Mas que diabo! — disse ele, sonolento. — Não devias estar cruzando o Atlântico? Oh, não, o barco afundou! No estado em que te encontras, só podes ser o fantasma daquele inglês resmungão!

Ao contrário do que pensei a princípio, o taverneiro não estava caçoando. Sem saber da minha prisão, entrou em pânico porque realmente supôs que eu fosse uma criatura do outro mundo e assim promoveu o escândalo que acordaria a mulher, os filhos e boa parte dos vizinhos. Desse jeito não levaria cinco minutos para que o delegado voltasse a me prender. Pulei janela adentro e, depois de muito esforço, consegui fazer com que o Araújo se aquietasse.

Não recordo exatamente como me expliquei a ele, mas é certo que devo ter contado tudo o que aconteceu depois da minha última visita à taverna, incluindo a abordagem ao Cabeça de Porco, a prisão antes do embarque, a tortura no barril de água suja e a conversa com o ministro da Justiça. No que diz respeito à morte de Amâncio Tavares, não sei se ele acreditou na minha inocência. Quando revelei que necessitava de um esconderijo e que o taverneiro era o único cristão em toda a cidade que poderia me ajudar, o escândalo recomeçou com maior estardalhaço.

— Não posso! — dizia apavorado. — Não posso! Não posso!

— Mas por quê?

— O delegado Nogueira, aquele tirano! Ele é capaz de pôr minha taverna abaixo. Basta descobrir que dei teto a um dos seus inimigos para destruir o pouco que tenho. Só por desaforo, quebraria todos os ossos do meu corpo.

Os filhos tentavam acalmá-lo, mas o Araújo só sabia responder que eles também seriam castigados. Ninguém em sã consciência teria coragem de se meter com a polícia da corte, bandidos mais inescrupulosos que os bandidos de verdade, quase todos envolvidos em arruaças e negociatas subterrâneas. Cutucar a onça com vara curta era coisa para bobalhões — "para ingleses!", frisou o Araújo — incapazes de compreender a patacoada que estavam aprontando.

— Tudo bem, tudo bem! — Abri os braços como quem sinaliza a desistência. Acho que comecei a misturar inglês com português, tão decepcionado fiquei com a covardia do taverneiro. — Se não podes me auxiliar, meu velho, terei de agir por conta própria. O delegado já deve ter descoberto que me soltou por causa de uma lei ultrapassada. Virá atrás de mim com todos os seus cães farejadores. Não tenho onde me esconder deles, não tenho nem mesmo onde me abrigar esta noite. A única alternativa é dormir ali atrás, no teu galinheiro. Se quiseres me impedir de fazer isso, terás de me denunciar.

— Pelo amor de Deus! — choramingava o Araújo. — Não sou delator...

— Sabes onde encontrar o delegado. Caso queiras ser mais objetivo, vá ao Cabeça de Porco e fale pessoalmente com o Alemão Müller.

— Isso não! Nunca!

— Então me ajude.

— Não posso... não posso...

Nesse ponto, uma cena inusitada se desenrolou diante dos meus olhos. A mulher do Araújo, que nunca levantava a voz para nada, avançou até o marido e aplicou-lhe um tapa no casco da cabeça.

— Deixa de ser frouxo! — vociferou. — Não percebes que o pobre do inglês precisa do nosso socorro?

O taverneiro ficou petrificado enquanto ela dava sequência a seu arroubo de dignidade. Mandou as crianças de volta para a cama — exceto Jorge, o menino de dez anos — e depois apontou o dedo direto para o meu nariz. Falava com tanta determinação que receei também ser estapeado.

— O senhor vai se abrigar no quartinho que temos atrás da casa. Não podemos oferecer muito, mas Jorge vai lhe arranjar tudo que for preciso. Pode ficar até que as coisas se acalmem, desde que entre e saia pelos fundos e nunca, mas nunca mesmo, dê as caras aqui na taverna. Essa cambada de bêbados futriqueiros! Indiscretos que são, ajudariam a polícia a encontrar o senhor num piscar de olhos. Aí sim, *mister* Woodruff, nossa família estaria encrencada.

Senti o peso da responsabilidade. Já havia posto os hóspedes da pensão em apuros. Se soubesse que a mesma coisa aconteceria com o pessoal da taverna, é claro que teria recusado a oferta. Mas como adivinhar o futuro? Enquanto seguia o filho do Araújo até os fundos da propriedade, jurei a mim mesmo que a situação se alongaria pelo menor tempo possível. A vantagem é que eu já tinha um plano. No dia seguinte, que não demorava a nascer, sabia exatamente aonde ir para encontrar a pista do verdadeiro assassino de Amâncio Tavares.

O quarto era minúsculo e malcheiroso, possuía apenas uma banqueta e um catre com um colchãozinho de palhas, ou seja, tudo que um fugitivo necessita para salvar a pele. Jorge varreu o soalho com rapidez, trouxe lençóis e um travesseiro para fazer a cama, abasteceu o cômodo com um pão, um fiambre e um bule de café. Para fechar com chave de ouro, foi até o caixa da taverna e apanhou um pouco de dinheiro para me emprestar.

— Obrigado, meu jovem — agradeci com sinceridade. — Jamais esquecerei o que tu e tua família estão fazendo por mim.

Depois de comer e beber tudo o que ficara sobre a banqueta, caí no catre e me entreguei a um sono entrecortado por imagens confusas. Entre uma névoa de charutos invisíveis, vi a viúva Jandira e um jogo de baralho, não na pensão, mas no Alvorada, na mesa do Alemão Müller, bem como a face dolorida de Vitorino, primeiro no tronco do Cabeça de Porco, depois nas escadarias do Alcazar, acompanhando as gargalhadas de *monsieur* porque Miguelzinho, com seus bastões, invadira a confeitaria para espancar as senhoras que mastigavam quitutes e adoçavam o chá. Mary Christine[16] passeava pela sala, não, exibia no esconderijo a barriga de nove meses. Abri a boca para perguntar se ela estava viva, se dessa vez teríamos o nosso filho, mas a voz não saía de mim, e Mary Christine, que a essa altura se parecia com uma africana de olhos incandescentes — Bernardina? — apenas sorria e apontava o barril que se precipitaria sobre a minha cabeça.

Acordei num espasmo, com dores em todo o corpo e irritado comigo mesmo. Pelas frestas nas paredes do quartinho, constatei que o sol já estava alto. Provavelmente passava do meio-dia. Será que ainda dava tempo? Lavei-me às pressas e deixei o esconderijo em silêncio, pelos fundos, conforme a recomendação da mulher do Araújo.

— Sonhos alienantes! — disse de mim para comigo. — Não adianta tentar decifrá-los. É preciso desembaralhar a realidade.

No meio do povo que flanava pela Uruguaiana, encontrei um jornaleiro e usei uma das moedas que Jorge me emprestara para comprar a edição de domingo do *Diário do Rio de Janeiro*. Como era de se esperar, as notícias sobre o assassinato de Amâncio Tavares ocupavam boa parte das páginas iniciais. O pior é que meu nome não aparecia apenas como um suspeito em potencial, mas como o culpado definitivo, uma espécie de réu confesso do sanguinário "Crime do Castelo".

Lá estava o depoimento mentiroso de Quindim, o rapazote do *Opinião Liberal*. Obviamente preferiu dizer que fora ameaçado por uma navalha a admitir que, em troca dos trinta dinheiros de sempre, entregara o endereço e o verdadeiro nome de Paco Galhofa. Também encontrei as pesarosas palavras de dona Quitéria de Azevedo, a mulher que me apontara o sobrado em que vivia o "pobre, honesto, pacífico e indefeso Amâncio Tavares". Ao ler a fila de adjetivos, comecei a temer por minha segurança, até porque o jornal não resistira a emendar com a mais oportunista das interrogações: "como era possível que o mesmo herói que resolvera o Caso do Teatro pudesse se revelar através de um crime tão monstruoso?"

Pelo modo como ilustravam essa minha "incompreensível sede de sangue", não me admiraria se os populares resolvessem me linchar em praça pública.

Para José de Alencar, pelo menos, a situação continuava sob controle, já que a matéria não citava uma única palavra sobre a autoria dos acrósticos, tanto o que saiu no *Jornal do Commercio* em 2 de dezembro, quanto o que saiu no dia seguinte, em forma de prosa, na primeira página do *Opinião Liberal*. O assunto da ofensa ao imperador, aliás, sequer era tratado pela publicação[17]. Rapidamente tornou-se notícia velha, graças também ao frenesi proporcionado pelo assassinato de um colaborador da imprensa.

Por fim, abaixo do necrológio subscrito por alguém que se dava ao trabalho de lamentar a perda que a morte do jovem Amâncio representava para as letras nacionais, encontrei a informação que de fato estava procurando: o corpo seria sepultado às 15h no Cemitério do Caju. Felizmente, ainda havia tempo para chegar lá. Sempre pelos cantos e com a cabeça baixa, receando ser reconhecido por um dos muitos desocupados que perambulavam pelas ruas, caminhei sem demora para o cemitério.

Meu trabalho era observar as pessoas que estavam no local, mas sem revelar minha presença. Se ficasse atento aos pormenores, tinha certeza de que acabaria encontrando o que procurava entre os amigos e os parentes do defunto.

Embora houvesse três ou quatro enterros em andamento, foi fácil identificar o de Amâncio Tavares. Era o mais numeroso, com a maior quantidade de pessoas comovidas, cuja procissão já se encontrava entre a capela e a sepultura preparada para receber o cadáver.

A fim de pesquisar o féretro, sentei-me à sombra das árvores que margeavam o campo-santo. Não quis me aproximar além do necessário. Se alguém suspeitasse que era eu o inglês das investigações, ou melhor, o tal estrangeiro que abreviara a vida do poeta, é certo que abandonariam o esquife e me perseguiriam até me derrubar e me exterminar a pauladas.

À frente da procissão, um coroinha sonolento mastreava uma pequena e desgastada cruz de prata. Era seguido por dois meninos que carregavam coroas de flores, pelo padre abraçado ao missal e pelos sujeitos que entoavam as monocórdias orações de despedida. Logo depois vinha o caixão. Flutuava entre seis homens que o sustentavam pelas alças, todos com os olhos marejados. Atrás deles, claudicava uma senhora de véu escuro que se mostrava inconsolável. Era amparada por dois rapazes altos e bastante parecidos com Amâncio Tavares.

Metódico, passei a perscrutar a face de cada moçoila e senhorinha misturadas ao cortejo. Tive dificuldade porque estavam cada vez mais longe de mim. Pensei na utilidade da luneta marítima que sempre transportava em minha bagagem. Com o auxílio do instrumento, seria simples avaliar cada rosto, cada vestuário, cada sintoma de falsa ou autêntica lamentação.

— Oremos! — disse o padre à beira da cova, antes de abrir o missal e desfiar uma série de frases em latim.

Eu mirava as mulheres, mas até então não avistara

ninguém que se adequasse ao estereótipo. "Será que ela não veio?", pensei comigo. Era provável, pois estaria correndo um risco parecido ao que eu mesmo enfrentava. Um tanto desanimado, senti vontade de voltar para o esconderijo.

Quando o caixão começou a descer sob uma sinfonia de soluços, olhei um pouco para a esquerda e finalmente, num susto, dei com a moça que gostava de beber no gargalo. Sim, era ela. Só podia ser. Menos bonita do que as expectativas da minha imaginação, trajava negro da cabeça aos pés, usava um vestido de tafetá que combinava com a sombrinha e movimentava-se em passos discretos, calculados. Apesar disso, denunciava-se pelos lábios vermelhos demais para um enterro, pelo pescoço descoberto e pela maquiagem que derretia ao sol da tarde.

Estava distante do grupo, acuada, ainda segurava a rosa branca que não teve coragem de depositar no tampo do ataúde. Não seria louca de invadir o espaço da família. Poderiam censurá-la, repreendê-la, expulsá-la. Detesto parecer ingênuo, mas ainda hoje lembro o semblante entristecido da camélia. Era como se sua dor, tão silenciosa, fosse mais aguda e opressiva que a de todos os outros ali reunidos.

Logicamente, foi a primeira a abandonar o cemitério.

Tratei de segui-la. O fato de caminhar desacompanhada confirmava que era a mulher que eu estava procurando. A princípio, para evitar afugentá-la, procurei manter distância entre nós. Assim que ela deixou o campo aberto e entrou por uma rua estreita e pouco movimentada, aproximei-me o mais que pude.

"É agora!", decidi, vislumbrando a entrada de um beco, sem dúvida o lugar ideal para fazer a abordagem.

Corri para contornar o quarteirão e encontrá-la de frente.

— Senhorita? — disse tirando o chapéu. — Posso tomar um minuto do seu tempo?

Ela ainda segurava a rosa branca. Tentou desviar-se de mim, mas barrei a sua passagem.

— Com licença! — Só agora teve ânimo de me olhar nos olhos. — Quer fazer o favor de sair da minha frente?

— Primeiro precisas ouvir o que tenho a dizer.

— Mas que atrevimento é esse?

— Tua vida corre perigo.

— O quê? — Além do susto ocasionado pela mensagem, deve ter se dado conta do meu sotaque, relacionando-o ao inglês assassino que os jornais pintaram naquela manhã. — Quem é o senhor?

— Não interessa. Sei que eras amiga de Amâncio Tavares.

Ao ouvir o nome do poeta, fez menção de gritar por socorro. Antes que alguém pudesse perceber o que estava acontecendo, tapei sua boca e a puxei para a entrada do beco. Não foi difícil imobilizá-la contra a parede.

— Ouve com atenção — sussurrei no seu ouvido. — Se os canalhas que mataram Amâncio Tavares souberem que tinhas intimidade com ele, farão o possível para cortar também o teu pescoço. Não pretendo te fazer mal, a menos que te recuses a colaborar. Vou tirar a mão da tua boca para que possamos conversar como gente civilizada. Se gritares ou tentares fugir, prometo que eu mesmo farei o serviço dos assassinos. De acordo?

Demorou a fazer um sinal positivo. Quando a soltei, manteve-se em silêncio, respirando com dificuldade.

— Ótimo! — sorri de forma amistosa. — Diga-me o que sabes.

— Não entendo, eu...

— Poupa-me disso, mocinha. Diga-me o que sabes, vamos.

— O que sei do quê?

— De tudo.

— Mas não sei de nada.

— Duvido. Vivias visitando o quarto de Amâncio Tavares às escondidas. Ele deve ter contado alguma coisa sobre o Grupo.

— Que Grupo?

— Pessoas influentes, não sei, uma espécie de agremiação que trabalha para prejudicar iniciativas abolicionistas.

— Ele falava nisso, é verdade, dizia que o país quebraria sem o trabalho dos negros, mas nunca me apeguei a essas coisas de política.

— Se fazia comentários contigo, é certo que em algum momento tenha citado nomes.

— Nomes?

— Isso. Elogios ou maledicências sobre colegas que faziam o que tinham a fazer com eficiência, sobre colegas que decepcionavam...

— Que decepcionavam...

— Lembras alguma coisa?

— Não estou certa.

— Fala mesmo assim. É a única maneira que tenho de pegar o verdadeiro criminoso.

— Mas o inglês...

— Esquece o inglês.

— É o senhor?

— Esquece! Ouviste algum nome? Fala!

— Às vezes, quando estava chateado ou bebia além da conta, ele começava a fazer troça com um sujeito... Felisberto Framboesa...

— Framboesa? Achas que sou idiota?

— Não, é sério. Era um apelido, uma chacota, um jeito que o Amâncio encontrou de zombar dele. Dizia que o Framboesa desejava enforcar os abolicionistas nos pátios das igrejas, mas jamais teria coragem de fazer isso.

— E a aparência dele?

— Como vou saber, se nunca o vi?

187

— Foi tua sorte. Caso o tivesses visto, e ele a ti, é provável que hoje terias descido à tua própria sepultura. Recordas de mais algum detalhe que possa me ajudar?

— Não...

— Tens certeza?

— Tenho.

— Pois bem. Para tua segurança, não quero que me digas como te chamas. Já vi que os brasileiros gostam de tortura, e isso é péssimo para quem precisa manter segredos. Se prezas pela vida, escuta o meu conselho: vai embora da cidade. Ou ao menos te recolhas ao teu canto. Cometeste uma imprudência ao dar as caras no enterro. Se consegui chegar a ti, eles podem fazer o mesmo.

— Eles?

— O Grupo. Ainda não sei quem são, mas vou descobrir. Some por uns tempos. Se te encontrarem distraída pelas ruas, não será apenas para fazer perguntas.

Mesmo depois de me afastar, ela continuou encostada à parede. Estava apavorada. Temendo que alguém pudesse me surpreender no beco, abaixei o rosto, escondi os olhos com o chapéu e abandonei o local.

Como e por que atirei no pé de um capoeira

Seria ridículo sair perguntando por alguém chamado Felisberto Framboesa. O nome era tão espalhafatoso que atrairia as atenções sobre mim. Isso para não citar o meu sotaque, um cartão de visitas inconfundível. As pessoas ficariam desconfiadas e mais cedo ou mais tarde acabariam por me denunciar à polícia.

O jeito foi retornar ao esconderijo e pedir a ajuda de Jorge. Tomei o cuidado de exigir que fosse discreto, que não deixasse o pai — e muito menos a mãe — perceber que estaria a meu serviço. Mas isso foi o de menos para o menino. Além de aceitar a tarefa com entusiasmo, mostrou que tinha faro.

Assim que a noite caiu, bastaram algumas conversas com os fregueses da taverna para confirmar que Felisberto era uma figura conhecida no Rio de Janeiro.

— Bravo! — aplaudi. — Mas o nome dele é mesmo Framboesa?

— Não, não. É uma caçoada que os outros fazem pelas costas.

— Sabes o motivo?

— Disseram que gosta de arrumar encrenca com todo mundo. Faz pose de valente, mas nunca briga quando a roda fecha de verdade. Quem briga é o escravo que anda com ele.

— Escravo? Então é rico?

— É filho de um barão que mandou meia dúzia de pretos para a guerra. Foi desse jeito que o Felisberto se safou do exército. Como era mesmo o nome do barão? Porcaria, acho que esqueci… Vou lá na frente perguntar de novo.

— Nada disso. Assim obrigas tua mãe a se zangar comigo. Diz o que sabes e deixa que eu mesmo descubra quem é o barão.

— Se o senhor prefere assim…

— Perguntaste algo sobre a aparência do Felisberto?

— Parece que é um moço alto.

— Usa barba, bigode? É ruivo, loiro, moreno?

— Isso não sei.

— Costuma frequentar a taverna do teu pai?

— Acho que não. Se fosse o caso, teriam me dito.

— E o Alcazar Lírico, frequenta?

— Também não sei. Falaram que gosta de passear pelo

189

centro e que vive jogando naquele bilhar que tem perto do Cavalinho.

"Cavalinho" era uma das muitas formas com que os fluminenses chamavam a antiga praça da Constituição[18], onde fora instalada uma estátua equestre de Dom Pedro I, pai do atual imperador e responsável pela independência política do Brasil. Eis um detalhe que nunca compreendi na história deste país. Não era Pedro I um português de pia e coração? Não era filho do rei de Portugal? Então como é possível que o próprio herdeiro do trono, e não um grupo de brasileiros descontentes, tenha desempenhado o papel de libertador? Concluo errado ou isso significa que o Brasil se livrou de Portugal para continuar nas mãos dos portugueses? Como entender esse povo?

Tais perguntas me conduziam a uma nova meditação sobre os hábitos da terra. De súbito, porém, alguma coisa inexplicável fez com que meus nervos se contraíssem e se preparassem para o pior. Já não sei explicar se o alarme da minha mente disparou por causa de alguma sombra que avistei por entre as gretas da parede, por causa de algum sussurro que cortou a noite para atingir meus ouvidos ou até mesmo por causa daquilo que os antigos chamavam de pressentimento. Sei que espalmei a mão e, num gesto quase congelado, pedi que Jorge fizesse silêncio.

— O que houve? — disse o menino, confuso.

E a resposta, sem dúvida barulhenta, deu-se com a porta que se escancarou num estrondo, arrombada, e com o vulto que invadiu o quarto de revólver em punho. Jorge gritou. Eu gritei. Acho que também o invasor deixou escapar a sua exclamação de morte. Quando vi que esticava o braço para alinhar a arma no rumo dos meus olhos, estimei que havia menos de meio segundo para reagir. Se me afastasse para os fundos do recinto, estaria morto. Se tentasse me proteger com os braços entrelaçados ao redor da cabeça, estaria morto. Se me agachasse para buscar abrigo na mais instintiva das posições, a fetal, estaria morto, morto, morto!

Impulsionei meu corpo para frente, a única direção possível, e me atirei para agarrar o revólver. Nisso reconheci o pilantra. Era um dos três que estavam me afogando no barril. Os outros dois deviam estar por perto. "Não percas tempo", dizia *monsieur* Casseux. "Nunca permitas que o inimigo ganhe terreno!" Segurei o tambor do Colt — agora vi que era um Colt — na tentativa de frustrar o disparo. Não deu. Ouvi um estouro seco e corrosivo, duas agulhas que espetavam os meus tímpanos. Fui atingido? "Depois me preocupo com isso", pensei aparvalhado. Agora era preciso seguir em frente, sempre em frente.

Girei a coronha sobre o polegar do maldito e arranquei o revólver da sua mão. Meti-lhe um murro no nariz, uma joelhada no peito, fiz com que caísse para dentro do quarto. Não, não fui atingido. Caso contrário estaria estrebuchando no chão, talvez implorando que me dessem o tiro de misericórdia.

— Abaixa, Jorge, abaixa!

Saltei para fora e surpreendi o segundo capoeira se aproximando com uma navalha aberta. Quer dizer que os idiotas só possuíam uma arma de fogo? Concluí que sim, pois o mequetrefe recuou ao ver que o Colt estava comigo.

— Não, não, não! — pediu durante a fuga.

Apontei para as pernas dele, atirei. Uma flor de sangue explodiu no calcanhar do miserável, que caiu e começou a gritar. Gritos também vinham da taverna. Todos ficaram apavorados com os estampidos da arma.

— Meu pé! — o capoeira se contorcia no chão. — O desgraçado arrancou o meu pé!

E o terceiro? Onde estava o terceiro capoeira? Olhei ao redor e não vi mais ninguém. A escuridão me cercava por todos os lados, sufocava a luminosidade frouxa que escapava do quarto e ameaçava me engolir a qualquer instante. Mandei que Jorge corresse para a taverna. Acho que falei inglês, mas ele entendeu de qualquer maneira. Voltei para dentro e encontrei o primeiro agressor se levantando. Mesmo que o sangue lhe escorresse do nariz, movia-se para iniciar uma ginga.

— Fica onde estás! — avisei com a arma na mão.

De novo falei inglês. Nesse caso, porém, ele não pôde ou não quis me compreender. Pulou para me dar uma cabeçada. Recuei, apontei para a perna, puxei o gatilho. Eu só não esperava que o tiro fosse falhar. Tentei uma segunda vez. Nada. A pólvora do cartucho deve ter umedecido, algo comum nos trópicos. Sorte que o oponente continuava zonzo, não tinha espaço para dar um giro e me atingir com os pés. Avancei em linha reta, rompendo as suas defesas, até nocauteá-lo com golpes seguidos de coronha.

— Dói demais! — chorava o comparsa, lá fora, rastejando para longe. — Meu pé! Ai, meu pé!

Tornei a sair para o terreiro, agora com toda a cautela do mundo. De alguma forma, adivinhei o que encontraria: o Araújo, sua mulher e mais cinco ou seis curiosos atraídos pelos disparos, todos paralisados de pavor. Estavam a poucos passos do terceiro capoeira, que — ah, não! — capturara Jorge. Imobilizado e suspenso do solo, com uma lâmina pressionada no pescoço, o garoto servia de escudo para o covarde.

— Largue o pau de fogo! — rugiu o capoeira. — Largue ou faço um talho no gasganete do moleque!

— Meu filho! — chorava a mulher do Araújo. — Ele vai matar o meu filho!

— Não! — suplicava o taverneiro. — Por tudo que há de mais sagrado, não cometa uma calamidade dessas...

— Quer ver sangue? — repetia o capoeira. — Largue esse pau de fogo de uma vez!

— Primeiro tu! — respondi numa encenação de calma. Aproximei-me o mais que pude, engatilhei a arma e ajus-

Estavam a poucos passos do terceiro capoeira, que — ah, não! — capturara Jorge

tei a mira. — Ou largas o menino, ou vais agora mesmo para o inferno.

— Duvida que corte o pescoço dele?

— Se cortares, puxo o gatilho. Se não largares a navalha, também. A decisão é tua.

O capoeira engoliu em seco. Deu um passo para trás, já não demonstrava a mesma confiança. Acompanhei seus movimentos, preparado para efetuar um disparo perfeito. O único problema é que eu não podia atirar. Se a arma falhou uma primeira vez, era provável que falharia uma segunda. Mas agora era tarde para desistir do blefe. Assim que o bandido percebesse a inutilidade do revólver, degolaria o garoto e viria para cima de mim. Ou, por outra, degolaria o garoto e sairia correndo como um doido, já que os fregueses da taverna estavam perto demais para não reagir.

— Meu pé! — ouvíamos os gritos do outro, cada vez mais distantes.

— Está tudo bem — procurei acalmar Jorge. — Isso vai acabar num segundo.

O menino era valente. Esforçava-se para conter as lágrimas que insistiam em lhe escorrer pela face abaixo. Sua mãe caiu de joelhos. Os olhos do Araújo dançavam do capoeira para mim e de mim para o capoeira.

— *Mister...* — balbuciou. — Assim o senhor... o senhor... vai machucar... vai machucar o...

— Não te preocupes, meu velho. Tenho o canalha na mira. Um tiro só, no meio da testa, e tudo estará resolvido.

— Morro — grunhiu o capoeira —, mas levo o pirralho comigo.

— Acho que não — aproximei-me um pouco mais. — Será inútil sujares as mãos com o sangue de um inocente. Solta o garoto e vai em paz. Volta ao Cabeça de Porco e diz ao teu senhor que hoje mesmo deixarei o país.

— Ah! — riu-se ele, com os olhos esbugalhados. — Esse

tempo já passou, seu moço. Agora vosmecê só sai da cidade num caixão de defunto!

Antes mesmo de concluir a sentença, atirou Jorge contra mim, com todas as forças que possuía, e virou-se para bater em retirada. Abaixei a arma e apanhei o menino no ar. O capoeira saltou por sobre o cercado e desapareceu no breu da noite. Os fregueses do Araújo correram no seu encalço, mas eram lerdos demais para alcançá-lo. Quase ao mesmo tempo, o indivíduo que ficara nocauteado no quarto também se ocupava da própria fuga. Numa corrida tosca e desnorteada, sumiu na direção oposta. Ainda ao longe ouvíamos os últimos lamentos do infeliz que tomara o tiro no calcanhar.

Quando viu que o perigo havia passado, a mulher se levantou e arrancou o filho dos meus braços. Depois me deu um tapa na cara. Abaixei a cabeça, envergonhado, aceitando o castigo.

— Não falei? — disse o Araújo. — O que será de nós agora? O delegado Nogueira não vai descansar enquanto não der um jeito de destruir a taverna.

— Perdão... — resmunguei, provavelmente em inglês. — Perdão...

Tentei acrescentar que só fiz aquilo para salvar a vida do menino, mas desisti porque estava sentindo um terrível constrangimento. Primeiro o pessoal da pensão, agora a família do Araújo, era como se eu tivesse a capacidade de desgraçar a vida de todos os que tinham a insensatez de me ajudar.

Atraídos pelo barulho da briga, os vizinhos chegavam de todos os lados. Era a minha vez de fugir, pois breve a polícia apareceria. Deixei que o revólver caísse aos pés do Araújo e me enfiei numa viela que ficava aos fundos da propriedade. Sem saber aonde ir, segui a esmo pelas ruas do centro.

Como os capoeiras descobriram o meu esconderijo? Fui denunciado por algum vizinho casca-grossa? Por al-

195

gum freguês do Araújo? Pelo próprio taverneiro? Não, que ideia! Ele até poderia ser covarde, mas não traidor. Além do mais, se cometeu tamanha tolice, deve ter provado um inferno de arrependimento. Por pouco não perdeu o filho para o fio de uma navalha.

Seja como for, é certo que os três vieram para me matar. Foi por isso que o delegado não tomou parte na ação. Se estivesse presente, seria obrigado a me prender, mas esse já não era o objetivo da malta. "O senhor só sai da cidade num caixão de defunto", disse o capoeira. Por que mudaram de ideia? A minha confissão já era desnecessária?

A contar pelo que li nos jornais, a resposta só poderia ser "sim". Aos olhos da cidade, não havia a menor dúvida de que eu era o responsável pela morte de Amâncio Tavares. Tanto melhor se encontrassem o meu cadáver na beira da estrada. Pude antever a manchete no *Diário do Rio de Janeiro*: "Justiça Divina se encarrega de punir o assassino do poeta". Caso encerrado.

E Vitorino? Acaso encontraram Vitorino no Alcazar e por isso transferiram o meu destino do barril para a sepultura? Era preciso verificar a situação do moleque, mas não agora. Eu não sobreviveria se continuasse perambulando com minhas roupas de inglês, meu chapéu de inglês e meu bigode de inglês. Era a mesma coisa que pendurar uma placa no pescoço. Ou mudava a aparência radicalmente, ou a fuga se tornaria a única saída viável. Ao formular esse pensamento, soube para onde deveria me dirigir.

Quando cheguei à pensão da viúva Jandira, quase todas as luzes estavam apagadas. Contornei o prédio e fiquei um tempo agachado no quadrante mais escuro do quintal. Então atirei uma pedrinha na primeira janela à esquerda do segundo andar, onde ficava o quarto da proprietária. A princípio, não obtive resposta. Depois da quarta tentativa, vi que a chama de uma lamparina se acendeu lá dentro.

— Miminho? — sussurrou a mulher, na janela, esticando-se para vasculhar a escuridão. — És tu, meu amor?

— Não — respondi em surdina. — Sou eu, Woodruff.

— Ai, meu Deus! — ela pôs a mão no peito, abalada. — O que o senhor está fazendo aqui?

— Preciso de ajuda.

— É perigoso.

— Prometo que vou logo embora.

— Mas o que eu poderia fazer?

— Por favor!

Ela permaneceu uns segundos em silêncio. Balançou muito a cabeça, contrariada, antes de fechar a janela. Poucos minutos mais tarde, minutos que me pareceram horas, abriu a porta secundária da cozinha. Corri discretamente para dentro. Conversamos sob a luz do pequeno candeeiro que ficava no alto do fogão.

— O senhor é louco de aparecer aqui.

— Eu sei, eu sei...

— Hoje a polícia veio duas vezes. Entraram, subiram, tiveram a ousadia de revistar os quartos. Os hóspedes estão assustados. Já há gente falando em acertar as contas e ir embora. E o meu marido, que lástima, continua foragido, sem dar sinal de vida, sabe Deus se tem onde dormir, se tem com que se alimentar.

— Tenho certeza que ele há de aparecer.

— Ai, senhor Woodruff, meus nervos não aguentam.

— Sinto muito.

— Temo que a pensão esteja sendo vigiada. Deus sabe o quanto lamento em ser tão dura, mas o senhor não deve ficar.

— Não se trata disso, não se preocupe. Peço apenas que me ajude a trocar de roupa.

— Trocar de roupa?

— Preciso de um disfarce. É o único jeito de escapar com vida.

— Mas...

— Já não querem me prender, dona Jandira. Se puserem as garras em mim, serei o próximo na fila da degola.

Em rápidas palavras, contei o que acabara de ocorrer no Araújo. A viúva fez o sinal da cruz. Proferiu uma dúzia de palavrões contra o delegado Nogueira e o Alemão Müller. Disse por fim que me ajudaria, que seria incapaz de virar as costas a um amigo do seu marido, mas era necessário que eu fosse rápido e sobretudo silencioso. As mucamas tinham sono leve. Se me vissem ali na cozinha, espalhariam a fofoca aos hóspedes da pensão, que ficariam ainda mais nervosos e decididos a se mudar.

Então ela trouxe uma bacia com água quente, um espelho pequeno, uma tesoura e uma navalha. Cortei meu bigode e minhas suíças, depois passei a tesoura nos cabelos, tosando-os de modo canhestro, até adquirir um aspecto bastante doentio. Após aprovar esse primeiro resultado, a viúva ainda deu-se ao trabalho de me conseguir uns trajes de mascate português — calças de tecido barato, camisa de saco e boné de pano —, além de uma velha bengala de cana-da-índia e um par de óculos com lentes escuras e arredondadas.

Já que era impossível desaparecer num passe de mágica, tentei chegar ao mesmo resultado por meios naturais. Ninguém repararia num mendigo bêbado... e cego! Esse, segundo *mister* Whicher, era o segredo de um bom disfarce. "Se puderes observar sem seres observado", ensinava, "descobrirás tudo que há para descobrir ao teu redor".

— *Very good!* — disse a viúva. — O senhor está irreconhecível.

— Se não fosse pela bondade de vocês... de todos vocês... não sei como demonstrar minha gratidão...

— Deixe de conversa mole e vá embora, homem. Já imaginou o que acontecerá se realmente estiverem nos vigiando?

Depois de agradecer mais uma vez, deixei a pensão no mais absoluto silêncio.

Como as calças e a camisa de mascate estivessem demasiado limpas para um mendigo de verdade, espojei-me num areião que encontrei entre os quintais da vizinhança. Minhas botas também não combinavam com o disfarce, por isso joguei-as no lixo e, a exemplo das roupas, procurei sujar os pés com o máximo de realismo. Quando saí na rua Direita, já não era o inglês que vivia atolado em confusões, mas o cego meio corcunda que dava passos miúdos e dependia de uma bengala para se guiar.

Assim, embuçado na fantasia de mendigo, e bem lentamente, com todos os trejeitos e dificuldades da cegueira, manquejei até a praça da Constituição, aquela com o "cavalinho" de Dom Pedro, onde veria a segunda-feira nascer. Sob o pretexto de pedir esmolas, teria a visão de tudo o que ocorria nos arredores do bilhar. Era desse modo que esperava descobrir quem era Felisberto Framboesa.

A praça do cavalinho e o quiosque da rua Riachuelo

Eu já havia atuado sob disfarce nos tempos da Scotland Yard, mas nunca com tamanho empenho, talvez porque, no presente caso, além de alterar a aparência para desvendar um crime, estava tentando passar despercebido por toda uma cidade.

Considerando que já vivera uma terrível temporada de pedinte em Londres, acho que fui convincente no papel. Logo de manhãzinha, um senhor atirou uma moeda aos meus pés. Assim, seguro da minha "invisibilidade", passei o resto do dia espreitando o bilhar que ficava à direita da praça, na esquina de uma das muitas ruazinhas que se esticavam e se perdiam entre o casario malconservado.

Ninguém poderia me perceber ali. Era uma das regiões mais agitadas de todo o Rio de Janeiro. Pessoas saracoteavam para cima e para baixo, algumas com pressa, outras apenas passeando. O comércio fervilhava ao derredor, assim como os teatros e as confeitarias. No bilhar, por outro lado, havia pouco movimento. Entre os homens que entravam para beber ou se entreter no jogo, não avistei rapazes altos com escravos guarda-costas, ou seja, ninguém que bordejasse a descrição dada por Jorge.

Passei a tarde ouvindo os gritos dos jornaleiros que vendiam os vespertinos e prometiam as últimas novidades sobre o Crime do Castelo. Uma patrulha de urbanos circundou a praça em ritmo acelerado. Quase tropeçaram em mim, mas não se deram ao trabalho de olhar para baixo. O descaso é compreensível. Se resolvessem revistar cada mendigo esparramado pelas esquinas da corte, não fariam outra coisa até a virada do ano. Por isso passei o dia sem atrair olhares demasiados, a não ser, é claro, aqueles de censura ou piedade que os bem-postos na vida costumam dirigir aos habitantes da sarjeta.

Perto da noite, enquanto passava o acendedor de lampiões, dois negros sentaram-se às portas do bilhar e começaram a tocar violão. Ah, sim, como eu gostava da música dos brasileiros, rápida, alegre, cheia de improviso e notas ágeis, uma música que se espalhava por todos os bares e salões da cidade para se contrapor à monotonia dos pianos domésticos. Mesmo quando tratavam de temas tristonhos, as canções conseguiam trazer ânimo às almas dos ouvintes. Funcionavam como um bálsamo, um consolo para a minha espera.

Mais ouvindo do que espiando, tive forças para permanecer acordado até que as luzes se apagassem. Sem nenhum resultado concreto, apanhei as esmolas e saí em busca de um local para pernoitar. Não estava mais acostumado com o sacrifício dos disfarces e das investigações, tampouco com o desconforto dos dormitórios ao ar livre, mas era preciso seguir em frente. Se quisesse descobrir alguma coisa útil, deveria agir e até mesmo pensar como um pobre diabo das ruas.

Naturalmente, cogitei a possibilidade de dar um pulo no Alcazar e verificar o estado de Vitorino, mas mudei de ideia por dois motivos essenciais. Primeiro porque era cedo para revelar meu disfarce a quem quer que fosse, especialmente a um tagarela como *monsieur* Arnaud, e segundo porque eu de fato estava exausto e necessitava repor as energias. Imaginando as cocotes que dançavam o cancã sobre a cabeça do moleque, saí à procura de um banco de praça que me parecesse discreto e seguro.

Pisei sem querer sobre um dos inúmeros jornais que circularam durante o dia. Folheei o periódico para ver o que mais estavam inventando sobre o Crime do Castelo. Minha atenção foi fisgada por algo que nada tinha a ver com o caso. Numa nota cheia de salamaleques, informavam que a querida e simpática sinhazinha Mota retornara ao Rio no vapor do último sábado. Viera especialmente para o tradicional baile de fim de ano no Paço Isabel, da rua Guanabara, onde a princesa e o conde d'Eu costumavam receber as mais altas e selecionadas famílias da sociedade fluminense.

"Que faceira!", pensei decepcionado, mas não tive tempo de me atormentar com tamanha demonstração de frivolidade. Assim que me deitei num banco de madeira, dormi como uma pedra milenar.

No dia seguinte, as dores em meu corpo foram compensadas pelos progressos da investigação. Assim que o sol nasceu, tomei assento aos pés da estátua e voltei a acompanhar o que se passava na praça. Sete horas mais tarde, avistei um sujeito que tinha tudo para ser Felisberto Framboesa. Jovem e muito alto — quase dois metros de altura! —, vestia-se com roupas caras e nunca se afastava de um escravo que agia como o seu anjo da guarda. Chegaram numa charrete de trote ligeiro, que ficou no pátio com os outros carros, e se abancaram a uma das mesas espalhadas na frente do bilhar.

— Será que são vocês? — resmunguei para mim mesmo. — Vamos ver, seus palermas, vamos ver...

Pelo jeito de andar, parece que o negro conhecia as artimanhas da capoeiragem, embora não usasse nenhum emblema capaz de identificá-lo com os nagoas ou os guaiamuns. Era neutro, por assim dizer, servo devoto do patrãozinho baderneiro, indiferente às disputas entre as gangues e por isso "livre" para cruzar os diferentes territórios da cidade. Os capoeiras desse gênero costumavam ser os mais temerários. Doutrinados por uma noção canina de fidelidade, mostravam-se dispostos às maiores arruaças para proteger a pele dos seus senhores.

E Felisberto era um senhor que carecia de muita proteção. Se ainda restavam dúvidas de que fosse a minha pista, isto é, o moço alto que adorava arrumar encrenca com todo mundo, bastou observá-lo por alguns minutos para tirar a prova dos nove.

Era chamado de Betinho por alguns conhecidos que o cercavam com bajulações. Não por acaso, comportava-se como um janota, mexia com as mucamas que passavam, falava alto e exibia toda a sua arrogância quando conversava com alguém ou levantava o braço para pedir uma bebida. Só parava de incomodar durante os poucos instantes em que apanhava um taco e brincava, solitário, numa das mesas de bilhar. Inquieto, vez por outra erguia a cabeça e dava uma longa olhada ao redor.

— Vicente! — gritava para o escravo. — Nada ainda?

O guarda-costas, que não arredava da porta, limitava-

-se a negar com a cabeça. Homem de escassas palavras, parecia habituado aos rompantes do patrãozinho mandão.

Dali a alguns minutos, quando uma carroça contornou a praça e parou na frente do bilhar, tive de esfregar os olhos para ter certeza do que via. Para ser sincero, só não caí com o susto porque já estava sentado no chão. Sobre a carroça divisei as feições de Tenório, Tiúba e Nocêncio. Sim, sim, três dos principais capangas do Alemão Müller. Mas que diabos vieram fazer ali? A resposta, que se chamava Felisberto, saiu do bilhar com os braços em cruz.

— Que demora! — reclamou. — Podia apostar que fossem desistir mais uma vez.

"Meu Deus do céu!", pensei. "É por isso que Felisberto se mostrava tão impaciente. Estava esperando o pessoal do Alemão. Mas por quê? Para quê?"

Tenório não disse nada, não sorriu, ficou na boleia, cuidando da parelha de cavalos, enquanto Nocêncio e Tiúba, mais amistosos, saltaram para conversar. Carregavam uma pequena bolsa de pano, objeto um tanto familiar. Tocaram os chapéus para dizer boa-tarde a Felisberto. Para Vicente, que se mantinha a distância, fizeram um breve gesto com as mãos. Dali em diante não compreendi mais nada do que falavam, pois subitamente baixaram as vozes e deram em cochichar.

Levantei-me de um salto, segurei a bengala de cana-da-índia, por pouco não me esqueci de recolher o boné com as esmolas. Se chegasse perto demais, poderiam me reconhecer. Mesmo assim não me dei ao direito de hesitar. Era preciso ouvir o que diziam, ainda que fosse por fragmentos. Não devia me preocupar com Nocêncio ou Tiúba, distraídos pela conversa, tampouco com Felisberto ou Vicente, que sequer me conheciam, mas com Tenório, o homem forte do Alemão, que permanecia na carroça e por isso contava com uma visão privilegiada do local.

"Fica longe quando pensarem que estás perto", costumava dizer o Capitão Evans, "e perto quando pensarem que estás longe".

Pois muito bem, meu comandante, aqui vou eu. Com a cabeça baixa para ocultar o rosto, coxeando e forçando uma corcunda de fancaria, dei os primeiros passos ao encontro da pequena reunião. O horário era de grande movimento, as pessoas chegavam a se esbarrar nas portas das casas comerciais. Misturado a elas, e sempre com o queixo enterrado no peito, passei pelas costas de Nocêncio e Tiúba.

— Não foi culpa de Ioiô — ouvi um deles dizer.

— Mas o atraso estragou tudo — respondeu Felisberto.

— Os sapos morreram. Sorte que o velho estava aguardando um novo lote.

Sapos?! Do que estavam falando? O que isso tinha a ver com o Alemão Müller e o suposto grupo que lutava contra os abolicionistas? Seria uma espécie de código? Acaso entendi direito? E quem era o velho que estava aguardando um novo lote? Não pude interromper o ritmo dos meus passos. Se cometesse uma tolice desse calibre, Tenório perceberia minha bisbilhotice e gritaria para que verificassem quem era o enxerido. Entrei no bilhar. Apoiei-me no balcão e gesticulei para que me dessem um pouco de água. Eu não queria falar, não podia permitir que percebessem meu sotaque denunciador.

— Que modos são esses? — disse o garçom. — Ponha-se na rua, ô mendigo fedorento!

A ofensa soou como se proferida num mundo à parte. Meus olhos e ouvidos continuavam concentrados nas palavras de Nocêncio e Tiúba, na resposta de Felisberto, na fleuma de Vicente e na vigilância atenta de Tenório. Foi nesse instante, enquanto acatava a ordem do garçom, que vi quando mãos negras extraíram um colar da bolsa de pano e, muito discretamente, passaram-no para as mãos brancas que verificaram, com um toque de dedos, alguma protuberância existente às costas da peça central.

Eu conhecia aquela joia! Era o colar, sim, o colar de turmalinas com o diamante acomodado no crucifixo de madrepérolas, o mesmo que Vitorino tentou me dar para que encontrasse a mãe desaparecida. Por que o Alemão mandara entregá-lo a Felisberto? Mil cogitações digladiavam na minha mente, mas nenhuma fazia sentido.

Nocêncio e Tiúba voltaram para a carroça. Tenório deu um assobio e fez com que os cavalos se mexessem. Mais uma vez contornaram a praça. Ao que tudo indica, pegaram o caminho de casa. Já Felisberto e Vicente, embarcados na charrete, rumaram para a direção oposta. Era necessário segui-los, mas como? Se tentasse alugar um tílburi, poderia destruir o meu disfarce. Maldição! De nada adiantaria continuar escondido se desperdiçasse a oportunidade de entender o que queriam com o colar. Sem me desfazer inteiramente dos trejeitos de cego, avancei até os carros de aluguel e subi no primeiro da fila.

— Epa! — disse o cocheiro. — Vamos descendo, camarada.

— É um caso de vida ou morte.

— O lugar de pedir esmolas é lá na escadaria da igreja.

— Posso pagar pela corrida.

Meti a mão no bolso direito e saquei o dinheiro que Jorge me emprestara.

O cocheiro me olhou intrigado. Além de avaliar minha aparência e certamente duvidar da minha cegueira, devia estar se perguntando de onde diabos eu viera com aquele sotaque de Camelot. Era bem mais jovem do que eu, tinha braços fortes e exibia o semblante de quem não se deixa lograr por qualquer um.

— Por favor — reforcei. — Trata-se de uma emergência.

No outro lado da praça, a charrete de Felisberto fazia a

curva para desaparecer no labirinto urbano. Enfiei a mão no bolso esquerdo e exibi as moedas que recebera como mendigo.

— Toma — insisti. — Fica com tudo, mas precisamos ir agora.

— Onde conseguiste o dinheiro?

— São esmolas.

— Esmolas! Achas que sou trouxa?

— Decide de uma vez. Se não precisas ganhar a vida, passarei para o próximo carro.

Ele ainda refletiu por alguns segundos. Antes de bater com as rédeas nas ancas do cavalo, teve a precaução de surrupiar as moedas da minha mão.

— Para onde? — perguntou.

E agora, o que responder? Um cego não poderia simplesmente apontar o dedo e dar uma ordem do gênero "segue aquela charrete". Era preciso fazer com que o cocheiro conduzisse o tílburi sem notar que estaria no rastro de outro veículo. Seria difícil obter essa façanha e continuar mantendo o disfarce. "Que seja!", pensei. "O que não posso é perder aqueles dois de vista".

— Toque para os lados da Misericórdia — expliquei. — Rápido, por favor.

Ofendido por meu pedido de pressa, o cocheiro olhou para trás e esboçou uma careta de contrariedade. Mesmo assim, providenciou um bom trote para o cavalo, de modo que vencemos a lateral da praça e entramos pela mesma rua em que a charrete circulava. Bem ao longe, localizei os cabelos fartos de Felisberto e o chapéu de palha de Vicente. Avançavam em marcha acelerada. A tendência é que se distanciassem cada vez mais. Para não deixá-los escapar, era necessário que o tílburi aumentasse a velocidade.

— Depressa! — toquei o ombro do cocheiro. — Mais depressa!

— És louco? — ralhou comigo. — Olha como as ruas estão lotadas. Queres que eu atropele uma criança?

— Não é isso. O caso é urgente, já expliquei. Estou correndo contra o tempo.

— Ah, é? Então por que não saltas e segues a pé?

— Paguei caro pela corrida. Peço que faças o favor de colaborar.

— Eia! — ele gritou enfurecido.

No mesmo ato, chicoteou forte o cavalo. Acho que fez isso para aliviar a raiva e não ceder à tentação de agredir um passageiro. Considerando que as pessoas costumam ser indelicadas e corajosas diante dos pobres e dos deficientes, era provável que, com minha próxima exigência, o cocheiro realmente parasse e me mandasse descer.

Para complicar a situação, o caminho se enchia de outros carros que impediam a agilidade do trânsito, e a charrete, lá na frente, tomou uma rua à direita, desviando-se da direção da Misericórdia. Era preciso fazer alguma coisa para continuar no encalço de Felisberto. Se o cocheiro se zangasse, azar.

— Por favor! — pedi com um tom mais brando na voz. — Toca para os lados do Quartel.

— O quê?! Não era a Misericórdia?

— Sim, mas mudei de ideia.

— Ah, mudou? — Ele já puxava as rédeas para frear o cavalo. — Achas que sou palhaço?

— Não! — levantei-me. — Não podes parar!

Agora abandonando de vez as mímicas de cego, segurei seu braço para que o cavalo continuasse em frente. Com isso o animal deve ter se assustado. Deu um pinote, retomou a correria de antes e por pouco, conforme o vaticínio, não atropelou um molequinho que passava.

— Cego de araque! — grunhiu o cocheiro. — Pretendes me assaltar, é isso?

Também se colocou de pé. Girando desastradamente,

207

tentou me empurrar de volta para o assento. Não tive escolha. Esquivei-me e colhi o seu estômago com um gancho de direita. Repeti a pancada para que largasse as rédeas de uma vez. Um último golpe fez com que fosse projetado para fora do veículo. Caiu, rolou e ficou para trás, no meio dos curiosos que o cercariam e o ajudariam a se reerguer.

Assumi o controle do cavalo e fiz a curva para continuar na trilha da charrete. Entre as dezenas de pessoas que presenciaram a cena, acho que ninguém entendeu o que ocorria. Alguns carregadores de água largaram os barris para me ver passar. Avistei uma senhora fazendo o sinal da cruz. De minha parte, era inútil olhar para trás. Já não podia ver o que estava acontecendo na retaguarda do tílburi.

"Espero que o infeliz não tenha se machucado", pensei. Seja como for, teria meios de pagar os curativos, pois havia ficado com todo o meu dinheiro.

Tentei seguir a charrete sem chamar atenção. Depois de várias voltas incoerentes, finalmente pararam diante de uma casa na rua Riachuelo. Estavam em pleno território dos nagoas, onde quem mandava era o famigerado Pinta Preta da Lapa. Agora era fácil entender por que Tenório, Nocêncio e Tiúba negociavam com Felisberto e seu escravo "neutro". Seja lá o que estivesse tramando, o Alemão Müller jamais permitiria que seus homens invadissem áreas inimigas para arrumar encrenca gratuita, algo péssimo para os negócios. Só não dava para entender como o colar entrava na história.

Antes de passar por baixo dos arcos do aqueduto, abandonei o tílburi com o intuito de fazer uma aproximação mais cuidadosa. A bengala e os óculos escuros me devolveram à condição de cego. Caminhei até bem perto da charrete, que ficara aos cuidados de Vicente. Não estava estacionada diante de uma residência particular, como pensei a princípio, mas de uma botica que ostentava uma placa com os dizeres "Casa Fonseca". Através das portas abertas de par em par, pude ver Felisberto cumprimentando o jovem que lhe abriria o portãozinho do balcão. Com a bolsa de pano na mão, entrou por uma portinhola encravada nas prateleiras de xaropes, unguentos, pomadas, emplastos e toda a sorte de elixires.

Sentei-me no outro lado da rua, próximo a um poste de gás, numa posição que me permitia verificar tudo o que ocorria na Casa Fonseca. É claro que Vicente percebeu minha presença. Olhou para mim durante um bom tempo, talvez com a impressão de ter me visto em outra parte. Temi que viesse falar comigo. Se relacionasse minha fisionomia com a praça da Constituição, é certo que haveria problemas pela frente. Mas logo Felisberto saiu da botica — sem a bolsa com o colar! — e mandou que a charrete partisse imediatamente.

Seria impossível continuar a perseguição a pé, mas esse já não era o meu objetivo. Eu estava ansioso para descobrir qual a ligação existente entre eles e o Alemão Müller, entre o colar e... pois é... aquela obscura botica da rua Riachuelo.

Meia hora depois, com um máximo de discrição, esgueirei-me pela lateral da Casa Fonseca e, através de uma janela dos fundos, consegui dar uma espiada para dentro. Vi um homem velho de jaleco branco mexendo no colar com uma dessas espátulas usadas pelos ourives. Seria o tal que recebera um novo lote? Novo lote de quê? Acho que a resposta estava atrás dele, sobre a mesa, algo que me deixou verdadeiramente atordoado: um aquário com dez ou doze pequeninos sapos amarelos! O que queriam com aquilo? Era muito estranho, muito bizarro, muito confuso. Antes, na praça, quando Felisberto citou os sapos que morreram, não estava falando em código — foi a única coisa que pude concluir.

Afastei-me da janela e voltei para o outro lado da rua.

Restava-me ficar na espreita. Apesar de toda a incompreensão que passou a me dominar, algo me dizia que as respostas para tudo o que estava acontecendo sairiam daquela salinha aos fundos da Casa Fonseca. Nisso eu estava certo. Só não pude prever que, por causa do assassinato de Amâncio Tavares, acabaria descobrindo um novo crime em andamento. Um crime de proporções colossais, que afetaria o destino de toda uma nação.

O destino do moleque

— Oh, *mister* Woodruff! — disse monsieur Arnaud, quase chorando, com as mãos postas diante do peito. — O delegado Nogueira esteve aqui. Entrou com seus brutamontes e correu diretamente para o esconderijo do negrinho. Fomos traídos, *mister* Woodruff. Traídos!

Passava da meia-noite. Sem nada para fazer diante das luzes apagadas da Casa Fonseca, deixei meu posto de observação e caminhei até o Alcazar Lírico. Já que meu disfarce corria perigo, resolvi verificar a situação de Vitorino. O espetáculo se encerrara há um bom tempo e o café-cantante se encontrava praticamente às moscas. Apenas o proprietário e dois serviçais se organizavam para fechar as portas.

Monsieur levou alguns minutos para me reconhecer e compreender por que eu estava usando aqueles trapos de mendigo. Ao contrário do Araújo, ouvira boatos sobre a minha prisão, mas jamais poderia supor que fui libertado com a ajuda do ministro e agora trabalhava para descobrir o que havia por trás da morte de Amâncio Tavares. O francês não teve coragem de perguntar se eu de fato tinha algo a ver com o assassinato. Acho que isso nem lhe passava pela cabeça. Na verdade, deixou sua tensão aflorar quando entendeu que eu permaneceria na cidade. Uniu as mãos em súplica e, ao falar de Vitorino, preocupou-se em repetir que "fomos traídos".

— Traídos? — perguntei irritado. — O que quer dizer com isso?

— Alguém deve ter procurado o delegado para contar sobre o esconderijo.

— Quem?

— Não sei, *mister* Woodruff, não sei. Mas tenho minhas suspeitas.

"Ele é que fez isso!", concluí de imediato. Cheio de raiva, aproximei-me e calcei o seu pescoço com a bengala.

— Essa história está malcontada, *monsieur*. Não lhe paguei dois contos de réis para zelar pela segurança do moleque?

— Faço questão de devolver o dinheiro.

— O dinheiro não importa agora. Quero saber como o senhor escapou da cadeia, já que Vitorino estava escondido na sua propriedade.

— Pois então, pois então… Estou tentando explicar que o delegado não encontrou o que procurava…

Muito confuso. Abaixei a bengala e pedi que *monsieur* se acalmasse, algo que eu também tentaria fazer. Ele perguntou se poderia beber um copo de água. Exigi que primeiro me contasse como tudo aconteceu, passo a passo.

— Foi ontem à tarde — disse ele. — A confeitaria estava cheia de fregueses. As cocotes começavam a chegar e se preparar para os números que apresentaríamos à noite. Ah, *mister* Woodruff, que vexame! O delegado entrou com um bando de policiais armados, assustando todo mundo, e foi logo subindo as escadas para o teatro. "Não tente me impedir", gritou para mim. "Sei que o fugitivo está aqui." E sabia mesmo, pois contornou o palco e se posicionou exatamente no local em que escondemos Vitorino. Arranjaram um pé-de-cabra e arrancaram as tábuas que protegiam o esconderijo. Se estiver duvidando, venha ver com os seus próprios olhos.

Entramos na sala de espetáculos. Com efeito, divisei um estrago grotesco atrás do palco. Abaixei-me e dei uma espiada para dentro. Nem sinal das coisas de Vitorino ou do catre em que deveria estar deitado.

— Quem tirou o moleque daqui?

— Não sei.

— Como não sabe? Não ouviu nada?

— Juro que não. O senhor sabe que dormimos na pensão dos artistas e o teatro fica sozinho durante a noite. Tudo pode ter acontecido, tudo!

— Está sugerindo que ele saiu sozinho?

— Acho difícil. Quem fez isso se preocupou em remover também os vestígios do negrinho. As tábuas foram recolocadas no lugar e pregadas com toda a parcimônia. Quando vi que o esconderijo estava vazio, fiquei tão surpreso quanto o delegado. Ele não pôde me levar preso porque não encontrou nada capaz de me comprometer. Teve um ataque de fúria, isso sim. Chutou tudo que viu pela frente, mandou que os seus homens revistassem o resto do teatro, passou um longo tempo cismando com a ausência de teias de aranha sob o palco, prova de que alguém estivera abrigado ali embaixo. Só foi embora depois de interrogar todas as dançarinas, que graças a Deus não disseram nada.

— O pessoal da cozinha também foi interrogado?

— Sim, todo mundo.

— Inclusive Esméria?

— Ela não veio ontem.

— E hoje?

— Também não.

— E essa agora! A mulher não ficou encarregada de alimentar o moleque?

— Pois então, *mister* Woodruff, é dela que desconfio. Deve ter negociado alguma recompensa com o delegado.

— Onde ela mora?

— Nos arrabaldes.

— Que arrabaldes?

— Não sei ao certo. Parece que vive numa comunidade de pretos livres que fica nas imediações do São Diogo.

— E o senhor não se deu ao trabalho de buscá-la?

— Dizem que a região é perigosa... fica longe... e eu não soube como agir em meio a tudo isso...

— Vamos procurá-la.

— Vamos?

— Sim, nós dois, e agora mesmo. Mande preparar o seu carro. Presumo que vá colaborar, *monsieur*. Sei que almeja reconquistar minha confiança.

Admito que fui grosseiro com ele, mas tive de fazer um esforço enorme para me controlar. Senti-me arrependido por ter solicitado o auxílio de um francês medroso que só se realizava com as peças musicadas e os festejos de salão. Por outro lado, a quem mais poderia recorrer? A maioria dos habitantes do Rio de Janeiro ainda acreditava na impossibilidade de os negros serem humanos. Depois de me acalmar, entendi que, de todos os males, ocorrera o menor. Pelo menos Vitorino não caíra nas garras do delegado. Restava descobrir quem levara o moleque e, mais importante, onde ele se encontrava naquele momento.

Cheio de gentilezas desnecessárias, *monsieur* perguntou se eu estava bem daquele jeito, com os trapos de mendigo e os pés desnudos no chão. Também quis saber se desejava trocar a roupa ou me servir de um prato de sopa quente. Respondi que meu tempo era mínimo. Precisávamos partir assim que o serviçal trouxesse o carro. E foi o que fizemos. Ao longo do trajeto, enquanto o cavalinho pangaré corria à toda, o proprietário do Alcazar não parava de prometer que devolveria os dois contos de réis.

213

Pedi que se calasse, não apenas porque sua voz estava se tornando irritante, mas porque o dinheiro, desde o princípio, fora destinado à libertação de um escravo.

Se foi fácil encontrar a vila de alforriados nas alturas do São Diogo, o mesmo não se pode dizer da casa de Esméria. Batemos em inúmeras portas, tiramos muita gente de suas redes, fizemos perguntas e mais perguntas a respeito de uma negra que, coisa rara entre eles, recebia salário para cozinhar no mais famoso dos teatros brasileiros. As pessoas ficavam ressabiadas e evitavam dar respostas diretas. Sendo comum que escravos foragidos buscassem refúgio em agrupamentos como aquele, soava suspeito o interesse de dois brancos por uma mulher de cor, ainda mais no meio da madrugada.

Aos poucos, porém, percebi que Esméria não era conhecida na comunidade como cozinheira, mas como candombeira, uma espécie de sacerdotisa de cultos africanos que ministrava poções mágicas e promovia o contato entre os vivos e os mortos. Nesse ponto, fui obrigado a rir com o espanto de *monsieur*. Ele perdeu a fala ao se dar conta de que tinha uma feiticeira preparando as suas refeições. Mas houve uma vantagem na novidade: assim que deixamos de perguntar pelo barraco da assalariada e passamos a procurar pela "casa de tomar fortuna", atingimos a nossa meta em menos de dez minutos.

Ao contrário dos vizinhos, Esméria estava acordada quando nos aproximamos. Em vez de fugir ou dar qualquer outra demonstração de medo, procurou nos receber com naturalidade. Sob a luz de uma lamparina presa no alto da porta, levantou o braço e sorriu ao cumprimentar o patrão.

— Entrem, entrem! — disse com serenidade. — Eu estava esperando pela visita.

— Escute, *mister* Woodruff — gaguejou *monsieur*, pálido como uma vela de funeral. — Se não for incômodo, prefiro ficar aqui fora. Estou sentindo enjoos e... pois então... necessito de um pouco de ar fresco para... para...

— Não há o que temer — gracejei. — Se em todos esses anos a bruxa não envenenou a sua comida, há poucas chances de que algo aconteça nesta noite.

Mesmo assim ele preferiu que eu entrasse sozinho.

O barraco era minúsculo e precário, feito de varas mal-alinhadas e guarnecidas por uma massa composta de palha e barro molhado. Folhas de grandes palmeiras formavam o telhado. Havia meia dúzia de velas iluminando imagens de santos católicos, muitos com as faces e as mãozinhas pintadas de preto. Um fogão, uma mesa, duas cadeiras de palha, uma prateleira com poucas peças de louça ou metal e uma esteira estendida no chão eram tudo o que existia no interior do casebre.

— Puxe a cadeira — disse ela. — Vosmecê ficou engraçado sem barba e cabelo. Bebe um gole de parati?

— Aceito, sim. E agradeço a gentileza.

Apanhou a garrafa de aguardente e serviu uma dose na sua melhor caneca. Depois acendeu um charuto de três centavos e soltou as baforadas que nos envolveriam numa névoa de confidências.

— É meu último — explicou. — Mas se quiser uma fumada...

— Não vim para isso.

— Claro que não. Vosmecê quer saber do menino.

— Onde ele está?

— Não posso dizer.

— Por quê?

— Porque não sei.

— *Monsieur* Arnaud acha que foi a senhora que entregou o esconderijo ao delegado.

— O quê?! — ela tossiu embasbacada. — A polícia bateu por lá?

— Bateu. Tem alguma coisa a ver com isso?

215

— Nunca, que despautério! Eu jamais aprontaria uma dessas para um doente de febre.

— Sabe quem aprontou?

— Não.

— Sabe quem tirou o moleque de lá?

— Sei.

— Quem?

— Eu.

— A senhora? Mas acabou de dizer que não sabe onde ele está.

— Olha, seu moço, a história é comprida. Se tiver paciência de escutar...

— A paciência é uma virtude imprescindível no meu ofício.

— Tem vez que não consigo entender o que vosmecê diz.

— Conte a história, por favor. Leve quanto tempo for necessário e não deixe de lembrar os detalhes.

Ela limpou a garganta com um pigarro prolongado. Antes de começar, levou o charuto à boca e deu mais uma baforada. Tive impressão de que se preparava para o relato de fatos extraordinários. As velas aos pés dos santos bruxuleavam e lançavam sombras deformadas nas paredes de barro. Lamentei que *monsieur* não estivesse ali conosco. Tremeria diante dos olhos opacos de Esméria.

— Bateram na minha porta de madrugada — disse de repente. — Um homem e uma mulher. Ele era branco e usava roupa de estrangeiro. Ela era preta e usava roupa de preta, mas se cobria com uma capa bem grande, como se não desejasse mostrar o rosto para ninguém.

— Escrava?

— Fiquei sem coragem de perguntar. Mas veio da África, tenho certeza, notei as escaras na testa e nas bochechas.

— O que queriam?

— Pelo jeito como apareceram alvoroçados, pensei que quisessem ralhar comigo, mas logo entendi que vieram em paz. O homem quase não abria a boca. Parece que só obedecia à mulher. Engraçado que comigo ela falava de um jeito diferente. Com humildade, colocou as mãos nos meus ombros e pediu ajuda. Explicou que não podia partir sem dizer adeus a Vitorino.

— Adeus? Ela disse como se chamava?

— Não, mas disse que era mãe do menino.

Bernardina! Meu coração começou a se agitar dentro do peito. Então ela estava por perto? Isso significa que não abandonou o filho, mesmo que tenha fugido do Alemão Müller. De alguma maneira incompreensível para mim, mantinha-se atenta aos infortúnios que recaíram sobre o moleque. Desde a primeira vez que ouvi o seu nome, provei a estranha sensação de que ela não poderia estar longe dos acontecimentos.

— Vosmecê ficou pálido de repente...

— Nada grave. Continue.

— Conhece a mulher?

— Sim, ou melhor, não, quer dizer, isso é irrelevante por enquanto. Continue, por favor.

— Não sei como, mas eles sabiam que o moleque estava escondido em algum canto do Alcazar. Perguntaram se alguém ficava lá durante a noite. Quando respondi que não, eles me fizeram subir numa charrete e tocaram para o teatro. Tenho uma chave da cozinha, entende? Assim que entramos, mostrei para eles o esconderijo debaixo do palco. O homem pegou o martelo, arrancou as tábuas e puxou o catre para fora. Vitorino continuava com febre, delirava em voz alta, pensou que a mulher fosse uma aparição de Santa Rita. A mãe beijou a testa do filho e começou a chorar, foi de cortar o coração. Nisso o estrangeiro se lembrou de dizer que o moleque não podia ficar ali sozinho, que seria descoberto por causa dos delírios de febre ou que acabaria morrendo de tanta dor.

— Foi aí que resolveram levá-lo com eles?

— Com eles?! Inventaram de trazer o menino pra cá, isso sim.

— Pra cá? Mas onde ele está, então?

— Já chego nessa parte. Expliquei que meu patrão ia ficar muito chateado comigo, mas eles não me deram ouvidos, disseram que eu seria culpada se alguma coisa acontecesse com o moleque. Não tive saída. Por isso arregacei as mangas e limpei tudo que tinha ficado embaixo do palco. O estrangeiro entendeu o que eu estava fazendo e me ajudou a pregar as tábuas de volta no lugar. Demos um fim no catre e depois trouxemos Vitorino na charrete.

— Alguém viu vocês na rua?

— Acho que não. Ainda era escuro. O estrangeiro tinha pressa de ir embora, mas a mulher mandou que se aquietasse porque viu que o filho continuava delirando. Então abriu uma bolsa, pegou uns saquinhos com ervas estranhas e misturou duas receitas para o menino. Está vendo a minha gamelinha com o soquete ali no canto? Foi com isso que preparou o unguento para as costas e a beberagem que ele devia tomar de hora em hora. Aquela mulher... parecia ser uma rainha... tem sabedoria... e poder... conhece segredos, rezas de Angola... coisas que ninguém nunca me ensinou...

Surpreendeu-me que Esméria, adentrando por uma espécie de êxtase espiritual, falasse de Bernardina do mesmo modo com que um discípulo fala do seu mestre. Lembrei-me de quando o Alemão Müller disse que costumava tratar a "sua preferida" como uma rainha. Quem era Bernardina, verdadeiramente? E o estrangeiro que a acompanhava, como era possível que recebesse ordens de uma escrava foragida? Como descobriram que Vitorino estava no Alcazar? Sabiam algo sobre mim, sobre o resgate no Cabeça de Porco? Uma onda de perguntas se quebrava sobre o meu cérebro atordoado.

— Ela se agachou e cobriu o filho de beijos — prosseguiu Esméria. — Prometeu que voltaria depois de cumprir sua missão.

— Missão?

— Isso.

— Tem certeza que foi essa a palavra?

— Tenho. Pelo que entendi, o estrangeiro queria que ela partisse logo para a guerra.

— Para o Paraguai? Mas o que ela poderia fazer no Paraguai?

— Vosmecê pergunta demais. Só sei que não voltei para o teatro porque tive de ficar aqui cuidando do menino. Graças aos remédios que a mulher deixou, vi um milagre acontecer. Depois de um dia, uma noite e mais um dia de descanso, o moleque foi ganhando força, foi se recuperando, até que ficou em pé e avisou que era preciso deixar o barraco.

— Então ele saiu daqui sozinho?

— Logo que anoiteceu.

— A senhora contou que a mãe esteve com ele?

— Não deu tempo.

— Ele disse para onde iria?

— "Tenho muito a fazer". Foi a única coisa que resmungou.

Meditei sobre o que acabara de ouvir. Estava claro que Vitorino foi estratégico ao abandonar o local. Se consegui encontrá-lo com relativa facilidade, o mesmo poderia ser feito pelo delegado Nogueira. O problema era o que o moleque aprontaria dali em diante. Nada mais justo do que correr para alcançar a mãe, mas temi que, perdendo o rastro de Bernardina, Vitorino cismasse em retomar os seus antigos propósitos. Voltaria ao Cabeça de Porco para novamente abrir a navalha e atentar contra a vida do Alemão? Daí a ser recapturado, era apenas um salto...

Ainda que Esméria não tenha tocado no assunto, solicitei a *monsieur* que poupasse o emprego da coitada. Afinal de contas, o que ela fez, na prática, foi livrar o patrão da cadeia. Assustado, ele só sabia repetir que não toleraria feiticeiras dentro de casa, que fora enganado durante anos e que nunca suspeitara desse tipo de prática entre os seus "colaboradores".

Interrompi o chilique do francês para lembrá-lo de que o perigo não estava exatamente com as bruxas, mas com as serpentes. Sim, as serpentes. Havia espiões no Alcazar, gente que botou a reputação da casa em perigo, que se vendeu pela imundície do vil metal e se submeteu à infâmia de chamar o delegado. Ao longo de todo o caminho de volta, *monsieur* ficou em silêncio, pensando nas minhas palavras.

Tão logo chegamos, ressaltou que devolveria os dois contos de réis. Mais tranquilo quanto à honestidade dele, pedi que esquecesse o assunto do dinheiro. Daniel Woodruff nunca foi homem de reaver recompensas. Apesar do susto final, o teatro servira de refúgio, e bom refúgio, para o moleque.

— E esse seu estado deplorável? — disse ele, mais por gentileza do que por sinceridade. — Não há nada que o Alcazar possa fazer pelo senhor?

Eu já ia respondendo com um gesto negativo, mas lembrei-me da Casa Fonseca e tive uma ideia repentina.

— Pensando bem, *monsieur*, há um favor, ou melhor, dois, que poderiam... digamos... salvar a minha investigação.

Espreita no casarão

Mister Whicher costumava dizer que os disfarces só são bons enquanto seguros. Ao menor sinal de perigo, segundo ele, o melhor que se tem a fazer é procurar uma roupa nova. Desse modo, prevendo que as pessoas ficariam intrigadas se mais uma vez avistassem um mendigo cego nas cercanias da Casa Fonseca, voltei à rua Riachuelo com uma aparência inteiramente nova.

Graças aos favores de *monsieur* Arnaud, pude substituir os trapos de indigente por um terno de linho branco. Também deixei de lado o boné de pano e, no intuito de ocultar minha cabeça tosquiada, vali-me de um dos muitos borsalinos colecionados pelo francês. Para completar a transformação, aceitei de empréstimo alguns vinténs, bem como o cavalinho pangaré, magro e sofrível, mas necessário para continuar na pista de Felisberto.

Amarrei o animal num poste de gás e me encostei ao balcão de um quiosque montado na primeira esquina depois dos arcos que sustentam o aqueduto da Carioca. Dava bem uns setenta metros até as portas da botica, uma distância ideal para observar o comportamento de quem estivesse à procura de remédios... ou do colar.

Naquela época, os quiosques eram novidade no Rio de Janeiro. Só depois da guerra é que tomariam a cidade como uma praga. Precários e pouco higiênicos, feitos de madeira velha, com telhadinhos de zinco que ferviam ao sol dos trópicos, vendiam jornais, bilhetes de loteria, café, chá, quitutes, peixe e cachaça. Não raro tornavam-se pontos de encontro para bêbados e malandros em geral, o que significa dizer que eram os lugares certos para passar o dia sem levantar suspeitas.

— E então, amigo? — perguntou o português que cuidava do quiosque. — O que vai ser?

Eu não queria falar por causa do meu sotaque, mas seria impossível ficar calado, a menos que pretendesse me fingir de surdo-mudo, uma tática certamente desgastante para quem passara as vésperas bancando o cego.

— Põe aí uma fritada de sardinhas, por favor.

— És americano?

— Inglês.

— Sei... Há muitos de vocês no Brasil, não?

— Acho que sim.

— Já viste os jornais de hoje?

E me atirou um exemplar do *Jornal do Commercio*. Na primeira página, óbvio, havia uma imensa chamada sobre o assassinato de Amâncio Tavares. Meu nome aparecia abaixo de um desenho maltraçado. Se o objetivo era fazer o público me identificar nas ruas, então eu poderia ficar tranquilo. Com base naqueles garranchos, seria mais fácil reconhecer minha avó do que eu mesmo, ainda mais do jeito que me encontrava, careca e sem barba.

— Veja que coisa — tornou o português. — Ainda não pegaram o teu compatriota.

— Perdão?

— O teu compatriota, ora pois. Não foi um inglês que degolou o poetinha ali no Castelo?

Ainda não dava para saber se ele estava ressabiado, se almejava apenas puxar conversa ou se não passava de um lusitano dado a pilhérias. Era preciso conquistar sua confiança.

— Oh, sim — respondi. — Estou a par do caso. Que vergonha para o nosso país e a nossa rainha! Por causa de uma maçã podre, daqui a pouco hão de pensar que somos todos uns assassinos sanguinários.

O português resmungou qualquer coisa. Depois riu e pôs-se a preparar as sardinhas.

Durante o tempo que permaneci no quiosque, não desviei os olhos da Casa Fonseca. Entraram e saíram duas velhas de braço dado, uma mucama, um menino carregando um cesto e um casal vestido com todo o rigor parisiense, ou seja, pronto a enfrentar uma nevasca.

Apesar da curiosidade que confundia meus pensamentos, desisti de me esgueirar até os fundos da botica e dar mais uma espiada pela janela. Além dos riscos desnecessários, seria muito difícil entender o que o velho estava fazendo com o colar e — pois é! — qual a finalidade dos sapos amarelos.

O máximo que pude deduzir é que a joia passava por um processo de preparação — mas preparação para quê? — e logo deveria retornar às mãos de Felisberto ou outro intermediário qualquer. A minha estratégia, portanto, consistia em manter os olhos bem abertos e aguardar o desenrolar dos fatos. Não havia nada mais produtivo a fazer.

E foi desse jeito que passei o dia na rua Riachuelo.

Lá pelas cinco da tarde, depois de ouvir as centenas de histórias do português e dos demais desocupados que se achegavam ao quiosque, isso para não lembrar as três pratadas de sardinha, as diversas canecas de café e a generosa dose de aguardente que engoli enquanto esperava, finalmente avistei a charrete com Vicente e Felisberto passando embaixo do aqueduto.

— Mais uma dose? — disse o português.

— Não, obrigado — respondi enquanto pagava a conta. — Vai chegando a minha hora de partir.

Como era de se esperar, a charrete parou em frente à Casa Fonseca. O escravo ficou embarcado. O patrão saltou e desapareceu dentro da botica. Era nítido que tinha pressa. Minutos depois, tornou a sair com uma bolsa nas mãos, não a mesma da véspera, mas outra, feita de couro, transportada com um zelo que me pareceu excessivo. Tratava-se do colar, sem dúvida, mas então era como se fosse uma bomba, não uma joia. Assim que Felisberto subiu, Vicente tenteou as rédeas, assobiando, deu a volta e retornou pelo mesmo caminho que viera.

— Até mais ver! — despedi-me com um toque no chapéu. — Muito obrigado pela conversa.

Montei o pangaré e saí num trote desengonçado. Fiz isso com tanta ansiedade que temi chamar a atenção do português. Acaso se dera conta de que eu corria para perseguir alguém? Não, que ideia! O coitado estava tonto, passou a manhã bebendo com os fregueses, seria incapaz de perceber as nuances do que acabara de ocorrer em roda do quiosque.

Ao contrário do dia anterior, quando tive de me envolver numa briga pela posse do tílburi, agora foi mais fácil seguir a charrete. Apesar das deficiências da minha montaria, não perdi de vista o chapéu de Vicente e a cabeleira de Felisberto. Às vezes mais longe e às vezes mais perto dos dois, optei por cavalgar como se estivesse a passeio, com ares de distração e indiferença.

Mesmo assim notei que Felisberto parecia apreensivo. Além de segurar a bolsa como se estivesse acalentando um bebê, de tempos em tempos virava-se para verificar se alguém os seguia. Em nenhuma das vezes estranhou a presença de um cavaleiro de roupas brancas e chapéu debruado na testa.

Após deixarem a Riachuelo, contornaram o morro de Santo Antônio, passaram pelo Cassino Alvorada, retornando assim ao território dos guaiamuns, para então subir em direção ao centro. A partir dessa manobra sem sentido, deixei que se distanciassem de mim. Estavam dando voltas de precaução, só podia ser isso. Instantes mais tarde, entraram na rua do Regente e deixaram a charrete aos fundos de um casarão abandonado.

Desmontei ao longe e fiquei na espreita.

Vicente e Felisberto vieram para frente e bateram à porta principal, mas bateram num ritmo próprio, ensaiado, como se estivessem utilizando uma senha. A casa era enorme, toda de alvenaria, possuía dois andares com sete janelas na fachada, três das quais cobertas por um arco acomodado sobre falsas colunas dóricas, arranjo ideal para destacar o letreiro velho e quase ilegível que dizia: Sociedade Recreativa Latere Fortiori. Demorou até que a porta se abrisse. Felisberto entrou de forma sorrateira e foi imitado pelo escravo. Trancaram-se com incrível velocidade, de modo que o prédio prontamente retomou o seu estado de abandono.

— É agora! — resmunguei para mim mesmo. — Ou descubro o que estão tramando, ou tudo que fiz terá sido em vão.

Logo entendi que seria um erro me aproximar da porta principal. Uma vez que o segundo andar oferecia ampla visão das redondezas, receei que alguém estivesse de guarda numa das janelas. Era preciso encontrar uma entrada periférica. Por isso dei uma longuíssima volta no quarteirão e me posicionei atrás do prédio, próximo de onde Vicente e Felisberto deixaram a charrete. Caso algum vizinho me visse ali, teria certeza de que eu era um ladrão. Gritariam para me afugentar ou, no limite, mandariam algum moleque chamar a Guarda. Se não agisse rápido poderia perder a oportunidade.

Forcejei um pouco a porta dos fundos, mas era pesada demais para ser arrombada. Felizmente, a falta de manutenção e da simples presença humana providenciou que algumas das janelas estivessem com os vidros trincados. Com todo o cuidado para não me cortar ou fazer barulho, retirei os cacos da janela mais baixa, um a um, até formar uma fresta larga o bastante para introduzir o meu braço e destravar o trinco por dentro. Depois de um último olhar ao redor, abri a vidraça, entrei e tranquei tudo de novo, como se nada fosse nada.

Ali ficava a cozinha, ou o que restava dela. Na ponta dos pés, tomei o corredor e segui para a parte posterior do casarão. Quase espirrei devido ao excesso de pó nos tapetes, nos lustres gigantescos e nos estofados protegidos por lençóis.

Ao passar por uma série de cômodos destinados ao gamão e ao xadrez, vi um tabuleiro esquecido entre mesas e cadeiras empilhadas com displicência. Num ambiente maior, deparei com uma lareira, o que me pareceu cômico, já que no Rio não fazia frio o suficiente para esse tipo de luxo. Quando cheguei à recepção, ficou claro que não havia ninguém no primeiro andar.

De repente, comecei a ouvir vozes que vinham lá de cima. Voltei até o centro da casa e subi as escadas, devagar. Tive medo que as tábuas rangessem sob meus pés, o que de fato aconteceu, mas tão sutilmente que — rezei! — deveria passar despercebido por uma provável sentinela. Ao alcançar os últimos degraus, confirmei com alívio que as vozes continuavam vindo de longe.

O segundo andar era formado por um corredor cujas extremidades findavam em duas salas amplas e mobiliadas, indício de que pelo menos uma parte do local ainda era usada para reuniões a portas trancadas. Ao longo do corredor, havia inúmeras saletas compostas por frágeis biombos de madeira. No tempo em que a sociedade funcionava, esses privativos provavelmente serviam para conversas íntimas ou apostas mais elevadas.

No que passei das escadas para o corredor, foi inevitável perceber que as vozes, já nítidas, vinham da sala à frente, que ficava sobre a recepção e confirmava a hipótese de que pudesse haver alguém observando a rua por uma janela.

— É um disparate! — ouvi alguém dizer. Não era Felisberto, cuja voz eu conhecia, tampouco o silencioso Vicente, que jamais se pronunciaria com tamanha convicção. — Não posso concordar com o que pretendem fazer.

— Sinto muito! — respondeu um quarto elemento, dono de uma voz arranhada e igualmente prenhe de autoridade. — Agora que a joia está conosco, não vamos cancelar pela segunda vez.

A joia! O colar! Era preciso ouvir a conversa, mas eu estava desprotegido no meio do corredor. Se algum deles resolvesse recuar e lançar os olhos para trás, eu seria descoberto no ato. Caminhei para a direita, pé ante pé, entrei numa das saletas de apostas, uma que servia de depósito para cadeiras quebradas, encostei a porta com o máximo de lentidão e ajoelhei-me no soalho coberto de pó. Ah, a vontade de espirrar! Nunca imaginei que meu nariz pudesse me pôr tão perto do perigo.

Fazendo um terrível esforço para me conter, agachei-me o mais que pude e, pelo pequenino espaço existente sob os diversos biombos enfileirados até a sala dianteira, avistei quatro pares de pés: Felisberto, Vicente, duas botas de montaria e — fiquei pasmo! — duas sandálias rentes à barra de uma batina. Estavam ao redor de uma mesa, andavam de um lado para outro e conversavam com veemência, embora em tom baixo e conspirador.

— Vocês perderam toda a noção de estratégia! — disse o dono da batina. — Se levarem essa loucura adiante, enfrentaremos uma crise sem precedentes na história do Império.

— Convenhamos que há certo exagero na sentença — respondeu o dono das botas. — As consequências do nosso plano foram minuciosamente ponderadas e debatidas, inclusive na presença do senhor.

— Sei disso, mas por que a precipitação?

— As palavras já não são suficientes. É preciso agir com realismo.

— Lema equivocado! Apesar da nossa vitória em Humaitá, a guerra ainda está longe do fim. Solano Lopes jamais se renderá, pode resistir por meses, talvez anos. Temos tempo. Antes de partirmos para a violência, não podemos perder a ocasião de agir com diplomacia.

— Diplomacia! Tanto sono perdido com essa história de diplomacia! O que conseguimos até agora? Nada!

Que diabos estava acontecendo? Excetuando o que disseram sobre a guerra no sul, não entendi mais nada da discussão. Senti cócegas no nariz. O desejo de espirrar me deixava louco. Pus as mãos sobre o rosto, apoiei a cabeça no chão, continuei ouvindo e espiando por baixo dos biombos.

— Estávamos tão perto! — disse a batina. — Com um pouco mais de empenho, será possível trazer o *parasita francelho* para a nossa causa.

— Nada mais inútil! — exclamou o par de botas. — O *parasita* não passa de um europeu encantado com as caraminholas dos abolicionistas. Além do mais, já sabemos que não possui grande influência sobre a *manceba*, muito menos sobre o *professor*.

Parasita francelho? Manceba? Professor? Estavam falando em código, é lógico, mas qual? Se não entendesse a quem se referiam, não tiraria o menor proveito do que estava ouvindo.

— Eu imploro — disse a batina.

— Lamento — responderam as botas. — A decisão foi tomada pela maioria.

— E o bom senso, não vale nada? Começamos como uma fraternidade de ação política, nosso objetivo era anular os abolicionistas com o recrutamento e a mobilização de políticos e jornalistas influentes, não sair por aí matando pessoas, ainda mais pessoas como... meu Deus!... a *manceba*...

— A luta não é para fracos.

— É para bandidos, então? Para assassinos? Era mesmo necessário que aquele rapaz morresse?

— Sim, senhor cônego — interveio Felisberto. — Errei ao chamá-lo para o Grupo. Ele nunca compreendeu a gravidade dos nossos propósitos, por isso provocou a Coroa com aquele poema ridículo. Se o Ministério da Justiça chegasse a ele, certamente chegaria a nós e frustraria os...

— Silêncio! — disse o par de botas. — Avisarei quando precisarmos das tuas opiniões.

— Sim, meu pai, me perdoe.

Meu pai! Então o dono das botas só poderia ser o tal barão a que o menino Jorge se referira. O enigma estava praticamente solucionado, bastava descobrir o nome do pai de Felisberto para desmascarar o líder — ou um dos líderes, pelo menos — do "grupo" que acabara de assumir o assassinato de Amâncio Tavares. Faltavam as provas, mas elas viriam com o tempo, assim como a confirmação de quem fora o responsável direto pela degola do poeta. O negro Vicente, a mando de Felisberto? A propósito, não deixava de ser curiosa a permanência do escravo ali, num espaço em que se falava a favor da escravidão, indício de que realmente confiavam nele.

— Quer dizer que perdemos o rumo? — perguntou o cônego. — Tudo é válido para proteger a saúde econômica do Império? Até mesmo a nossa associação com aquele facínora do Cabeça de Porco?

Estavam falando do Alemão Müller? Era isso?

— Foi um mal necessário — explicou o barão. — Sem o auxílio dele, jamais teríamos acesso ao colar. Aproxime-se, cônego, veja que peça formidável. Foi fabricada por um artesão de Buenos Aires. Se o senhor estivesse a par da engenhosidade do mecanismo, aposto que deixaria os maus agouros de lado.

— Poupe-me disso, por favor. Sei que sou voto vencido, mas não deixo de protestar contra a morte da *manceba*. Não percebem que o tiro pode sair pela culatra? Se a imprensa suspeitar do assassinato, acabaremos criando uma mártir para os abolicionistas.

— Quem disse que haverá assassinato? Ela morrerá de causas naturais.

— Ora, barão, convenhamos! O senhor realmente acredita que esse absurdo funcionará?

— E por que não? Está vendo o fio de ouro no interior da corrente? Parece apenas um enfeite, mas sua função é ligar o fecho à parte central da joia. Quando o colar for atado ao pescoço da *manceba*, o dispositivo atrás do diamante será acionado. A partir daí não haverá mais volta. O colar se transformará numa arma engatilhada. No momento de tirá-lo, quando o fecho for aberto, um pequenino vaso se abrirá para pingar o veneno. Basta que uma gota entre em contato com a pele. A dose é capaz de matar quatro homens adultos.

— Saberão que foi envenenada.

— Impossível. Pensarão que sofreu um ataque cardíaco. O veneno do *terribilis* é o mais poderoso da natureza. A *manceba* morrerá na hora, sem efeitos colaterais aparentes. Mesmo que o *professor* convoque os maiores sábios do mundo para investigar o cadáver, não encontrarão nada que possa nos incriminar. Quanto à joia, ficará limpa tão logo o ar penetre o vaso e seque o veneno restante.

Eu estava a mais de um minuto sem respirar. Se fizesse isso, explodiria num espirro desastroso. Por manter-me deitado e espiando por baixo dos biombos, meu nariz ficava praticamente colado ao soalho — e ao pó! Antes de fraquejar, porém, era decisivo que aguentasse — e ouvisse! — um pouco mais. Certos fatos finalmente começavam a fazer sentido. Agora era fácil compreender por que o Alemão ficara tão louco com o furto do colar. Era um artefato único, o curinga de um plano que não deveria ser abortado pela segunda vez. Quanto aos sapinhos amarelos da Casa Fonseca… meu Deus!… como adivinhar que seu veneno seria coletado e introduzido na joia?

— Fiz minha parte em tentar impedi-los — suspirou o cônego. — Depois não digam que não avisei.

— Muito obrigado — respondeu o barão, irônico. — Mas se o senhor soubesse o trabalho que tivemos para chegar até aqui, evitaria essa postura de pessimismo. Temos o colar, ele está preparado, mas daqui a doze horas o efeito do veneno já não será eficaz. Tudo precisa acontecer no baile de hoje à noite. Temos a pessoa certa para levar a joia ao seu destino final, uma jovem acima de qualquer suspeita, com intimidade suficiente para se aproximar e fechar a corrente no pescoço da *manceba*. Minha família, senhor cônego! Considere que estou empenhando a minha própria família na concretização dos nossos objetivos. Por isso peço que esqueça o *parasita francelho*. Esse sim é um tiro que pode sair pela culatra. Confie em mim, o envenenamento é a melhor saída. Sem a filha para usar de marionete, duvido que o *professor* terá colhões para assinar a libertação do ventre.

Que foi que ele disse? Libertação do ventre? Mas a única pessoa que pode assinar essa lei é... o imperador do Brasil? Sim, ele ou a herdeira do trono... se ela estiver na condição de regente!

Por todos os demônios do inferno!

Eles estavam o tempo todo falando da Família Real, estavam planejando o assassinato de ninguém menos que a princesa Isabel de Bragança e Bourbon, futura governante do país, destinada pelo pai a sancionar uma das mais importantes leis abolicionistas de toda a história do Império.

Eu precisava sair dali, precisava correr, precisava contar tudo o que sabia ao ministro Alencar. Espirrei, porém. Contive-me no primeiro arranco, afogando os ruídos com as palmas das mãos, mas não no segundo, tampouco no terceiro e muito menos no quarto. Ouvi gritos de alerta, passos cavalares no corredor. A porta da saleta se abriu com violência.

— Quem é esse? — gritou Felisberto. — Pega, Vicente, pega!

Os dois entraram quase ao mesmo tempo.

Vieram como loucos para cima de mim.

Correrias, correrias

Atirei uma cadeira contra eles.

Em vez de tentar chutá-los, lancei a perna para o outro lado, atingi a travessa de metal no centro da janela, que se esgaçou com espalhafato, e subi num salto ao parapeito. Por soltar mais um espirro, embaracei-me na fuga e permiti que um par de garras abocanhasse as costas do meu paletó.

Pulei do mesmo jeito, deixando para trás o chapéu e as mangas que viraram do avesso. Dois andares não são nada, por isso pousei tranquilo no gramadinho à beira do casarão. O paletó ficou balançando nas mãos de Vicente. E Felisberto, histérico, não parava de gritar nos ouvidos do escravo.

— Ele não pode fugir! Ele escutou a conversa! Ele não pode fugir!

Quando vi que Vicente também se empoleirou para pular, corri para onde havia deixado o cavalinho de *monsieur*. "Deus queira que não possuam armas de fogo", pensei assustado. Se possuíssem, atirariam, tinham muito a perder — tudo! — se eu conseguisse chegar às autoridades.

Ouvi os pés de Vicente batendo no chão. Correria como um louco atrás de mim. Os gritos de Felisberto voejavam sobre nós — "Pega, pega!" —, era como se estivesse atiçando o cão que deveria estraçalhar as presas de uma caçada.

O pangaré continuava no mesmo lugar, tão quieto e ruminante quanto o deixara há pouco. Olhei para trás. Por pouco não perco o equilíbrio e me esborracho no meio da estrada. Vicente vinha veloz, mas ainda daria tempo de soltar o cabresto e montar. Foi o que fiz, e fiz com uma rapidez que chegou a espantar a mim mesmo.

Eu só não esperava o que aconteceu a seguir. No embalo desmedido em que chegava, Vicente deu um salto extraordinário, girou o corpo numa troca de pernas, como se quisesse deitar em pleno ar, e atingiu o meu peito, quase o meu pescoço, com a sola do pé descalço. "Esses malditos possuem asas?", pensei enquanto era jogado para longe do cavalo.

Caí e rolei no solo arenoso. Mesmo zonzo com o impacto, previ que o capoeira se aproximava para dar sequência à pancadaria. Tentei levantar depressa, mas ele me passou um calço e me devolveu ao chão. Depois me aplicou mais dois pontapés nas costelas. Também tentou pisar a minha cabeça, e assim o faria, sem o menor remorso, se eu não tivesse o bom senso de me proteger com os braços.

— Por que me agrides? — tentei ganhar tempo. — Estás lutando contra teus próprios interesses.

— Quieto! — rosnou enquanto me batia. — Vosmecê não tinha nada que ficar espiando a conversa dos outros.

— Gostas de ser escravo? Aqueles homens desejam que teus filhos continuem com algemas nos tornozelos.

— Tá falando de sinhozinho Beto? Ele é meu camarada!

E sacou a navalha para acabar comigo. Mesmo que já houvesse uma boa dúzia de curiosos em torno da confusão, Vicente parecia ser louco o bastante para me matar na frente de todo mundo. Ficou incomodado com o que eu disse. Melhor: ficou ofendido. Era assim que os senhores faziam para manter os escravos na linha. Fingiam-se de companheiros, de benfeitores, até mesmo de amigos, e em troca recebiam uma dedicação que jamais seria conquistada pelo chicote.

— Se é teu camarada, por que não te dá a liberdade?

— Vosmecê tá pedindo pra morrer!

Gingou para o lado, preparava-se para se atirar sobre mim com a navalha. Procurei me arrastar para longe, dei

"Esses malditos possuem asas?", pensei enquanto era jogado para longe do cavalo.

chutes alternados no ar, tentava assim manter a lâmina afastada. Muitos assistiam ao espetáculo, mas era certo que ninguém moveria uma palha para me socorrer.

— Vicente! — gritou Felisberto, que chegava correndo. — É comigo! É comigo!

Ainda que não passasse de um janota com a bolsa forrada de dinheiro, sinhozinho Beto usava o linguajar dos capoeiras para posar de valente diante dos populares. Cheguei a sentir pena de tamanha patetice. Se não teve coragem de pular de um mísero segundo andar — por isso nos alcançava com atraso —, por que deveria inspirar medo aos seus inimigos? Sem o guarda-costas, que poderia ter me eliminado em menos de um minuto, era apenas um borra-botas indefeso. Eu precisava me aproveitar dessa fraqueza. Enchi as mãos de areia e esperei que se aproximasse a contento.

— Quem és tu? — disse Felisberto. — Por que estavas escondido no casarão?

— Não ouvi nada! — eu ainda me arrastava na defensiva. — Não sei de nada!

— Havia outros contigo?

— Me deixem em paz!

— Responde!

— Sequer entendi o que estavam falando.

— Ei! — exclamou Felisberto, num estalo, olhando intrigado para Vicente. — É o inglês que raptou o moleque no Cabeça de Porco! O canalha raspou a barba e o cabelo!

Como sabiam de mim? Claro, estavam mancomunados com o Alemão Müller, que mandara o delegado Nogueira me prender por um crime que o Grupo havia cometido. Agora não restava dúvidas de que eu compreendera boa parte do que disseram no casarão. Passava a ser responsabilidade de Felisberto finalizar o serviço que os três capoeiras deixaram de concluir nos fundos da taverna.

— Vai, Vicente, precisamos levar esse mequetrefe conosco.

"Minha chance!", pensei.

Quando se agacharam para me imobilizar, atirei areia nos olhos dos dois, um punhado para cada um. Não esperavam por isso, tanto que se viram forçados a retroceder. Vicente saiu às cambalhotas e logo se colocou fora de alcance. Mas Felisberto, coitado, ficou dançando com as mãos no rosto, mastigando palavrões e se transformando no alvo dos meus sonhos.

— Miserável!

Pus-me de pé e avancei contra ele. Derrubei-o com um chute, caí de joelhos sobre seu peito e, com os punhos livres, bati com todas as forças, várias vezes, até fazê-lo desmaiar. Não sei se me excedi, sei que minha vida estava em jogo. Não só a minha, aliás, mas a da própria herdeira do trono.

Nesse meio tempo, Vicente havia se recomposto, embora continuasse sem direção por causa dos olhos castigados. Seria burrice enfrentá-lo diretamente. Não era nenhum Felisberto, sabia lutar, poderia me pôr a nocaute ou pelo menos me deter até a chegada dos reforços. Resolvi correr até o Ministério e gritar aos quatro ventos que a vida da princesa corria perigo.

A essa altura, porém, como o cavalinho já estivesse longe, deveria fazer isso com as próprias pernas. Avante, portanto. Ao notar que Vicente estava no meu encalço e poderia me agarrar a qualquer momento, dei em sacudir os braços e chamar a atenção das pessoas que passavam por mim.

— Querem matar a princesa Isabel! — anunciei. — Vai ser no baile de hoje à noite! Não deixem que ela aceite colares de presente!

Todos me olhavam com espanto, quando não com repulsa. Pensavam que eu era doido, bêbado, baderneiro, impressões que, convenhamos, condiziam com a minha aparência. Sujo e careca, perseguido por um capoeira ensandecido, era como se houvesse acabado de fugir do hospício. O meu sotaque também não ajudava muito.

"Melhor parar com os gritos", pensei, "antes que alguém me relacione ao inglês que está nos jornais".

Era até mesmo possível que algum transeunte chamasse a Guarda ou tentasse me deter com as próprias mãos. Nesse caso, quem poderia me garantir que eu seria preso por um policial honesto, que não estivesse sob a influência do delegado Nogueira e dos homens que planejavam a morte da princesa?

Afinal de contas, qual o verdadeiro tamanho do Grupo? Quantos adeptos estariam infiltrados nas forças de segurança pública, na imprensa, no parlamento, no seio do próprio Paço Imperial? Em quem confiar? O nome de José de Alencar era o único que me parecia plausível.

Àquela hora, entretanto, lembrei que o expediente do Ministério já devia ter se encerrado. Onde encontrar o ministro? Estaria na sua casa em Botafogo? Fora convidado para o baile da rua Guanabara? Por ser membro do alto escalão do governo, tudo indicava que a resposta era afirmativa. Restava saber se, tímido e reservado, realmente iria à recepção com a esposa.

Tentei parar um tílburi que passava em velocidade reduzida, mas o condutor, ao ver o desespero na minha face, chicoteou o cavalo e me deixou para trás.

— Espera! — gritei. — Espera! É um caso de segurança nacional...

Todos me encaravam com modos enviesados, homens se afastavam precavidos, mulheres faziam caretas de repulsa.

— Tá com medo? — dizia Vicente às minhas costas. — Por que não para e luta como um homem?

Outro jeito? Eu estava enojado daquela corrida sem futuro, não iria muito longe antes que o capoeira me alcançasse, derrubando-me, e começasse a luta em situação de vantagem. Diante de uma mercearia e uma casa de particulares, juntei um pedaço de pau e virei-me para encarar o pilantra. Em vez de me agredir imediatamente, ele parou a uma distância razoável, retirou a navalha do bolso e começou a gingar num ritual de intimidação. Incrível como ainda não perdera o chapéu de palha. Mesmo depois de saltar de uma janela, virar suas piruetas e correr atrás de mim, continuava com o chapeuzinho aprumado na cabeça.

— Vosmecê não devia ter ralado a mão em sinhozinho Beto.

— Ele é que não devia ter dado a cara para bater.

— Vosmecê pensa que é direito e destemido, mas vai levar a maior tungada da vida, vai sair daqui com o passinho mole.

— Veremos!

Os velhos agrupados na porta da mercearia disseram que só um idiota teria coragem de enfrentar um capoeira no meio da rua. Com efeito, logo no primeiro embate a navalha de Vicente fez um corte fundo no meu antebraço. Mas não larguei o porrete e nem pensei em me encolher. Ao contrário, avancei com tudo que podia, fazendo a madeira vibrar de um lado para o outro, até que o adversário se desequilibrasse e sofresse a batida que atiraria a lâmina para longe.

— Bravo! — aplaudiram os velhos. — Até que o careca nem é tão idiota como parece.

Quase ao mesmo tempo, porém, Vicente girou num golpe que chamavam "rabo de arraia", tão rápido e eficiente que também eu fiquei sem a minha arma. Estávamos agora de igual para igual, ambos com as mãos limpas. O sangue me escorria pelo braço e eu não sabia se meus socos e chutes teriam envergadura suficiente para alcançá-

-lo. Ele não parava quieto um segundo, pulava de um lado para outro, confundia-me com seus gestos amplos e, em habilidosos contrapés, acabava me atingindo no peito e no abdômen.

— Tá encarangado? — ria-se Vicente. — Não consegue se mexer?

Quanto mais eu avançava contra o maldito, quanto mais tentava acertá-lo com golpes tradicionais de savate, mais ele conseguia me desestabilizar e usar meu impulso contra mim mesmo. Fazia jogo baixo, ardiloso, sovava-me com o calcanhar, com o peito do pé, às vezes com a cabeça e as palmas das mãos. Tomei uma rasteira, caí pesado com as pernas para o ar.

— Levanta que não bato em defunto! — disse Vicente, dançando ao meu redor. Permitiu que eu me recuperasse, estava se divertindo com a brincadeira.

Se ao menos pudesse impedi-lo de se movimentar com tanta liberdade... Meu Deus, é isso! Tive a ideia quando olhei para o minúsculo corredor existente entre a casa e a mercearia, mas já vinha pensando na tática desde a luta contra os três que tentaram me eliminar nos fundos da taverna. Quanto mais espaço se dá a um capoeira, mais ágil e poderoso ele fica. Assim, se é impossível destruir o poder e a agilidade do oponente, por que não sabotar o seu espaço? Fui para o corredor, que tinha menos de um metro de largura, e coloquei-me numa postura de combate.

— Destorcendo, seu moço?

Sim, todos pensaram que eu estava fugindo da briga, inclusive Vicente, que não percebeu a armadilha e veio fácil para o território onde esperava me encurralar. O problema é que teve tempo de recuperar a navalha. Eu não contava com isso, mas agora não tinha volta, era preciso levar o plano adiante. Lançou-me um primeiro chute frontal. Recuei. Lançou-me um segundo. Recuei de novo, fiz com que me seguisse até o fim do corredor, próximo ao muro que me deixaria sem saída. Ou eu tentava pular o paredão, mas isso não daria tempo, ou ficava e enfrentava o inimigo de frente.

— Acabou, seu moço. Se tivesse se rendido antes, eu só ia levar vosmecê de arrasto pro casarão. Como quis reagir e me deu um trabalho do tinhoso, vai ser retalhado que nem um porco.

Era agora ou nunca. Reunindo todas as energias e todo o impulso que pude dar ao meu corpo, avancei firme em linha reta, socando e chutando sem hesitação, de modo que pude surpreendê-lo em sua autoconfiança. Tornou a cortar o meu braço, quase no mesmo lugar. Fiz pouco do ferimento, urrando, e prossegui na pancadaria. Ele perdeu a lâmina mais uma vez. Depois tentou se esquivar, espalhou as pernas, abriu os braços, ensaiou um giro amplo e extremoso, mas acabou detido pelas paredes, sem espaço para jogar a sua capoeiragem circular e expansiva.

— Ginga agora! — arranquei-lhe o chapéu. — Pula agora! — derrubei-o com um soco. — Zomba agora! — prendi-o no solo com o joelho. — Dança agora! — golpeei várias vezes a sua cabeça.

Segurei-lhe o pescoço com a mão esquerda e, com a direita, apanhei a navalha caída ao lado.

— Assassino! — xinguei.

— Não! — chorava ele. — Não, não...

— Foi com esta lâmina que degolaste Amâncio Tavares?

— Não... não fui eu... não fui eu...

Negou até perder os sentidos. Mas isso já não tinha importância. Agora eu poderia sair dali e chegar com facilidade a José de Alencar. Interrogaríamos Vicente até saber tudo a respeito do Grupo, desde o nome dos poderosos envolvidos até o endereço dos membros mais insignificantes. O atentado contra a princesa seria desmascarado pelo próprio ministro da Justiça.

Quando, todavia, começava a me erguer e puxar o capoeira para fora do corredor, ouvi um tumulto repentino entre os velhos que assistiram à briga. Avistei um sujeito que me pareceu familiar, embora não recordasse onde o vira pela última vez.

— É ele! — gritou apontando para mim.

— Tens certeza? — perguntaram os outros quatro que o acompanhavam.

— É ele, sim! Eu jamais me enganaria.

— Mas não disseste que era um mendigo cego?

— Era… quer dizer… não era cego… era mendigo… deve ter trocado de roupa… Mas é ele, sim, tenho certeza, é ele!

O cocheiro! O infeliz que eu havia derrubado do tílburi para continuar seguindo a charrete de Vicente e Felisberto. Deve ter me visto passar e reuniu alguns colegas para tomar satisfações. A contar pelos porretes que carregavam, só pude concluir que as coisas não se resolveriam com uma simples lição de moral. Desvencilharam-se dos velhos, que não estavam entendendo nada, e invadiram o corredor para me espancar.

O bilhete de sinhazinha

Nos bons e nem tão velhos tempos de marinhagem, eu provavelmente teria me aproveitado da posse da navalha e avançado na direção dos cocheiros para atacá-los de surpresa e assim abrir caminho até a rua.

Naquele instante, porém, isso seria o mesmo que cometer suicídio. Eu estava esgotado por causa da luta contra Vicente, tinha dois cortes graves no antebraço esquerdo e a cabeça rodando de tanto levar pancada. Faltava-me resistência, faltava-me a loucura dos brigões empedernidos, tudo culpa da boa vida que vinha levando no Rio.

Além do mais, não dispunha de tempo para gastar com picuinhas cotidianas, fossem justas ou não. Era preciso impedir que o colar chegasse ao pescoço da princesa. Por isso deixei Vicente onde estava, assim como a navalha, esse emblema universal da bandidagem, e corri para a direção contrária, para o muro que pulei com um salto atabalhoado, lento demais para me livrar da sarrafada que tomei nas costas.

Felizmente, caí na proteção do outro lado, cheio de dor, mas com algum espaço para me levantar e fugir. Enquanto me afastava por entre uma pequena plantação de repolhos, rasguei um pedaço da camisa e o enrolei nos cortes em meu braço. Eu estava agitado demais, ofegante demais, meu coração batia em ritmo acelerado, não dava para saber se uma tira de pano seria capaz de estancar o sangue.

— Olhem lá o mendigo! Pau no vagabundo! Vamos, vamos!

É claro que os cocheiros também pularam o muro. Três deles, pelo que vi. Os outros devem ter dado a volta na esperança de me surpreender mais à frente. Prevendo que poderiam topar comigo a leste, rumei para oeste, mesmo que o terreno fosse mais acidentado e contasse com duas cercas de madeira pelo caminho, empecilhos que me separavam de um campo mais ou menos livre para a corrida.

Digo mais ou menos porque, tão logo venci a segunda cerca e passei pelo meio de um casario composto por galinheiros, chiqueiros e estábulos, elementos humanos — e selvagens! — somaram-se aos obstáculos da fuga.

— O que é isso?! — era o grito de um homem, certamente o proprietário, que soltava os cachorros contra o invasor.

Ou melhor, invasores. Por ser o primeiro a atropelar as galinhas que se alvoroçaram no terreiro, passei incólume até a estrada, com o ônus de ouvir os latidos e temer uma mordida repentina nos calcanhares. Já os cocheiros praticamente caíram sob a fúria dos cães. Foram obrigados a recuar e se dispersar, o que me deu condições de deixá-los para trás. Idiotas! Se tivessem resistido à covardia de justiçar um mendigo solitário, não precisariam passar pelo vexame.

Logo a seguir, entretanto, um dos cocheiros que deram a volta me aguardava com o porrete nas mãos. Como chegou tão rápido? Talvez tenha dado sorte em algum atalho. O fato é que deixava transparecer o seu nervosismo e a sua insegurança, não tinha experiência de combate, não sabia posicionar as pernas ou mesmo empunhar o sarrafo com eficácia.

— Deixa disso! — avisei enquanto me aproximava. — Só quero ir em paz.

Ele sacudiu a cabeça. Sapateava num passo de recuo, apavorado. Por causa da honra, não tinha o direito de me ignorar.

— Que seja! — decidi.

Sem perder tempo, avancei com a finta que o levaria a girar o tacape contra a minha cabeça. Foi uma ação lenta e previsível. Fiz o pêndulo e deixei a madeira passar, desequilibrando o agressor, o que me permitiu acertá-lo com os punhos. Ele dobrou os joelhos e me deixou finalizar com uma patada lateral.

Retomei a fuga. Já não vi sinal dos outros que estavam no meu encalço. Mas reapareceriam, sem dúvida, era até mesmo possível que se transformassem em dez, em vinte, em cinquenta, todos dispostos a me linchar por uma simples questão de coleguismo. Por mais que quisesse dar o alerta a José de Alencar, não bastava ficar correndo e atraindo os olhares dos curiosos. Era preciso me esconder por alguns minutos, mesmo que isso me afastasse do meu objetivo.

A noite estava chegando. Ao passar pelas adjacências do morro do Senado, lembrei-me que ali ficava a estrebaria da rua Mariana. Foi onde me refugiei. Só depois de me deixar cair a um canto, percebi como a minha respiração estava barulhenta e atribulada. Sentia náuseas e tontura, além do calor insuportável. O suor banhava o meu corpo e tudo parecia girar à minha volta.

Rasguei mais um pedaço da camisa para melhorar o curativo no braço. Agora sim com paciência, dei um jeito de estancar o sangue com a aplicação de um torniquete. Aos poucos fui perdendo o medo de desmaiar de um minuto para outro.

Acaso os cocheiros se lembrariam de me procurar ali? Pouco provável. Por via das dúvidas, encolhi-me na extremidade mais escura da estrebaria, perto de um amontoado de excrementos ressequidos e de uma porteira que dava para a pastagem, uma rota de fuga viável durante a noite.

Enquanto recuperava o fôlego, tentei colocar a cabeça em ordem e entender o que de fato estava acontecendo no submundo do Império. Fiz um esforço para me lembrar das conversas com José de Alencar, do que lera nos jornais e especialmente do que ouvira no segundo andar do casarão, pouco antes da correria que quase acabou comigo.

Manceba, professor, parasita francelho. Essa era a parte fácil, um código que já estava devidamente decifrado pelas circunstâncias. Quando diziam *manceba*, só podiam estar se referindo à princesa Isabel. *Professor*, por sua vez, era Dom Pedro. Com o apelido achincalhavam o declarado amor que o monarca devotava às artes e à ciência. *Parasita francelho* parecia ser mais complicado, mas só num primeiro momento. Era como chamavam o conde d'Eu, o marido da princesa, que era francês, impopular entre os

245

brasileiros e, segundo a imprensa, insatisfeito com o *status* e as funções que o sogro lhe reservara.

O cônego parecia representar os pensamentos moderados do Grupo, uma ala que apostava mais na diplomacia e menos na violência. Pelo que entendi, desejavam utilizar a influência do conde sobre a princesa para impedi-la de embarcar na aventura abolicionista do pai. Era de conhecimento notório que Dom Pedro sentia vergonha de governar um país escravocrata. Ao mesmo tempo, porém, sob pena de perder a própria Coroa, não podia simplesmente confrontar os senhores de escravos, os verdadeiros donos do Brasil.

Por isso arquitetara um plano para ludibriá-los. Assim que a guerra chegasse ao fim, viajaria em férias e deixaria a filha como regente. Ela é que assinaria a libertação dos ventres das escravas, uma lei que há anos o imperador vinha empurrando goela abaixo da Câmara e do Senado. De acordo com José de Alencar, o vaidoso Dom Pedro queria estar na Europa para ver reconhecida a sua grandiosidade de humanista e receber os parabéns dos intelectuais que tanto admirava, mas desconfio que era mais do que isso.

Longe de casa, o imperador não poderia ser diretamente responsabilizado pelo ato. Nos bastidores do processo, seus porta-vozes acalmariam os senhores de escravos e dariam a entender que o monarca tomaria medidas compensatórias tão logo voltasse para casa. Era assim que o *professor* esperava anular as reações mais intempestivas da oposição. Depois bastava reassumir o comando e dar um falso puxão de orelha na princesa. Tudo estaria pronto para que a crise fosse administrada com um banho de panos quentes.

Se a influência do conde d'Eu sobre a esposa fosse forte o bastante para impedi-la de assinar a lei, a jogada de Dom Pedro iria por água abaixo. Por isso o cônego tentou trazer o conde para o Grupo, exatamente como tentaram fazer com José de Alencar e tantos outros, mas por algum motivo a tática não funcionou. Talvez porque julgaram mal a conduta do *parasita*, ou talvez porque a princesa, pelo menos em termos políticos, era mais fiel ao pai do que ao marido.

O fato é que o fracasso da estratégia abriu espaço para a ala mais radical do Grupo, liderada pelo misterioso barão com as botas de montaria. Se a princesa morresse, a Coroa ficaria abalada pelos próximos anos, talvez pelas próximas décadas, já que o detalhe de Isabel não ter filhos criaria um choque na linha de sucessão. Dom Pedro não teria tempo de investir em políticas abolicionistas, ficaria sem o fantoche para assinar a lei e sem condições de enfrentar os senhores de escravos.

Mas a princesa não poderia ser explicitamente assassinada, o que seria fácil devido ao amadorismo da sua guarda pessoal. Se algum idiota sacasse uma arma e atirasse, os abolicionistas receberiam uma poderosa mártir de presente. Era necessário que ela morresse de causas naturais, daí a importância do colar e do veneno coletado nos fundos da Casa Fonseca. A coitada expiraria sem deixar sinais de que fora envenenada.

Quando tudo estava pronto, todavia, Vitorino Quissama roubou o colar para enfiá-lo dentro da minha camisa. Sem saber de nada, devolvi a joia ao Alemão, mas já era tarde. "Os sapos morreram", disse Felisberto. "Sorte que o velho estava aguardando um novo lote". Eles precisavam reorganizar tudo para o baile da rua Guanabara.

Enquanto isso, um desavisado membro do Grupo resolveu publicar o acróstico que ridicularizava o aniversário do imperador. Preocupados que Amâncio Tavares fosse preso e desse com a língua nos dentes, enviaram alguém para silenciá-lo em definitivo. Vicente? O próprio Felisberto? Alguém que eu não conhecia?

Ao encontrar o cadáver do poeta, atolei-me de vez na história. Mais tarde pensei que estava apenas investigando o assassinato que jogaram no meu colo, mas a verdade é que presenciei a nova preparação do colar e, sem querer, descobri que conspiravam contra a vida da princesa.

Acaso levariam o plano adiante, mesmo sabendo que eu poderia denunciá-los? Se me capturassem — e me matassem! — sim. Deviam estar me procurando com um grande aparato, mobilizando todos os recursos de que dispunham, incluindo a malta do Alemão Müller e os homens do delegado Nogueira. Era apenas uma questão de tempo, talvez de minutos, até que me encontrassem. Eu precisava sair da estrebaria, precisava fazer alguma coisa, mas o quê?

E se fosse direto ao Paço Isabel, onde o baile logo se iniciaria, e desse o aviso aos seguranças da princesa? Inútil. Não me levariam a sério, sequer me deixariam chegar perto dos portões, ainda mais se me vissem sujo e maltrapilho, com o torso nu e o braço empapado de sangue. É uma lei universal que os pobres não devem perturbar o recreio dos ricos. Por mais que gritasse e tumultuasse o local, o baile prosseguiria normalmente. Eu seria jogado na cadeia, território do delegado Nogueira, que faria gosto de me torturar e me transformar em comida de peixe.

— Tenho que chegar a Botafogo — pensei. — É a única alternativa.

Sentindo-me melhor, respirei fundo e levantei-me para reiniciar a corrida.

Nisso, ouvi ruídos nas imediações da estrebaria. Alguém — um dos cocheiros? — aproximava-se em passos apressados. Aproveitei-me da quase escuridão do horário e posicionei-me para surpreender o visitante. Assim que o vulto cruzou a portinhola, atirei-me sobre ele, agarrando seus braços, e levei-o ao solo. Rolamos furiosamente sobre a sujeira do chão batido. Quando finalmente o dominei, estávamos embaixo de um cocho de tratar animais.

— Por todos os demônios do inferno! — dizia ele. — Que raios está a acontecer por aqui?

Aquela voz, aquele sotaque, aquela maneira inconfundível de falar e praguejar...

— Miguelzinho da Viúva? — perguntei alvoroçado. — És tu mesmo, meu bom amigo?

— E quem mais poderia ser, ô bretão de uma figa?

Bretão de uma figa! Nunca pensei que o xingamento pudesse soar como música aos meus ouvidos. Pudera! Ao cabo de tantos infortúnios calamitosos, já era tempo de receber uma gorjeta da sorte. Ajudei o português a se levantar, apertei com alegria a sua mão, pedi mil e uma desculpas pelo mal-entendido.

— É bom te ver! — exclamei. — E que coincidência!

— Coincidência nenhuma. Desde ontem que ando à tua procura.

— Mas como sabias que eu estava aqui?

— Não sabia. Foi um palpite que resolvi verificar. É a terceira vez que passo para ver se te encontrava na estrebaria. — Ao me avaliar sob as últimas luzes do crepúsculo, foi a sua vez de se surpreender. — Mas olha só o teu estado, que coisa lastimável!

— É... Depois que o delegado Nogueira me levou preso, a situação só complicou para o meu lado. Cheguei ao cúmulo de me fantasiar de mendigo, acreditas? Graças à ajuda da tua esposa.

— Vi quando passaste por lá.

— Viste?

— Sim. Fiquei todo o tempo escondido no sótão da pensão. Pedi que Miminha te auxiliasse com as roupas, mas que não parasse de lamentar a minha ausência, tal como estava a agir com os outros hóspedes e os patetas fardados que apareciam para revistar os quartos. Com tantas chorumelas forçadas, os cretinos acabaram por afrouxar nas vistorias.

— Que atriz! Ela me enganou direitinho.

— Sim, sim — Miguel bateu no peito, orgulhoso. — É uma grande mulher. Fez todo mundo pensar que eu estava a fugir quando sequer arredei o pé de casa. Estratégia arriscada, mas certeira. Se o delegado ou o Alemão me deitam as patas, nunca mais que vejo a luz do sol.

Ri com a astúcia do casal. Eram de fato imprevisíveis. Fingiram que Miguel pegara a estrada, ele mesmo dera a entender que aproveitaria a oportunidade para folgar com outras mulheres. Então fizeram o oposto e deixaram os inimigos — e os próprios amigos — às escuras.

— Vê isto — disse o português, tirando uma carta do bolso. — A mucama trouxe até a pensão.

— Que mucama?

— A dos recados amorosos, esqueceste? Escrava de sinhazinha Mota.

— O quê?!

— Veio na segunda-feira de manhã, poucas horas depois que saíste com o disfarce de mendigo. Estava nervosa e esbaforida, disse que a mensagem era urgente. Ficamos sem saber como agir, até porque ninguém fazia a menor ideia de onde te encontravas. Assim que lemos o recado, vimos que a coisa era séria e decidimos que eu deveria enfrentar os riscos de sair e te procurar.

— O que diz a carta? Está escuro demais para ler.

Miguel se apressou em acender um fósforo.

— Sabes que não somos de bisbilhotar a correspondência dos hóspedes — resmungou em tom de desculpa. — Bem... Miminha, talvez... ela é meio curiosa... entendes, não entendes? Demos uma espiada por causa da... bem... da situação.

Mal ouvi o que ele dizia. Graças à claridade trêmula da chama, pude ler a mensagem de sinhazinha. Embora a carta não estivesse assinada, não havia a menor dúvida de que a letra fosse dela. As frases eram sucintas e um tanto desarranjadas, talvez escritas às pressas.

Vem depressa à minha casa, pelo amor de Deus.

Joga pedrinhas na janela do meu quarto, que atenderei.

Não fui viajar, nunca saí da corte, tudo não passa de um engodo.

Meu pai me manteve todo esse tempo em cativeiro.

Só agora pude enviar estas palavras.

Vem, por favor, coisas horríveis podem acontecer.

— Então foi por isso — pensei em voz alta. — Foi por isso que ela de repente deixou de fazer contato. Mas a notícia no jornal...

— Que notícia?

— De que ela chegou no vapor do último sábado.

— E agora acreditas no que dizem os jornais? Logo tu, que foste tão caluniado.

— Essa história está malcontada.

— É verdade, mas talvez eu tenha me enganado quando disse que a rapariga não passava de uma sinhá namoradeira que nem estava aí para o teu bico. Foi trancafiada pelo louco do pai. Na certa ele prefere ver a filha morta a passar pela vergonha de ter um plebeu da tua estirpe na família.

— Pode ser... Ele me viu no teatro... Deve ter interceptado as cartas dela, menos esta... Prendeu a filha e espalhou que ela saíra de viagem...

— Vais ficar aí parado, ô bretão, ou vais até a janela da pobrezinha?

— Não posso fazer isso. Não agora.

— E por quê? Tens medo que te peguem na rua? Saiba que é mais perigoso ficar aqui esperando os pilantras.

— Não é isso, meu velho. Minha prioridade é a princesa. A vida dela corre perigo.

Ainda bem que o fósforo já estava apagado. Assim não precisei enfrentar a face apalermada do meu amigo. "Princesa?", diria ele. "Mas que princesa?" Poupei suas palavras ao me apressar em fazer o que era inevitável. Enquanto ele imaginava que eu estava tendo alucinações, ou que batera a cabeça com muita força, expliquei em linhas gerais o que descobrira sobre o Grupo e o crime que pretendiam perpetrar naquela noite. Falei durante dez minutos, e falei tudo o que achava que deveria ter falado para que Miguel entendesse a gravidade do caso: o modo como me livraram da cadeia, a conversa com o ministro da Justiça, o esconderijo no Araújo, a camélia que encontrei no cemitério, a tentativa de me eliminarem nos fundos da taverna, o tiro no pé do capoeira, as investigações sob o disfarce de mendigo, a descoberta de Felisberto Framboesa e seu escravo guarda-costas, a ligação com o Alemão Müller e a engenhosidade secreta do colar, os sapos venenosos, a Casa Fonseca na rua Riachuelo, a conversa — sim, a bendita conversa! — que ouvi no casarão, a luta renhida contra Vicente e o surgimento dos cocheiros que nada tinham com a história e mesmo assim me impediram de fazer algo pela Coroa.

— Estás de pilhéria para cima de mim? — disse Miguel. — Isso é mesmo... Jesus Cristo!... É mesmo verdade?

— Se queres provas, espera até amanhã. Elas aparecerão na forma de um cadáver. Assim que a princesa ou qualquer outra pessoa tentar abrir o fecho do colar, o veneno será liberado e ela morrerá na hora.

— Não posso acreditar...

— E nem deves, se assim te parece melhor. Quem precisa crer em mim é José de Alencar. Para chegar a ele, no entanto, sou obrigado a cruzar uma cidade repleta de facínoras que querem arrancar a minha cabeça.

— Por que não pedes o auxílio deste teu camarada?

— A charrete está por perto?

— Sim, mas escuta: se tens razão no que dizes, é óbvio que os homens deste tal Grupo estão a te esperar nos caminhos que levam ao ministro. Deixa que dou o alerta, e deixa que eu vá sozinho. É mais seguro que não venhas comigo.

— Serás convincente?

— Falarei em teu nome. Os detalhes que me deste são abundantes. Por via das dúvidas e das precauções, o ministro recomendará à princesa que não aceite presentes durante o baile. Enquanto isso, podes averiguar o que está a suceder com a tua rapariga.

A charrete não estava longe da estrebaria. Embarcamos e tocamos para a região central, nem tão rápido a ponto de chamarmos atenção e nem tão lento a ponto de perdermos a roda do tempo. Ao contrário do que eu esperava, não encontramos nenhum dos cocheiros pelo caminho. Vimos apenas um urbano a cavalo, mas ele estava distraído e, se notou nossa passagem, deve ter pensado que o português me conduzia para a casa de algum médico.

Eu estava com o rosto cheio de hematomas. Meu braço latejava e minhas costas doíam conforme forçava a respiração. Vestia apenas o que sobrara da roupa retalhada para limpar o sangue e improvisar o torniquete. Miguel me ofereceu a própria camisa, ficaria com o tronco descoberto para remediar um pouco a minha aparência. Recusei, é claro. Quando insistiu, pedi que se calasse e seguisse em frente. Lembrei que dentro em pouco bateria à porta de um ministro. Queria parecer confiável, não queria?

Assim que chegamos ao Catete, saltei nas cercanias da imensa propriedade em que vivia sinhazinha. Antes de me afastar da charrete, fiz questão de repetir tudo que Miguel deveria dizer quando encontrasse Alencar.

— Não te esqueças de falar do Grupo, isso é muito importante, fala também do cônego e do barão, da discussão dos dois e dos motivos pelos quais assassinaram Amâncio Tavares. Se a princesa sobreviver ao baile de hoje, venceremos a guerra amanhã de manhãzinha. Depois que eu descobrir quem é o pai de Felisberto Framboesa, será fácil chegar aos demais envolvidos na conspiração.

Pulei a cerca e me embrenhei por entre as árvores existentes à beira do palacete. Apesar da dor que castigava o meu corpo, sentia-me ansioso e feliz. Pelo menos naquele momento, não tive condições de negar a mim mesmo que sou romântico e fantasista. Lá estava a donzela presa na torre do castelo. Implorava que o cavaleiro da armadura dourada, eu, derrotasse o dragão e a libertasse das garras de um bruxo sujo e mal-intencionado.

Pra que esconder a minha tolice? A despeito da carta de sinhazinha, tão estranha, a verdade é que fiquei exultante ao saber que ela não me ignorara de propósito e que havia uma esperança para nós. Necessitava apenas entender o que estava acontecendo entre ela e o pai obsessivo que a pusera em confinamento. Eis a minha fraqueza e a minha cegueira. Ia tão ávido para rever a mocinha bonita da corte que fui incapaz de perceber o quanto aquilo era absurdo.

Havia dois lampiões diante do palacete, mas ao lado a escuridão era total. Esperei durante vinte minutos. Então atirei a primeira pedrinha na janela lá em cima. Na segunda, vi uma luz se acendendo no quarto. Tive certeza de que o vulto que acenava pertencia a sinhazinha.

— Aproxime-se — disse ela. — Desejo falar com o senhor.

Antes de dar um passo à frente, cismei que algo estava mal, mas prossegui de qualquer maneira. Por quê? Talvez quisesse acreditar na mentira. Ao deixar o labirinto de árvores para trás, ouvi uma risada surgindo do escuro. Foi quando tudo desmoronou. Tochas se acenderam ao meu redor, mostraram-me que eu estava cercado. Tenório, Nocêncio, Tiúba e todos os outros homens do Alemão Müller. O próprio apareceu na minha frente — era o dono da risada — tão próximo que, se quisesse, poderia me aplicar um tapa. Virei-me para correr, mas senti algo embaraçoso — uma rede! — que me envolvia e me derrubava no meio da roda.

— Boa noite, *don* Juan! — festejou o Alemão. — Bem-vindo ao banquete que preparamos em sua homenagem.

Antes que eu tivesse chance de perguntar ou entender qualquer coisa, os capoeiras me agarraram e me levaram para o paiol atrás do palacete. Lá estava o pai de sinhazinha Mota, o barão de Jaguaruna, esperando por mim. Quando me atiraram aos seus pés, a primeira coisa que vi — não acredito! não pode ser! — foram as botas de montaria.

Quando (quase) tudo se esclarece

O miserável deu um chute no meu rosto. Eu estava tão surpreso com o que acabara de descobrir que não tive condições de me defender. Senti um caco de dente dançando sobre a minha língua. Ele me chutou de novo. Mesmo enleado na rede que tolhia meus movimentos, dessa vez consegui aparar o golpe com os antebraços. Por causa dos meus cortes, porém, a dor foi maior.

— Estrangeiro repugnante! — dizia o barão. — O senhor faz ideia dos prejuízos que causou ao nosso país?

Usava roupa de gala, já preparado para o baile, mesmo assim não dispensava as botas de montaria.

— Responda! — repetia aos berros. — Faz ideia do quanto está custando em dinheiro e dor de cabeça?

O Alemão Müller ria como se estivesse assistindo a uma comédia. Fez sinal para seus homens me livrarem da rede e me amarrarem numa cadeira preparada para o interrogatório.

— Todo mundo pra fora! — ordenou a seguir. — Tenho certeza de que *mister* Woodruff prefere ficar a sós comigo e com o barão.

Os capoeiras saíram, mas deixaram a porta aberta e montaram guarda ao redor do paiol. Não havia a menor possibilidade de fuga. Tudo em mim doía, um filete de sangue escapava da minha boca, e um turbilhão de contradições varria a minha mente. José Joaquim Aristides Mascarenhas da Mota, o barão de Jaguaruna, era o grande líder do Grupo, um fato compreensível em si mesmo, já que lutava a fim de manter uma ordem social feita para legitimar a posse dos seus quatrocentos escravos.

Quanto à filha... tão jovem, tão bela, tão enganosamente pura... como acreditar que simpatizasse com uma causa tão abominável? Ao que tudo indicava, o envolvimento dela era mais do que decorativo. "Estou empenhando a minha própria família na concretização de nossos objetivos", dissera o barão ao cônego. "Temos a pessoa certa para levar a joia ao seu destino final, uma jovem acima de qualquer suspeita, com intimidade suficiente para se aproximar e fechar a corrente no pescoço da *manceba*".

Sinhazinha Mota! Ela é que presentearia a princesa com o colar! Devia ser doida — fanática como o pai! — capaz de fazer qualquer coisa para impedir o avanço das políticas abolicionistas.

— O senhor ofendeu a minha família — disse o barão, encostando o cabo do chicote no meu queixo. — Deixou o meu filho de cama, além de quebrar vários dentes de um dos meus negros mais fiéis.

— Não tive escolha. Eles me atacaram e...

— Cale-se! O senhor vai pagar caro pela afronta.

O Alemão se aproximou com uma lamparina suspensa nos dedos da mão esquerda.

— Quem diria! — disse enquanto usava a chama para acender um charuto. — Quem diria que o nosso *don* Juan gosta de exercitar os punhos! Derrotar um capoeira como Vicente não é para qualquer um. E o tumulto no Cabeça de Porco, o que dizer? Devo admitir que foi um ato de bravura inesperada, apesar do excesso de ingenuidade. Nenhum indivíduo em sã consciência seria atrevido o bastante para invadir a minha casa e sequestrar um dos meus rapazes.

Pensei em responder que só parti para o confronto depois que ele se recusou a negociar a alforria de Vitorino, mas calei-me porque isso faria com que ficasse mais irritado. O Alemão Müller era um dos homens mais imprevisíveis de todo o Rio de Janeiro. Vestia-se como um *gentleman*, usava terno, polainas, abotoaduras, colarinhos e cartola, frequentemente recorria ao pincenê para encarar as pessoas que estavam ao seu redor. De repente, sem o menor aviso, poderia livrar-se de todos os penduricalhos e sair distribuindo rasteiras em quem encontrasse pelo caminho.

— Nada contra a bravura — continuou ele. — O problema, *mister* Woodruff, é que o senhor achou que sairia impune. Ora essa! Como pôde ser tão infantil a ponto de pensar que atrapalharia os nossos negócios sem ter a saúde prejudicada? Por que não seguiu o meu conselho? Por que não voltou de uma vez para a Europa? Eu disse que o senhor é sensível demais para entender um país como o Brasil.

Entregou a lamparina ao barão. Depois de dar uma baforada para atiçar as cinzas, encostou a ponta do charuto no meu pescoço. Gritei de dor. Fui silenciado por um tabefe.

— Preste atenção no que vou dizer, *mister* Woodruff. Sua inútil existência acaba de chegar ao fim. A única coisa que me impede de sacar a navalha e abrir um talho na sua garganta é a curiosidade do barão a respeito do que ocorreu na tarde de hoje. Então vamos fazer o seguinte: ele pergunta, o senhor responde. Isso pode se dar de duas maneiras: com dor ou sem dor. No caso de optar pela dor, saiba que ela será longa e extenuante, de um modo que o senhor é incapaz de imaginar.

Para deixar claro que não estava brincando, voltou a pressionar o charuto no meu pescoço. Tornei a gritar, mas ele cobriu minha boca e mandou que me calasse. Quanto mais barulho fizesse no paiol, mais elaborados se tornariam os métodos de tortura.

— Olhe para mim — disse o barão, que de novo pressionava o meu queixo com o cabo do chicote. — Quero que diga exatamente o quanto sabe.

— Não entendo.

— Entende, sim. Ou responde com a verdade, ou entrego a sua carcaça aos métodos de *Herr* Müller. Eu preferia açoitá-lo no tronco, como um negro, mas seria um castigo brando demais para a sua ousadia.

— O quanto… mas o quanto sei… do quê?

— Não se faça de idiota! Estou avisando que é a primeira e a última vez que repito a pergunta: quero saber o quanto sabe sobre o que pretendemos fazer hoje à noite.

E agora, o que responder? Não havia saída. Se dissesse que não compreendera o conteúdo da conversa que ouvira no casarão, eles me matariam. Se, por outro lado, dissesse que decifrara o código que usavam para falar da princesa, do imperador e do conde d'Eu, o que significava confessar que descobrira a conspiração, eles também me matariam. Não adiantava mais lutar pela minha vida. Restava desencorajá-los a prosseguir com o plano.

— Vamos logo! — disse o barão. — Responda!

— Eu sei tudo…

— O quê?!

— O colar com o dispositivo no fecho, o veneno dos sapos, o baile no Paço Isabel… Vocês pretendem assassinar a princesa.

— Maldito! — o barão me bateu com o chicote. — Mais alguém sabe disso?

— É claro que sim...

— Ele está blefando — disse o Alemão. — Não teve tempo de falar com ninguém.

— Acha mesmo? — respondi com um sorriso de triunfo. — Neste exato momento, o ministro da Justiça deve estar correndo para recomendar à princesa que não aceite presentes no baile de hoje.

— O ministro da Justiça? — disse o barão.

— O próprio... o excelentíssimo senhor José Martiniano de Alencar...

— Ele está zombando de nós. Está tentando nos confundir.

— Podem me matar — continuei. — Amanhã vocês serão desmascarados. O ministro também deve estar sabendo que um dos líderes da conspiração é pai de um borra-botas — e agora ri com indizível prazer — conhecido na cidade como Felisberto Framboesa.

— E continua desrespeitando a minha família!

— O senhor será identificado, barão... será identificado com uma facilidade comovente...

— Está blefando — repetiu o Alemão. — Não teve condições de chegar ao ministro, tampouco à polícia ou à Guarda da princesa. Nos trapos em que se encontra, sequer seria ouvido.

— É verdade — concordei com ares de esperteza. — Foi por isso que enviei um mensageiro.

— Um mensageiro?

— Sim, seus palermas. Um mensageiro.

— Quem é? — o barão voltou a me bater com o chicote. — Vamos, diga quem é.

— Por que se importam? — continuei rindo. — Faz tempo que ele chegou à casa do ministro.

Tristes azares que rondavam a Coroa!

Se os fatos tivessem se encerrado com a gargalhada de vitória que misturei aos meus esgares e gemidos, o barão perderia a coragem de seguir em frente. Faria questão de me matar com as próprias mãos, é lógico, mas teria de desistir do atentado contra a princesa, talvez para sempre, pois se veria na obrigação de provar que o Grupo não existia e que tudo não passava de uma intriga difamatória.

A desgraça é que justamente no meio da gargalhada, enquanto o barão se desgastava em perguntar quem era o mensageiro, uma voz que veio de fora do paiol, uma voz matreira e sem dúvida familiar, afirmou em alto e bom som que gostaria de contribuir com a conversa.

— Querem saber quem é o mensageiro? — disse antes de entrar. — Acho que posso responder essa pergunta.

No mesmo ensejo, o meu amigo Miguel Coutinho Soares, ferido e com as mãos amarradas nas costas, foi empurrado para dentro do paiol. Trocamos um olhar de perdição. Atrás dele apareceu Guilherme Otaviano, o Flagelo dos Capoeiras.

— Boa noite — disse tocando a aba do chapéu. — Se havia algum problema impedindo a finalização do plano, creio que tudo esteja solucionado.

— Desculpa! — lamentou-se Miguel. — Ele atendeu a porta e disse que o Alencar não podia me receber. Eu conhecia a fama do Flagelo, pensei que fosse um homem de confiança, pus-me a contar o que sabia...

— Quieto! — rosnou Guilherme Otaviano, que segurou os cabelos do português e, passando-lhe uma rasteira, fez com que se deitasse no soalho. — Ninguém deu autorização para que os galegos se pronunciassem.

Uma onda de náuseas subiu do meu estômago e me deixou paralisado. Então o Flagelo dos Capoeiras fazia parte do Grupo? As últimas peças começavam a se encaixar. Como não conseguiram a adesão de José de Alencar, deram um jeito de introduzir um espião no Ministério e na própria casa do ministro. Os canalhas tinham conhecimento de tudo o que acontecia nos círculos do poder.

— Traidor! — gritei. — Como pôde... como pôde fazer uma coisa dessas com... com...

Guilherme Otaviano empunhou a navalha.

— Se ninguém se importar — disse — gostaria de eu mesmo acabar com a raça desse inglês. Ele me chamou de "serviçal", acreditam? Ganhou em arrogância do próprio poetinha, que teve a inocência de me tomar por um simples garoto de recados.

Amâncio Tavares! Então foi o Flagelo! Foi ele que tirou a vida do infeliz. Quando comecei a pensar nos detalhes, tudo passou a fazer sentido. Encenando inexperiência e certo caiporismo, Guilherme Otaviano fez o possível para confundir as minhas investigações, dava palpites tolos, tentava me conduzir para as direções erradas. Enquanto acompanhava os meus passos de perto, fingia indiferença ou mesmo ignorância em relação ao que eu dizia a Alencar. Ao mesmo tempo em que convencia o ministro de que o melhor estava sendo feito pelo caso, mantinha controle sobre mim e os meus progressos.

Mas por que se esforçou para me tirar da cadeia? Seria fácil dar uma desculpa ao ministro, dizer que a intransigência do delegado Nogueira era incontornável e... Meu Deus do céu! Ele e o delegado me soltaram de propósito! Sim, sim, agora os fatos pareciam óbvios. Os dois estavam fingindo diante dos meus olhos, fizeram-me acreditar que dei sorte quando tudo não passava de encenação. "Convenci o ministro a interceder por sua liberdade", dissera-me Guilherme Otaviano, na caleche, a caminho de Botafogo. Por que se deram ao trabalho de fazer isso? Debati-me na cadeira, sacudi o corpo como se estivesse possuído pelo demônio, cheguei a sentir um gosto de vômito na boca. Eu não queria enfrentar a resposta que incendiava o interior do meu crânio.

— A camélia — balbuciei. — Vocês... covardes... vocês assassinaram a camélia...

— Clara Aparecida de Souza — riu-se Guilherme Otaviano. — A vulgaridade na forma de um nome! Pegamos a idiota ainda no beco, logo depois que o senhor voltou para o esconderijo na taverna. Tentei evitar que ela sofresse muito, por isso cortei fundo, para que sangrasse o que tinha a sangrar de uma vez. Quem há de entender as mulheres? Que mistérios fizeram com que se tornasse íntima de um poeta besta e metido a sabichão? A coitada teve de pagar com a vida, uma dupla injustiça. A morte dele virou notícia nos jornais. A dela? Sequer uma notinha no rodapé.

O que foi que eu fiz, meu Deus, o que foi que eu fiz? Como pude acreditar que o delegado me libertaria por causa de um pedaço de papel? Soltaram-me apenas para me seguir, e seguiram-me com profissionalismo exemplar, sabiam que eu procuraria a mulher que talvez conhecesse os segredos de Amâncio Tavares. Eu era o único que poderia encontrá-la, o único que sabia que se tratava de uma prostituta. Jamais deveria ter dito a Alencar — diante de Guilherme Otaviano — que encontrara indícios de uma presença feminina no local do crime. Mataram-na a sangue frio, depois tentaram me matar também, já que a morte dela tornava-me dispensável. Na condição de defunto, sequer me defenderia da acusação de ter assassinado Amâncio Tavares. Eles só não contavam com o fracasso dos três capoeiras e o meu sumiço sob o disfarce de mendigo. Valeram-se de todas as artimanhas para me encontrar. Certamente a pedido do pai, sinhazinha Mota redigira a carta que a mucama entregara na pensão. Miguel chegou a mim na estrebaria e eu cheguei à armadilha no palacete. Agora estávamos à beira do abismo que nos levaria para o inferno.

— Há mais alguém que conheça os nossos objetivos? — perguntou o barão.

— É evidente que sim! — gritei.

— Impossível — corrigiu-me Guilherme Otaviano. — Antes de capturar o português, tive o cuidado de verificar se haviam falado com outras pessoas. Esses dois são os únicos que sabem do plano. Basta eliminá-los e seguir adiante.

— Ora, ora, ora — riu-se o barão. — Finalmente uma boa notícia. Depois de meses de empenho e planejamento, seria muito frustrante se mais uma vez tivéssemos de adiar em cima da hora.

— Tudo sairá conforme o previsto — reforçou o Alemão. — O dispositivo do colar foi testado e aprovado. Se conseguirem fechá-lo no pescoço da princesa, amanhã o Império estará de luto.

O barão ordenou que um escravo chamasse sinhazinha Mota e a conduzisse até a carruagem. Pelo visto ela já estava pronta, apenas esperando a confirmação do pai.

— Que desânimo é esse, *mister* Woodruff? Onde está a confiança que demonstrava agora há pouco?

Senti-me o pior dos homens, o mais vil, o mais fracassado. Olhei para Miguel, que se penalizava por ter entregado o jogo ao sujeito errado, e decidi fazer o que estivesse ao meu alcance para perturbar a alegria do barão.

— Foi um prazer — resmunguei.

— Oh, não! — respondeu ele. — Posso garantir que o prazer foi todo meu.

— Não é isso. Quero dizer que foi um prazer arrebentar a cara do seu filhinho.

Ele ficou rígido por um instante. Respirou fundo, com os olhos em brasa, para em seguida voltar a sorrir.

— Se está tentando ganhar tempo, recomendo que mude de estratégia. Seria agradável ficar para assistir à agonia do senhor e do seu amiguinho português, mas estou atrasado para um baile muito seleto e especial. Um baile que entrará para a história do Brasil.

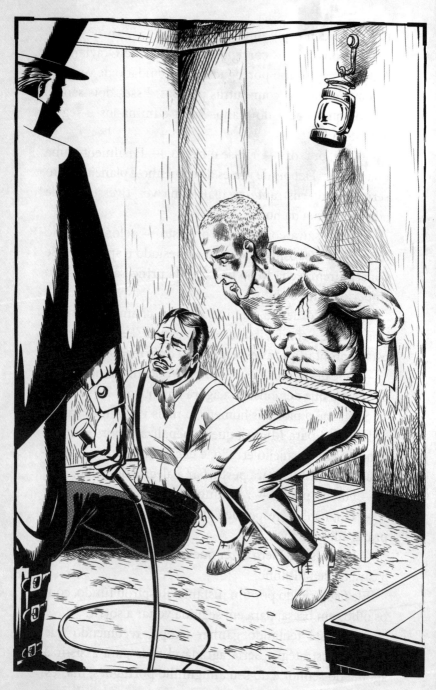

Senti-me o pior dos homens, o mais vil, o mais fracassado.

Deu-me uma última pancada com o cabo do chicote. Caminhou até a porta e, antes de sair, voltou-se e passou as instruções finais:

— Matem os dois, mas longe da minha propriedade.

Ao ouvir isso, Miguel ergueu-se de surpresa e investiu contra Guilherme Otaviano. Como estivesse com as mãos presas, meu amigo tentou atingir o bandido com uma cabeçada. Nada mais inútil. Dono de uma flexibilidade invejável, o Flagelo deixou que o corpo caísse numa esquiva longa o suficiente para fugir do golpe. No mesmo movimento, derrubou o português com um chute giratório, destruindo toda e qualquer chance de contra-ataque.

Enquanto isso, o Alemão me segurava para que eu também não deixasse o desespero falar mais alto.

— Tenório! — gritou. — Está na hora de levar esses dois para a carroça.

Os capoeiras entraram na maior algazarra, encheram-nos de sopapos e nos empurraram para o terreno à direita. Muitos traziam tochas para iluminar as árvores por entre as quais fomos forçados a passar. Quando caíamos, eles nos chutavam até que nos colocássemos novamente de pé. Contei dezesseis pessoas ao meu redor. Não havia a menor brecha para correr.

— Roda, seus molengas, roda! — diziam Nocêncio e Tiúba. — A tungada é pra hoje, não pra amanhã!

No outro lado das árvores, onde passava a estrada, vi uma carroça esperando por nós. Assim que chegamos mais perto, entendi que algo extraordinário estava prestes a acontecer. Eu conhecia o cocheiro. Sim, conhecia, tive certeza de que já o vira em algum lugar, embora ele procurasse esconder o rosto com um imenso chapéu de feltro.

— Roda pra frente, os dois! Roda ligeiro que o furdunço vai ser bonito!

Os capoeiras estavam tão entretidos na balbúrdia, tão ocupados em xingar e gracejar, que não tiveram olhos para prestar atenção no cocheiro. A luz descompassada das tochas deixava tudo mais confuso e tenebroso. Fui o primeiro a me dar conta de quem ele era, e isso ocorreu no exato momento em que me jogaram para cima da carroça. Sob o imenso chapéu de feltro, vi a face de Vitorino Quissama.

Nagoas e guaiamuns

Só então notei que, no fundo da carroça, coberto por um velho pedaço de lona, havia um escravo desacordado.

Era o verdadeiro cocheiro, que Vitorino nocauteara para tomar-lhe o lugar. Quando empurraram Miguelzinho para junto de mim, o moleque se desfez do chapéu, derrubou o capoeira que subia para acompanhá-lo na boleia e chicoteou o cavalo com toda força e vontade.

— Valei-me, minha Santa Rita! — urrou. — Avante, avante!

Saímos em disparada, deixando toda a malta para trás, atônita, sem condições de assimilar o que estava acontecendo.

— Cambada de asnos! — ouvi os brados do Alemão. — Não veem que é o moleque? Ele voltou para fazer arruaças! Atrás dele! Pega, pega!

Os capoeiras gastaram instantes preciosos até entenderem que a carroça fora roubada e que, portanto, estávamos fugindo da sentença de morte. De repente começaram a correr atrás de nós. Xingavam, uivavam, atiravam as pedras de sempre, mas era tarde. Ficávamos cada vez mais distantes do bando. O cavalo chegava a galopar, o veículo dava pinotes assustadores.

— Dessa vez trouxe uma faca — gritou Vitorino, referindo-se à briga na rua da Alfândega, ocasião em que não conseguira desatar os nós em meus pulsos.

De pé na boleia, segurando as rédeas com a mão esquerda, usou a direita para cortar a corda que me prendia. Peguei a faca e fiz o mesmo com Miguel. Ainda que a carroça pulasse incerta sobre o chão esburacado, Vitorino não cessava de estalar o chicote no lombo do cavalo. Desse jeito seríamos atirados para fora da estrada.

— Devagar! — pedia o português. — Assim a corrida acaba no cemitério!

Não sei o que se passava na cabeça do moleque, se estava nervoso ou simplesmente afobado. O fato é que não deu ouvidos ao apelo e continuou fustigando o animal.

O Alemão e o Flagelo corriam no meio dos escravos. Foi divertido vê-los assim, estabanados, segurando os chapéus e desvestidos da pose e da elegância de sempre. Tenório vinha à frente do bando. Era o que mais gritava, o que mais demonstrava o ódio de ter sido enganado. Senti uma enorme satisfação ao avistar os gestos trôpegos de Nocêncio e Tiúba. Não riam, não debochavam. Acho até que, ao contrário dos demais, desistiram de soltar palavrões em dialeto. Apenas faziam o que podiam para aplacar a fúria de Ioiô.

— O bute escapou de ficar pronto agorinha há pouco — disse Vitorino, com o chicote em riste. — Mas tá certo, primeiro tive de livrar o couro de vosmecês.

Referia-se ao Alemão Müller. "Ficar pronto", no contexto, significava ser morto numa luta de capoeiras. Já que não conseguira encontrar Bernardina, resolveu fazer o que vinha fazendo desde algum tempo: seguir os passos do seu antigo senhor. É claro que queria vingança, não apenas pela mãe arrancada do seu convívio, mas também pelas chibatadas que recebera no tronco. Dessa vez, porém, agia com cautela, aguardava o momento certo de fazer justiça. Por isso viu quando caí na emboscada e quando Miguel chegou amarrado ao palacete. Conhecedor dos hábitos e dos procedimentos da malta, e valendo-se da escuridão reinante, tomou o lugar do cocheiro para nos salvar. Abusado, o moleque, e esperto.

— Quase não reconheci vosmecê sem barba nem cabelo — acrescentou. — Sorte que ouvi os gritos.

O bando jamais nos alcançaria se o azar, de novo ele, não se alvoroçasse diante de nós. No caso, literalmente. Devido a uma curva que devíamos fazer para contornar as árvores ao lado da propriedade do barão, dois capoeiras desgarrados da malta que se anteciparam a cortar caminho, ou que por acaso vinham de outra direção, pularam aloprados diante do cavalo, que se assustou e, empinando e escoiceando, pôs tudo a perder. Na velocidade em que estava, a carroça tombou de modo espetacular.

Não sei o que aconteceu ao escravo desacordado, sei apenas que, entre um relincho e uma nuvem de poeira, eu, Miguel e Vitorino fomos violentamente projetados para longe do veículo.

Cada qual caiu a seu modo. O moleque encontrou o solo como um jaguar, girou sobre o próprio corpo e pôs-se de pé para enfrentar os dois que causaram o acidente. Miguel desmoronou à portuguesa, pesado e barulhento. De minha parte, com a falta de jeito típica dos britânicos, só pude deslizar pela estrada, arranhando-me ainda mais, enquanto provava o gosto humilhante do barro.

Mas não havia tempo para sentir dor. Quando levantamos, Vitorino já havia derrubado um dos capoeiras, pondo o outro em fuga precavida. O cavalo estava gravemente ferido, com pelo menos duas pernas destroncadas. Resfolegava cheio de dificuldade, porque um dos braços da carroça se quebrara e entrara fundo em suas virilhas.

— Eu não falei? — reclamou o português. — Não falei para ir mais devagar, ó carrapeta dos diabos?

Agora sim com a certeza de que poderiam nos pegar, os capoeiras se animaram a correr. O Flagelo gritava enfurecido, instruía o bando a nos apedrejarem até a morte. No mesmo embalo, o Alemão oferecia um prêmio a quem lhe fizesse o favor de quebrar a minha cabeça.

— Acho que o jogo virou — disse Vitorino, arregalado. — Não sei quanto a vosmecês, mas eu não tenho como enfrentar todo esse povo, não. Da última vez que tentei fazer isso, passei duas noites no tronco.

Eu e Miguel não esperamos um segundo convite para correr. Um pouco mancando e um pouco saltitando, largamos carreira em direção ao centro. Antes de emparelhar conosco, o que fez com facilidade, o moleque preocupou-se em lançar um apelo aos integrantes da malta, que agora estavam a menos de oitenta pés do acidente.

— O cavalo está ferido demais — gritou. — Alguém tenha a misericórdia de dar um tiro no coitado.

Logo em seguida, enquanto cruzávamos o Largo do Machado, ouvi o disparo que acabou com o sofrimento do animal, indício de que existia uma espécie de ética entre os inimigos, mas também de que possuíam armas de fogo e as utilizariam contra nós.

— Ligeiro! — dizia Vitorino. — Ligeiro que eles estão chegando!

Não consigo entender de onde tirei forças para continuar a corrida. Talvez do medo da morte, um medo que tem o poder de resgatar as nossas energias mais profundas. Olhei para Miguel e percebi que ele passava pelos mesmos suplícios. Ainda que não houvesse sofrido tantos golpes quanto eu, a queda da carroça fora grave para ele. Mancava e gemia como um moribundo, mas continuava em frente porque sabia que não tinha escolha.

— Covardes! — rosnava o Alemão, logo atrás. — Por que não param e enfrentam uma luta justa? Homem a homem, eu prometo, sem trapaças.

Difícil dizer quem seria mais idiota. Nós, se aceitássemos a tal luta justa, ou ele, se perdesse um mísero segundo antes de nos entregar aos seus cães de caça. Foi mais ou menos nesse ponto, já percorrendo as ruas da região central, que avistamos um destacamento composto por seis urbanos a cavalo. Vinham a galope ao nosso encontro.

— Olha lá! — festejou Vitorino. — Nunca fiquei tão contente de ver a polícia!

O raciocínio do moleque fazia sentido, a simples presença dos guardas providenciaria a dispersão dos capoeiras, mas desde o primeiro momento desconfiei que alguma coisa estava errada. Em primeiro lugar, destacamentos montados não costumavam ser tão numerosos. Em segundo, não vi ninguém da malta dispersando — pelo contrário, pareciam exultantes com a presença dos soldados. E em terceiro, por fim, para dirimir qualquer esperança de que a sorte houvesse retornado para nós, entendi que estávamos cercados quando de trás do grupo saiu o cavalo que transportava o delegado Nogueira.

— Fogo, fogo! — dizia ele. — Atirem para matar!

Subimos pela escadaria de pedra que de repente surgiu à nossa esquerda. Ouvimos os primeiros disparos, que graças a Deus não nos atingiram, e pulamos de qualquer jeito para o outro lado de uma cerca viva.

— É o fim — choramingou Miguel. — Estamos perdidos!

— Só tem uma saída — ponderei, quase sem fôlego. — Vamos nos separar. E vamos correr para a Lapa.

— Vosmecê endoidou? Aquilo lá é território dos nagoas.

— Por isso mesmo! É a nossa única chance. Vamos, vamos, depois nos encontramos no chafariz do aqueduto.

Corremos cada qual por um caminho diferente, escolhendo áreas livres da luz dos lampiões. Um dos cavaleiros tentou saltar sobre a cerca e deu com os costados no chão. Os demais preferiram fazer a volta, o que significava mais tempo para nós. Os capoeiras, porém, que chegaram um pouco depois dos cavalos, pularam e continuaram na corrida. A maioria veio atrás de mim, incluindo o Flagelo e o Alemão. Os demais se dividiram entre a perseguição de Miguel e Vitorino. De vez em quando eu ouvia um tiro, não apenas para o meu lado, mas também para as direções em que seguiram os meus amigos.

— Um conto de réis! — proclamava o Alemão, no escuro.

— Um conto de réis para quem arrancar os olhos do inglês!

Cruzei os terreiros de duas propriedades particulares e saí numa rua livre, pela qual manquejei no rumo do aqueduto. O importante era prosseguir. Se parasse, acho que cairia e perderia todo o ânimo para me reerguer. Tão logo voltei a ouvir os cascos dos cavalos no calçamento, desci por um barranco que dificultaria a passagem dos animais. Mais tiros, mais gritos. Àquela altura, era bem possível que o colar já estivesse no pescoço da princesa. Ainda haveria esperança de salvá-la? Agarrei-me à teimosia de sobreviver — de tentar sobreviver — para denunciar a conspiração ao ministro.

Berros cortavam a noite e me enchiam de confusão.

— Olha lá o moleque! — ouvi o delegado ao longe. — Não deixem o fedelho escapar!

Acaso capturaram Vitorino? Eu precisava me preocupar com a minha própria situação, especialmente quando olhei para trás e vi que a malta estava me alcançando.

A ponto de me entregar à exaustão, enfim avistei o chafariz abastecido pelo aqueduto da carioca. Ali estavam as dezesseis torneiras de bronze que os tigres[19] da região usavam para encher os barris de água, se tivessem licença dos nagoas, é claro, os mesmos que, naquele instante, iluminados pelos lampiões que circundavam a praça, entretinham-se numa roda de capoeiragem. Ao me verem chegar aos tropeços, cessaram as batidas do tambor e os toques do urucungo. Era um grupo numeroso, não menos do que quinze, não mais do que vinte. É óbvio que me identificariam como um invasor. Por isso a roda se transformou num grande paredão humano. O negro forte que estava à frente só podia ser o temido Pinta Preta da Lapa.

— Os guaiamuns! — gritei com todas as forças que me restavam. — Os guaiamuns estão atacando o território de vosmecês!

Difícil dizer por que os nagoas não acabaram comigo naquele exato momento. Talvez tenham visto em mim um aliado, ou talvez, ao repararem que um bando de capoeiras realmente avançava sobre o seu território, entenderam que possuíam tarefas mais urgentes a cumprir. Agora o Alemão não podia retroceder. Detestava desperdiçar a energia dos seus homens em disputas tribais, mas precisava seguir em frente se quisesse me silenciar. Se me deixasse fugir, a conspiração seria denunciada.

— Lá vêm eles! — continuei gritando. — Lá vêm eles!

Nagoas e guaiamuns, inimigos inconciliáveis, frente a frente, prontos para um confronto de proporções inauditas — foi assim que o circo se armou. Eu estava no meio, esfarrapado, esvaindo-me em sangue e suor, só esperando para ver no que aquilo ia dar.

— Não é nada com vosmecês — gritou o Alemão. — Só queremos resolver um assunto de família.

— Dentro da nossa casa? — respondeu o Pinta Preta. — Não é direito.

— Pago bem se me entregarem o inglês.

— Ninguém aqui negocia com guaiamum.

— Por que brigar à toa?

— Tá destorcendo, ô alemãozinho? Se vieram pra bater papo, podem saber que aqui não tem conversa mole, não senhor.

Quando o Alemão viu que eu estava me afastando e que não seria agredido pelos nagoas, entendeu que o embate era inevitável. Desconfio, porém, que a palavra "alemãozinho" foi a verdadeira gota d'água. Ao ouvir o diminutivo, *Herr* Müller perdeu as estribeiras e ordenou o ataque. Assim que a correria começou, gritos de guerra — e de comemoração! — soaram de ambos os lados. Armados com navalhas e porretes, ou mesmo com as mãos limpas, os membros das duas maltas se jogaram uns contra os outros, aos trancos, e se bateram numa luta confusa e encarniçada.

Os cavaleiros da Guarda chegaram e também se envolveram na peleja. Vi entre eles o delegado Nogueira.

— Fogo, fogo! — ordenava.

— Mas atirar em quem? — perguntou um dos soldados.

— Em todo mundo!

Disparos espocaram sobre a multidão. A briga se espalhou e se deslocou para baixo dos arcos, sinal de que nem mesmo os tiros seriam capazes de interrompê-la. Numa tentativa de fuga, tropecei num sujeito que estava caído e sangrando. Procurei me proteger do melhor modo possível. Os capoeiras do Alemão pulavam para cima de mim, havia uma promessa de recompensa, mas primeiro tinham de passar pelos nagoas, gente que brigava duro e desconhecia o medo. De todos os que tentaram me cortar, o Flagelo foi o que chegou mais perto. Mas também parecia exausto por causa da corrida, atrapalhava-se no meio do quebra-quebra, não encontrou o espaço adequado para gingar e me confundir. Agarrei-lhe os braços e levei-o ao chão.

— Maldita serpente! — rosnei enquanto me posicionava para esmurrá-lo. — Vais pagar por tudo que aprontaste às minhas custas!

Ele é que degolou Amâncio Tavares, ele é que me enganou com toda aquela conversa sobre estima e admiração, ele é que — o pior! — tirou a vida da camélia, que era inocente, que mal sabia do Grupo, que não precisava morrer. O pulha não merecia piedade. Bati forte, repetidas vezes, e bati até desacordá-lo.

— Calhorda! — concluí. — Não descanso antes de te empurrar para dentro de uma cela!

Quando levantei os olhos, tentei me situar no entrevero. Vitorino aparecera sabe Deus de onde e se ocupava em golpear Tenório. O Alemão se empenhava para me alcançar, mas era constantemente barrado pelos nagoas mais jovens e ambiciosos, todos querendo pescar o peixe grande dos guaiamuns, inclusive Pinta Preta, o troféu do outro bando, por sua vez caçado por Nocêncio e Tiúba, que lutavam sujo e por isso lhe custavam um esforço além das medidas.

A essas horas, os urbanos que não fugiram estavam no chão, as armas descarregadas, os cavalos correndo para longe. O delegado Nogueira era o único que permanecia montado. Barrigudo e boquirroto, alvejou muitos antes que sua munição se esgotasse. Foi quando o Miguelzinho da Viúva surgiu de uma sombra e o arrancou de cima do cavalo.

— Acho que tens uma coisinha que me pertence — disse com o inconfundível timbre dos lusitanos.

Depois de nocautear o delegado, abriu-lhe o paletó e recuperou a navalha Rodgers, sua lâmina de estimação, com a qual abriu caminho para chegar a mim. Eu continuava caído sobre o Flagelo, esgotado, mais morto do que vivo. Miguel me ajudou a levantar.

— Continuas a respirar, ô bretão de uma figa? Vamos nos escafeder daqui, agora, já!

Eu estava aceitando a sugestão, e aceitando de bom grado, quando olhei para os lados do chafariz e vi que Vitorino finalmente cercara o Alemão para uma disputa mano a mano. Era a hora da verdade. O único problema é que o moleque, apesar de toda a garra, não era páreo para a técnica e a experiência do bandido. Entendi que eu deveria fazer alguma coisa.

— Vai tu — instruí o português. — A briga ainda não acabou para mim.

— Mau negócio! A rusga parece que está a se acalmar, mas daqui a pouco começa de novo. Olha lá embaixo dos arcos. Eles não vão correr enquanto meia dúzia não ficar com os buchos de fora.

— Sei o que estou fazendo. Vai logo.

— E te deixar aqui para apanhares sozinho? Tens muito o que aprender a respeito da...

— Da índole dos portugueses, eu sei. Deves ir por garantia. Se eu não voltar à pensão, conta o que sabes sobre o envenenamento da princesa.

Ele se afastou relutante. Por meu turno, cambaleei no rumo do chafariz.

Vitorino e o Alemão embaralhavam-se em movimentos velozes e incompreensíveis para mim, ora girando à esquerda, ora à direita, cada qual lançando as pernas por alto e por baixo do adversário em ataques e esquivas prenhes de sagacidade e intrepidez.

O moleque era leve e destemido, até mesmo imprudente em sua fome de desforra, saltava no impulso de cada golpe, depois se recolhia rente ao solo para ao mesmo tempo estar e não estar diante do inimigo.

O Alemão se livrara do chapéu e do paletó, mas não dos sapatos, cujas solas de madeira tornavam os seus chutes mais poderosos. Movia-se com agilidade exemplar, parecia um símio em seus meneios imprevistos, mas era nítido que procurava economizar os próprios gestos, poupava o fôlego porque não tinha pressa de vencer e isso resultava numa vantagem estratégica enorme.

No combate travado entre a juventude e a experiência, a segunda começou por levar a melhor. Avançando em linha reta e colhendo o moleque em pleno ar, o criminoso conseguiu atingi-lo com a mesma bênção de peito com que o derrubara no galpão.

— Que ousadia é essa de me enfrentar? — disse *Herr* Müller. — Acaso pensas que podes me vencer?

— Eu quero que vosmecê morra!

— Então precisas lutar como um homem, não como a criança que ainda és.

Cego de raiva, Vitorino levantou-se e avançou num salto circular. Foi novamente atirado para longe. A tática do Alemão estava funcionando. Ele não atacava apenas o tronco ou o rosto do adversário, mas também a mente, os nervos, o orgulho.

— Tudo por causa daquela negra ingrata! — continuou. — Ela nunca gostou de ti, moleque. Não pensou duas vezes antes de te deixar para trás, de te abandonar.

— Não ouças o que ele diz — interrompi, acercando-me dos dois. — Bernardina zela por ti, Vitorino. Ela é que te tirou do teatro, que curou a tua febre e as tuas feridas. O Alemão sempre mentiu a respeito da tua mãe.

— Alemão? — disse *Herr* Müller, explodindo de ira. — Quem lhe deu o direito de me chamar de Alemão? O senhor vai aprender a não se intrometer nos assuntos dos outros.

E partiu para cima de mim, girando e "roçando" com a fúria dos que desejam matar. Recuei porque não estava em condições de enfrentá-lo. Vitorino, no entanto, aproveitou-se da oportunidade para atacar lateralmente. Atingiu o Alemão com um jogo de corpo que os capoeiras chamavam de "passo do siricopé". O bandido caiu. Aproximamo-nos, cada qual por um lado, e chutamos à revelia. Ele conseguiu retroceder numa cambalhota até ficar encurralado contra o chafariz.

— Fim da linha — ameacei. — São dois contra um... A-le-mão!

Era esperto demais para cair numa armadilha que conhecia tão bem. Em vez de nos confrontar, saltou para dentro do chafariz, no que foi imediatamente seguido por Vitorino. Com água até a cintura, enfrentaram-se numa contenda braço a braço. O moleque não se saiu mal, mas era magro demais para segurar o oponente. Antes que pudesse me aproximar, o Alemão já estava escalando os encanamentos e fugindo para cima do aqueduto.

Afastava-se por sobre os gigantescos arcos de concreto que traziam água dos altos de Santa Tereza para o Largo da Carioca, abastecendo no trajeto o chafariz sob o controle dos nagoas. Vitorino correu no encalço do fugitivo. De minha parte, confesso que hesitei. Não me sinto à vontade nas alturas. Quando o moleque alcançou o algoz para continuarem com seus chutes e piruetas de capoeiras, estavam a mais de vinte metros do solo.

Era inacreditável. Não se moviam com a mesma destreza das condições normais, visto que pisavam um curso de água acomodado num leito com menos de duas braças de largo, mas prosseguiam numa disputa em que a força e a flexibilidade estavam à mercê do equilíbrio. Doente de fúria e imprudência, Vitorino não tinha medo de saltar para que seus golpes tivessem maior alcance. O Alemão, por sua vez, parecia receoso, sofrera várias pancadas, os sapatos encharcados o deixavam mais lento e vulnerável.

— Vitorino! — gritei enquanto caminhava titubeante sobre os arcos. — Deixa que ele se vá. Podemos pegá-lo mais tarde. Assim vocês dois vão se matar.

É evidente que jamais aceitaria o meu conselho.

Olhei para baixo e percebi que a batalha entre os nagoas e os guaiamuns atingira dimensões inesperadas. Dezenas de capoeiras surgiram da noite para engrossar o confronto. Mais soldados da Guarda de Urbanos, montados ou não, chegavam ao local para expulsar os desordeiros. A contar pelo modo como tentavam controlar o tumulto, presumi que fossem policiais honestos, livres da influência de gente como o delegado Nogueira. De qualquer forma, eram impotentes no meio de uma briga que já perdera a lógica e a própria razão de existir.

Fortalecidas e descontroladas, as hordas se espalharam pelas ruas próximas, inclusive a Riachuelo, onde começaram a saquear as casas e os estabelecimentos comerciais. Cidadãos comuns abriam as janelas e atiravam com revólveres e espingardas de baixo calibre. Por causa do fogo dos lampiões que os capoeiras passaram a usar como armas de guerra, incêndios se alastraram por várias residências. Também a Casa Fonseca ardia em chamas.

No alto dos arcos, quando me aproximei o suficiente de Vitorino e do Alemão, fiquei sem saber o que fazer. Se me envolvesse, era provável que caíssemos os três. Nisso, o moleque conseguiu passar uma rasteira no bandido. *Herr* Müller caiu sentado numa das bordas do aqueduto, sem poder apoiar os braços com firmeza. Ficou a um centímetro de despencar no abismo. Bastava que Vitorino avançasse e lhe chutasse o peito ou a cabeça. Não havia defesa, mas...

— Não! — adverti. — Ele vai agarrar a tua perna, vai te puxar para a queda.

— Eu jamais faria isso — gemeu o Alemão, derrotado, respirando com pesar. — Jamais exterminaria o sangue do meu sangue.

— Como? — perguntou o moleque, intrigado.

— Nunca desconfiaste? — tornou o criminoso, agora com a tristeza estampada na face. — És meu filho... Vitorino Quissama... meu filho de sangue...

O que foi que ele disse? O moleque começou a sacudir a cabeça, começou a negar as palavras que lhe feriam como os estilhaços de uma bomba. Algo semelhante ocorreu comigo. Era por isso que o Alemão tinha tanto interesse num escravo rebelde para o qual, incompreensivelmente, reservava planos futuros? Seria verdadeira a revelação, ou apenas mais uma jogada para se safar? Só então me dei conta, porque só então colidi com a necessidade de pensar no detalhe, que Vitorino tinha a pele menos escura que seus antigos companheiros de malta.

No alto dos arcos, quando me aproximei o suficiente de Vitorino e do Alemão, fiquei sem saber o que fazer.

— És meu filho — repetia o Alemão, choroso. — Meu filho... meu filho...

— Mentira! — gritava o moleque. — Vosmecê tá tentando me enganar.

— Se queres cometer o maior dos pecados, segue em frente e acaba com a minha vida de uma vez.

Vitorino libertou um uivo de raiva, de angústia, de dor. Depois levantou a perna no intuito de chutar — e matar — o Alemão.

O baile da rua Guanabara

Quando enfim cheguei a José de Alencar, tive certeza de que nada mais poderia ser feito pela vida da princesa. Na verdade, foi ele que chegou a mim, tão logo desci do aqueduto e tomei a direção contrária à do tumulto. A briga entre os nagoas e os guaiamuns cresceu de tal maneira que se transformou numa espécie de batalha campal. Atraiu por isso a presença de diversas autoridades públicas, do prefeito ao chefe de polícia, do capitão da Guarda ao ministro da Justiça.

— Senhor Alencar! — corri e me pendurei no estribo da carruagem. — Espere, espere!

— *Mister* Woodruff?

— O senhor precisa me ouvir.

— A sua aparência... Cristo Jesus! Não me diga que está envolvido nesta confusão de capoeiras.

— Isso não importa agora. Preciso apenas que me ouça.

— Lamento, mas olhe ao redor. A situação é periclitante, devo tomar as providências necessárias para contorná-la. Prometo recebê-lo assim que pacificarmos a região.

— Será tarde! — puxei-o pela manga do paletó. — É urgente, senhor ministro. Descobri o assassino de Amâncio Tavares.

A carruagem parou, mas Alencar continuou embarcado, temeroso, olhando-me através da janela semiaberta. Acho que comecei pelo item errado. No instante em que mencionei o nome de Guilherme Otaviano, seu "conselheiro para este caso do acróstico", o ministro franziu o cenho e se refugiou numa postura de incredulidade. Continuei a falar como um alienado, rápido e sem interrupção, desfiando revelações tão díspares e tresloucadas que certamente puseram em dúvida a minha sanidade mental. Falei do que vi na rua Riachuelo e ouvi no segundo andar do casarão, descrevi o veneno do *terribilis* e o mecanismo oculto no colar, citei o barão de Jaguaruna e o misterioso cônego que tentara demovê-lo do atentado, referi-me por fim ao baile que estava ocorrendo naquele instante, à sinhazinha Mota e à artimanha de assassinarem a princesa sem deixar vestígios.

— Mas por que fariam isso? — perguntou Alencar.

— A libertação do ventre! — respondi com impaciência. — Querem destruir o plano de Dom Pedro!

Saltei do estribo. Em vez de também descer, Alencar permaneceu encastelado no interior do veículo.

— As acusações são graves — disse ele. — Prometo que verificarei tudo pessoalmente. Se o que está afirmando for verdade, saiba que os culpados serão punidos.

— Mas a princesa... eles vão envenená-la... o senhor não acredita no que...

Já não prestava atenção no que eu dizia. Fechou a janela e bateu com a bengala no teto da carruagem. O cocheiro balançou as rédeas e os cavalos se foram a trote.

— Ministro! — gritei. — O senhor não pode... não pode permitir que isso aconteça...

Minhas forças chegavam ao fim. Sem mais o que fazer,

cambaleei para a beira da estrada, sentei-me com as costas apoiadas numa cerca de estacas, abaixei a cabeça e deixei-me desmaiar. Não tive sonhos nem pesadelos, não vislumbrei a face imaginária de Bernardina, tampouco o sorriso trêmulo da minha esposa falecida, que Deus a tenha em Sua glória. Naveguei solitário pelas trevas da exaustão.

Só fui abrir os olhos no dia seguinte. Diversos oficiais da Guarda ainda circulavam no local. Embora desejassem efetuar novas prisões, os capoeiras desapareceram como se jamais houvessem existido. Os estragos na rua e as casas queimadas eram as únicas provas de que passaram por ali.

Ninguém se preocupou em me prender, talvez porque fosse branco e estivesse ferido, o que me tornava mais uma vítima dos desordeiros. Caminhei lentamente até a pensão. Os populares me apontavam na rua, faziam comentários sobre os farrapos ensanguentados que eu vestia.

—Viva os nagoas! — exclamei como um bêbado, apenas para ver os covardes fugirem à minha passagem.

Assim que entrei na sala da recepção, sinhá Aurora saltou do piano e me surpreendeu com um grito agudo de pavor. Meus ouvidos doíam, pensei que minha cabeça fosse explodir. O senhor Alberto Quintanilha largou a *Semana Ilustrada* e apontou o dedo para o meu rosto. Antes de dizer qualquer coisa, foi interrompido pela dona da casa, que descia com o marido para me acudir.

— *Mister* Woodruff será sempre o nosso hóspede — disseram. — Ele não matou ninguém, é inocente, tudo já foi esclarecido e breve chegará ao conhecimento do público.

Ah, meus bons amigos do Brasil! O que seria deste pobre diabo sem a ajuda e a compreensão de vocês? Lavei-me, vesti-me, comi. A viúva fez um curativo de verdade no meu braço. Miguel repetia que, se a polícia aparecesse para me prender, dessa vez iria comigo sem pestanejar.

Nada fizemos de errado, nada tínhamos a temer. Expliquei a ele que esse risco já não existia. Depois da guerra dos capoeiras, a polícia devia estar atarefada com demandas mais urgentes. Outra preocupação é que ocupava meus pensamentos.

— Alguma notícia sobre a princesa?

As mucamas saíram para ouvir o que se comentava nas ruas. Nada anormal até o meio-dia. A tranquilidade seguiu pela tarde afora, engatou a noite e chegou à manhã seguinte. "Ou a Coroa está escondendo os fatos", pensei intrigado, "ou o assassinato fracassou".

Só mais tarde fiquei sabendo o que ocorreu no baile da rua Guanabara. Em oposição à boa parte do que consta nos meus escritos, não presenciei o episódio diretamente. No entanto, mesmo que me faltem os detalhes, ouvi o relato tantas vezes que me sinto seguro para descrevê-lo com fidelidade.

No princípio da noite, quando o Miguelzinho da Viúva bateu à porta do ministro e contou o que sabia ao Flagelo dos Capoeiras, dona Georgiana Cochrane de Alencar, sem ser vista, presenciou a cena de uma janela mais acima. Fazia tempo que ela vivia incomodada com a presença de Guilherme Otaviano em sua casa. Desconfiava do "secretário" e, sempre que podia, espreitava as conversas entre ele e o marido.

É provável que dona Georgiana também não desse crédito à mirabolante história que o português acabara de contar, mas ao assistir à reação do Flagelo, que atingiu Miguel pelas costas e o tirou às pressas da propriedade, compreendeu que o atentado era verdadeiro e estava prestes a acontecer.

Alencar ainda não havia voltado da repartição. Abominava a ritualística social do Império e, nos dias de baile, atrasava-se de propósito, inventava outros compromissos, fazia tudo para que a mulher não o arrastasse a esses eventos. Dona Georgiana rapidamente entendeu que não podia esperar pelo esposo, o tempo estava correndo, era necessário que ela mesma tomasse uma decisão.

Com a ajuda da escrava, preparou a charrete e tocou sozinha para o Paço Isabel. Sequer cedera ao capricho de se maquiar ou trocar o vestido. Usando a mesma roupa com que passara o dia, cruzou os jardins do palácio e apresentou-se aos mordomos da porta principal. Deixaram--na entrar, é claro, estava na lista de convidados e era conhecida na corte, mas ninguém se atreveu a anunciar a chegada de uma mulher desacompanhada do marido.

Ela atravessou os salões num passo duro, ignorando os rumores e as exclamaçõezinhas maldosas que brotaram ao longo do trajeto. Assim que viu a angelical figura de sinhazinha Mota — segurando uma caixa na fila dos presentes destinados à princesa! — não teve dúvidas do que fazer. Abriu o mais falso dos sorrisos e tentou convencer a donzela a acompanhá-la até a rua.

É óbvio que sinhazinha não retrocederia antes de cumprir sua missão. Afoita como vinha, dona Georgiana interpretou a atitude como uma declaração de culpa. Daí a agarrar a outra pelos cabelos foi um passo. Optou por arrancá-la do baile à força. A caixa foi ao chão, abriu-se e despejou o colar no piso. As duas se atiraram sobre a joia como cães que disputam o último osso. Cada qual por uma ponta da corrente, começaram a puxar e a trocar ofensas furiosas.

"Isso fica comigo!", dizia a sinhá dona. "É maluca, é maluca!", respondia a sinhá moça, descabelada. Os convidados estavam perplexos. A princesa acenava para que alguém interferisse. Em vez de obedecer à consorte, o conde d'Eu preocupava-se em se afastar do arranca-rabo. De repente, a pedra central da joia se soltou, arranhando o pulso de sinhazinha, que desmaiou — morreu? — no mesmo segundo. Apavorada, dona Georgiana abrigou-se entre os curiosos. Pedia aos berros que ninguém pelo amor de Deus tocasse aquela coisa, e apontava o colar como quem aponta uma víbora que se prepara para dar o bote.

O barão de Jaguaruna apareceu para socorrer a filha. Enquanto a carregava às pressas para fora, as pessoas tentavam entender a razão do escândalo. Não se tratava de uma simples briga de mulheres, mas de uma briga de mulheres da corte — que vexame! — diante de ninguém menos que a herdeira do trono, a sucessora de Dom Pedro II, a futura regente do país, a melhor e mais sublime de todas as anfitriãs. Uma coisa dessas jamais aconteceria em Versalhes!

Quando Alencar falou comigo nas proximidades do aqueduto, não fazia ideia de que sua jovem esposa estivesse rolando no soalho do Paço. Viera direto do Ministério, sem passar em casa e sem ouvir o que a mulher lhe contaria sobre a conspiração. Acho que se arrependeu por ter me ignorado no momento crucial. Já no dia seguinte abriu inquérito para apurar as minhas denúncias e esclarecer o que pudesse a respeito do Grupo.

Como era de se esperar, a joia já não continha resquícios de veneno, mas o dispositivo secreto estava lá, foi localizado e tornou-se a principal evidência do atentado. Tristemente, porém, não havia o que descobrir na Casa Fonseca, totalmente destruída pelas chamas, nem nas palavras do estranho velho da botica, que sumiu sem deixar vestígios. Cedo as investigações perderam o vigor. A própria Coroa se encarregou de abafar o caso. Dom Pedro não queria que os servos acreditassem na existência de organizações descontentes com o seu governo.

Enquanto isso, as altas rodas preferiam a fofoca de que o barão de Jaguaruna e a filha partiram para remediar a vergonha granjeada durante o baile. "Será que sinhazinha morreu?", passei a me perguntar todos os dias. "Acaso o veneno pingou sobre sua pele?". Só o futuro seria capaz de responder.

Dada a inexplicável ausência do pai, Felisberto Framboesa recebeu convocação para prestar depoimento. Limitou-se a rir quando os interrogadores mencionaram a palavra Grupo. Voltou para casa com uma advertência por desacato à autoridade, nada mais do que isso. Graças a esse silêncio sistemático, ninguém conseguiu identificar o cônego que supostamente integrava a conspiração.

Guilherme Otaviano foi o único que pagou pelos crimes, e pagou caro. José de Alencar determinou que fosse preso até segunda ordem. O ministro ficou indignado com a conduta do "secretário", e amparava-se no testemunho da própria esposa. Novas pistas indicavam que o assassinato de Amâncio Tavares ocorrera no período da manhã, e não à tarde, detalhe que me livrava da culpa e que foi imediatamente divulgado pelos jornais.

No terceiro dia de cadeia, depois de Guilherme Otaviano dar a entender que estaria disposto a colaborar, um guarda da carceragem encontrou o cadáver encharcado de sangue. Também o Flagelo morreu degolado. Nunca se soube exatamente o que ocorreu naquela cela, mas tenho certeza que o delegado Nogueira teve um dedo no crime. O delegado, credo! Outro que escapou de todas as acusações, incluindo corrupção, porque não havia nada que pudesse incriminá-lo.

De minha parte, continuei dormindo com um olho aberto. É certo que a malta do Alemão Müller amargou um grande prejuízo na luta contra os nagoas. Tenório, Nocênio e Tiúba, que acabaram atrás das grades, provavelmente seriam enviados ao Paraguai. Mas a verdade é que ainda sobraram muitos para contar a história. Não era de duvidar que alguém, em algum momento, resolvesse criar um pretexto para se vingar.

Fiz questão de pedir desculpas à família do Araújo. O revólver encostado na cabeça do menino Jorge era uma imagem forte demais para esquecer. Sem ressentimentos, o taverneiro me abraçou e disse que eu era um bom amigo, sabia que eu agira com a frieza necessária para salvar a vida do seu filho. Depois me empurrou uma garrafa do seu melhor uísque falsificado. Comprei com gosto, apesar dos meus princípios, mas pedi que abrisse uma nova conta para mim. É que não me restava mais nada, nem dinheiro, nem as duas malas, nem mesmo a roupa que usava no corpo.

O que fazer da vida? Insistir no plano de voltar a Liverpool? Talvez *monsieur* Arnaud me auxiliasse com a viagem, ainda mais agora que o Alcazar recebia novas cocotes e se recuperava da lacuna deixada por Aimée. Por outro lado, já não me desagradava a ideia de tomar um rumo inteiramente novo. "Não faltam mares para quem deseja navegar", dizia o Capitão Evans. Enquanto me decidia — ou, como praxe, deixava o destino decidir por mim — aceitei o convite de Miguel para passar o Natal e o Ano-bom na pensão.

Uma semana mais tarde, enquanto me exercitava no quintal das mangueiras, fui surpreendido por uma visita sorrateira: Vitorino Quissama.

— Então estás vivo? — cumprimentei.

Mas não era essa a pergunta que ultimamente ocupava os meus pensamentos. Eu queria saber por que o moleque deixara o Alemão escapar. Se Vitorino não houvesse hesitado na hora do chute — e ele só hesitou, acho eu, por causa da revelação — *Herr* Müller jamais teria se esquivado do golpe. Verdade que o bandido não tentou puxar ninguém para a queda. Aproveitou-se da oportunidade para fugir. Retomou o passo e correu sobre o aqueduto até alcançar os matagais de Santa Tereza. Vitorino o seguiu, e foi aí que nos separamos, mas era certo que não voltaria a se bater com o Alemão. Não naquela noite.

— Acreditas que é o teu pai? — perguntei.

— De jeito nenhum — respondeu o moleque, agora com uma calma que me deixou admirado. — Ele só falou aquilo porque não queria morrer.

— Mas não tens dúvidas?

— Quem é que se importa com isso?

— Só existe uma pessoa em todo o mundo que conhece a verdade.

— Foi por isso que vim. Não tenho mais o colar, nunca tive dinheiro, mas quero saber se posso contar com vosmecê.

— Sei para onde foi a tua mãe.

— Sabe?

— Se tivesses te dado ao trabalho de conversar com a negra Esméria, também terias descoberto que Bernardina está no Paraguai.

— Na guerra? Mas aquilo deve ser um mundo de tão grande.

— Pelo menos há um norte a seguir.

— Sou ruim de pesquisa.

— Isso é verdade.

— Mas sou bom de ginga. Podemos formar uma dupla. Eu luto, vosmecê investiga.

— Parece que a tua arrogância cresceu nos últimos dias.

— Vosmecê me ajuda?

Vitorino precisava sair do Rio de Janeiro. Se a princesa soubesse o quanto fez para combater os inimigos da Coroa, é provável que lhe concedesse a liberdade. Como, porém, ela sequer sabia da sua existência, ele não passava de um escravo fujão que poderia ser pego a qualquer momento. Tinha o número de matrícula "sujo" junto à Guarda Nacional. Mesmo que houvesse dinheiro para comprar-lhe a alforria, a lei impedia que isso ocorresse sem a localização e a intermediação do proprietário.

Quanto a mim, como diziam os brasileiros, estava sem eira nem beira nem flor de figueira. O destino me chamava para o sul, e eu sentia que devia alguma coisa ao moleque. Tirei-o do tronco no Cabeça de Porco, e ele, com a abnegação de um filho legítimo, arriscou o pescoço para me livrar do pior. Antes de responder, todavia, tive uma ideia que me soou com justeza.

— Podemos seguir a pista da tua mãe, mas com uma condição.

— Qual?

— Devemos lutar mais uma vez.

— Lutar?

— Aqui e agora. Não estou embriagado como naquela noite no Araújo. Vou provar que não és tão bom quanto pensas.

— Mas isso não é certo... sou amigo de vosmecê... não é direito derrubar gente conhecida...

— Olha a petulância! Ou luta, ou nada feito!

O moleque riu e pôs-se a gingar. Quase no mesmo instante, fiquei tonto com seus passos largos e debochados. Eu contava com a experiência que adquiri ao enfrentar os outros capoeiras, mas com Vitorino era diferente. Mesmo quando estava de brincadeira, parecia ser mais rápido, mais flexível.

— Ahá! — festejou o Miguelzinho da Viúva, que chegava ao quintal com seus bastões de carvalho. — Essa há de ser bonita! Essa eu quero ver!

Tomei posição, relaxei os ombros, respirei fundo. Então saí num contrapasso e avancei para chutar a cabeça do moleque. Acho que dessa vez me dou bem. Ou pelo menos não apanho tão feio.

Epílogo

Em 28 de setembro de 1871, durante as prolongadas férias de Dom Pedro II na Europa e no norte da África, a princesa regente Isabel de Bragança e Bourbon promulgou com sua assinatura a Lei do Ventre Livre. A partir da data, todos os filhos de mulheres escravas foram considerados de condição livre. Como essas crianças não tinham para onde ir, ficavam até os 21 anos com os proprietários dos pais, que resguardavam o direito de explorar o seu trabalho gratuitamente. Em alguns poucos casos, as crianças eram cedidas ao Estado, que garantia aos senhores uma indenização de 600$000. Devido às pressões do parlamento e dos representantes do sistema escravista, a Lei do Ventre Livre obteve resultados inferiores à expectativa dos abolicionistas, mas não há dúvida de que foi um passo importante para o fim do "elemento servil". A abolição total ocorreria em 1888, através da chamada Lei Áurea, também assinada pela princesa durante as novas férias do imperador.[20]

Notas

1. Em seus manuscritos, Daniel Woodruff utiliza a grafia "guay-a-
-moon". Dado o silêncio que se fazia a respeito da violência na capital do Império, suspeito que o autor não teve oportunidade de
ler a palavra "guaiamum" nos jornais do século XIX, daí o porquê
de uma escrita com influências fonéticas da língua inglesa. Tomei
a liberdade de corrigir o equívoco em todas as suas ocorrências,
preferindo o uso da grafia consagrada pelos pesquisadores que se
dedicaram à história das maltas no Segundo Reinado, em especial
Carlos Eugênio Líbano Soares. Curiosamente, esses mesmos pesquisadores apontam a existência de capoeiras cariocas que osten-
tavam em suas roupas a Lua Crescente do Islã. Eram prováveis
descendentes de escravos muçulmanos que deflagraram a Revolta
dos Malês, na Bahia, em 1835. Com a sanguinária repressão que se
seguiu, muitos dos rebeldes fugiram para o Rio de Janeiro e aos
poucos se integraram ao submundo da cidade. Em suas memórias,
Woodruff jamais menciona o islamismo em terras tupiniquins,
mas é possível que, vendo o símbolo nos trajes de algum capoeira,
tenha montado uma associação entre a lua (*moon* em inglês) e a
denominação dos guaiamuns. Quanto a "nagoas" e outros vocábu-
los de raízes indígenas ou africanas, o autor recorre à grafia apor-
tuguesada conforme as convenções da época.

2. Diferentemente do que ocorre nos manuscritos de Woodruff,
todos os registros históricos que encontrei referem-se a Aimée
como *mademoiselle* (senhorita) e não *madame* (senhora). Mantive
"madame" por uma questão de fidelidade aos originais. O autor,
entretanto, não comete um lapso apenas no pronome de tratamento, mas também na data em que a atriz deixou o Brasil. Os cronistas da vida mundana durante o Segundo Reinado informam que
ela partiu em agosto de 1868. Embora Woodruff não cite a data literalmente, seus manuscritos sugerem que ela tenha partido mais
tarde, no fim de novembro ou no princípio de dezembro. É difícil

entender a imprecisão, visto que os jornais noticiam o sequestro de Aimée — e a resolução do caso pelo inglês — em meados de julho. A recusa do memorialista em detalhar o episódio, limitando-se a sugerir que os interessados consultem os arquivos da época, é a única explicação que tenho para o erro.

3. Ao contrário do que dá a entender nesta passagem, Woodruff já havia se alongado em pormenores sobre a morte de sua primeira esposa, Mary Christine Tomkins (1835-1854). O filho, que também faleceu durante o parto, provavelmente receberia o nome de Charles, em homenagem ao avô paterno. Essas informações aparecem nas páginas iniciais dos manuscritos, ainda não traduzidas, que relatam a vida do autor em Londres. Ali podemos perceber que Woodruff esteve pouquíssimo tempo nos quadros da Scotland Yard (pela leitura dos originais, calculei no máximo onze meses), bem menos do que sugere nas páginas posteriores das memórias. Apesar da convivência com Jack Whicher, pode-se dizer que sua experiência de detetive surgiu mais do instinto dedutivo e menos de uma formação institucional padronizada.

4. Se analisarmos a história do savate, parece pouco seguro que Woodruff tenha treinado diretamente com Michel Casseux, um *savateur* de renome que possuía infindáveis alunos e, já em fim de carreira, cobrava muito caro por suas aulas. O mais provável é que tenha aprendido a lutar nos portos e nas ruas, sem a orientação de um professor qualificado. Woodruff quase não fala sobre o assunto na parte das memórias que trata de sua vida em Paris e Marselha. Acredito que cite Casseux por causa do prestígio mundial do mestre.

5. Há aqui uma gritante contradição entre os objetivos e as percepções culturais de Daniel Woodruff. Em parágrafos anteriores, ele registra a sua "necessidade de viajar pelo mundo e conhecer os jogos de luta de outros povos, assim como seus costumes, sua arte, suas tradições". Pelo que se pode depreender do seu comentário sobre as casas de tomar fortuna, parece que a religiosidade dos países que visitou nunca esteve em sua pauta de estudos, algo que quase sempre acontece com os demais elementos do espectro cultural. Em várias passagens dos manuscritos, o autor cita as religiões afrodescendentes com inegável preconceito. Era a visão mais ou menos comum de um europeu do século XIX. Por outro lado, apesar da rígida educação bíblica que recebeu dos pais, membros da minoria católica inglesa (consta que dois de seus irmãos ingressaram no clero), fica claro que Woodruff nunca foi um homem religioso. Em seu texto, a mesma desconfiança demonstrada contra os "feiticeiros" negros também vale para padres, pastores, monges e rabinos.

6. Gregory Evans (1799-1867), figura citada com mais frequência nas páginas das memórias que relatam as aventuras marítimas do autor (ainda não traduzidas). Parece-me importante esclarecer que os desentendimentos que fizeram Woodruff desembarcar no Brasil nada tiveram a ver com o Capitão Evans, então falecido há mais de um ano. A propósito, três são os mentores a quem o autor não se cansa de referendar ao longo dos manuscritos: Gregory Evans, mestre das navegações (inclusive existenciais, dada a natureza filosófica dos seus conselhos); Jack Whicher, mestre das investigações; e Michel Casseux, mestre dos jogos corporais de ataque e defesa.

7. Sistema de defesa pessoal em que os combatentes manejam bastões e bengalas. Seria o equivalente ao jogo do varapau na França. Creio que Woodruff não se importe em explicar o *canne* porque já o fizera em páginas anteriores de suas memórias, especialmente nas que tratam da sua vida em Paris e Marselha.

8. É fácil se irritar com a quantidade de bravatas espalhadas nos entrechos da narração, o que pode subentender um protagonista com muitas palavras e pouca credibilidade. A princípio pensei em suprimir algumas dessas partes, mas depois decidi preservá-las por uma questão de fidelidade aos originais.

9. Expressão surrupiada de um conto de Arthur Conan Doyle, mais precisamente de *O Problema Final* (1893), em que o público é apresentado ao arquivilão Moriarty, o verdadeiro "Napoleão do crime", e logo depois à inacreditável (e falsa) morte de Sherlock Holmes. Woodruff não tinha amor apenas a viagens e aventuras, mas também aos livros, que costumava devorar em suas temporadas de descanso e calmaria. Como suas memórias foram redigidas a partir de 1904, suponho que tenha lido muitos dos contos de Conan Doyle, daí a viabilidade de julgarmos a expressão como um plágio ou, do ponto de vista contemporâneo, uma homenagem intertextual *avant la lettre*.

10. Dado o declarado amor do autor pelos livros, suponho que esteja aludindo à famosa frase "Call me Ishmael", a primeira e a mais famosa de *Moby Dick*, de Herman Melville, romance publicado em 1851 que trata da vida de marinheiros como Woodruff.

11. Aqui o autor comete um grosseiro erro de datas. A charge e a nota que denunciam o acróstico não se encontram no *Opinião Liberal* do dia 3, mas no do dia 4 de dezembro. O texto, entretanto, é o mesmo que pude ler nos manuscritos, *ipsis litteris*, sinal de que Woodruff, se não guardou o recorte do jornal, certamente recorreu a algum arquivo público para documentar suas memórias. Pergunto-me como errou na data se, ao copiar o parágrafo, tinha o exemplar diante dos olhos. Em tempo: na transcrição utilizada neste volume, tomei a liberdade de atualizar a ortografia da língua portuguesa.

12. É de admirar que Woodruff desconhecesse a origem da expressão. O apelido do toque de recolher refere-se a Teixeira de Aragão, intendente de polícia que impôs o costume a partir de 1825. Citado nas obras de Joaquim Manuel de Macedo e do próprio José de Alencar, o toque caiu em desuso logo depois da Guerra do Paraguai.

13. "Charneca" parece ser uma expressão exageradamente britânica para a nossa paisagem. Mantive-a porque as memórias, afinal de contas, foram escritas por um inglês.

14. É curioso que aqui o autor desperdice a oportunidade de criar uma prolepse e aguçar a curiosidade do leitor, logo ele que possuía um estilo francamente folhetinista. Dois anos depois dos acontecimentos relatados no presente volume, Woodruff conheceu o maestro Carlos Gomes, que estava no Brasil para a estreia nacional da ópera *O guarani*, baseada no romance homônimo de José de Alencar, outro de seus conhecidos ilustres. De acordo com meu planejamento, a tradução e adaptação dos capítulos que narram a conspiração que envolveu os bastidores da obra-prima de Carlos Gomes — incluindo um golpe contra a Coroa — ocupará todo o terceiro volume das memórias do investigador, marinheiro e *savateur* Daniel Woodruff.

15. *Crystal Palace*, no original. Era como os marginais do Rio de Janeiro chamavam a cadeia. Resolvi evitar a gíria porque é a primeira e única vez que Woodruff a usa neste segmento das memórias.

16. Com exceção do momento em que relata a breve vida de casado, isso nas páginas iniciais do texto (ainda não traduzidas), Woodruff dificilmente cita o nome de Mary Christine. Mesmo num exercício de memória, tem-se a impressão de que a lembrança da esposa lhe traz um grande pesar. Suponho que aqui, pelo fato de ela ter-lhe aparecido em sonhos, acabou quebrando a regra sem perceber.

17. Mais uma vez, Woodruff trata as fontes jornalísticas com descaso. Na verdade, a edição de 5 de dezembro de 1868 do *Diário do Rio de Janeiro* ainda traz uma nota a respeito do assunto. Com o tempo, porém, o acróstico foi definitivamente esquecido. Com exceção de Daniel Woodruff, nenhum outro cronista ou pesquisador atribuiu a autoria a Amâncio Tavares.

18. Trata-se da atual Praça Tiradentes. Considerando que Woodruff redige as memórias nos primeiros anos do século XX, não é de admirar que se refira ao local como "antiga" Praça da Constituição.

19. Os acontecimentos narrados neste capítulo são tão vertiginosos que o autor não se preocupa em parar e explicar o significado contextual da expressão "tigres", o que pode confundir o leitor contemporâneo. Era a forma pejorativa com que chamavam os escravos encarregados de transportar barris contendo água ou excrementos.

20. Não se trata de um epílogo real, visto que o autor, logo na sequência, passa a narrar suas aventuras no Paraguai. Na verdade, o texto que apresento como epílogo deste volume é uma nota que Woodruff escreveu à margem da página, como uma espécie de comentário aos episódios narrados nos últimos capítulos.

Posfácio
Os capoeiras e a luta pela liberdade

Alguns livros nos fazem voltar ao nosso passado. Outros, ao passado ainda mais remoto do mundo em que vivemos. Ambos os sentimentos me atravessaram ao ler o livro de Maicon Tenfen. No início dos anos 1990 eu estava completamente mergulhado no épico e desconhecido universo da capoeira carioca do final do século XIX. Foi um momento de imersão em uma realidade pouco conhecida nos escritos da época. Toda esta saga parece novamente saltar dos manuscritos de Daniel Woodruff. O ano em que tudo aconteceu (1868) foi uma época de transição. A capoeira — a arte marcial brasileira — atravessava uma quadra de trepidantes mudanças. De uma arma dos africanos escravos em luta contra um estado policial urbano emergente, como foi na primeira metade do século XIX, a capoeira em 1868 era parte integrante de uma nova cultura. Uma cultura de crioulos, descendentes de africanos e nascidos no Brasil. Uma identidade brasileira ainda pouco conhecida.

Este sentimento emana das páginas do diário do inglês, e nada melhor que um estrangeiro para sentir verdadeiramente as peculiaridades da nossa cultura. O adolescente mulato Vitorino Quissama (o grande herói, para mim, da trama) é como um símbolo da nova capoeira, que imperceptivelmente aflorava na lenta decadência da escravidão.

O período que se dilata entre o início da Guerra do Paraguai, em 1865, e a promulgação da Lei do Ventre Livre, em 1871, foi fecundo de transformações na cultura da capoeira. É difícil medir essas mudanças, já que a capoeira se movia no submundo daquela sociedade, e todas as informações são vagas e nebulosas. O romance capta essa atmosfera. Mas tudo aponta para o fato de que a Guerra do Paraguai transformou "sórdidos criminosos" (na visão da imprensa da época) em verdadeiros heróis da pátria, cultuados pelas crianças e ambicionados como capangas pelos políticos envolvidos nas lutas eleitorais daquele tempo na corte do Rio de Janeiro.

Mas fica claro no texto que era difícil entender a capoeira sem a presença dos imigrantes europeus. Como vemos no livro e nas fontes documentais, imigrantes ingleses e alemães apareciam, às vezes com destaque, dentro das maltas de capoeiras. Entretanto, esta era uma realidade principalmente na comunidade portuguesa, como vemos com o tal Miguel Coutinho Soares, amigo de Daniel. E o alemão Müller, inimigo figadal do inglês, precoce "chefe de morro" do cortiço Cabeça de Porco, no pé do morro da Providência, futuro morro da Favela.

Como dissemos acima, a Guerra do Paraguai, que estava, naquele 1868, rugindo às portas de Assunção, foi um marco de mudanças não só da arte marcial brasileira, mas da história do Brasil, abrindo caminho (na visão tradicional e oficial da história) para a crise que iria desembocar na derrubada da Monarquia.

No amargo regresso, após o fim da guerra, em 1870, vemos sinais gritantes de que os capoeiras ex-combatentes, recrutados à força para as forças armadas, adentravam inesperadamente no reservado salão da política parlamentar. Em 1871 este processo está evidente com a vitória da ala conservadora favorável à Lei do Ventre Livre. Mas foi uma transição dolorosa. Em 1870, inclusive, um misterioso chefe de malta, de origem germânica, foi vítima fatal das disputas entre os que ficaram e aqueles obrigados a assentar praça anos antes, mas que sobreviveram à guerra e voltaram cobertos de glórias e dispostos a reconquistar seus redutos na capital do Império. Seria

Müller aquele chefe de malta apelidado de "Alemãozinho" e que mandava no Campo de Santana, bem próximo do cortiço Cabeça de Porco, e que foi assassinado em 1870?

A narrativa de Daniel coloca o leitor no transe daquela época. Em 1871 a ala do Partido Conservador favorável ao Ventre Livre teve de travar uma batalha contra o Partido Liberal de oposição e, principalmente, contra a poderosa ala escravagista do Partido Conservador. Como disse Nabuco, a questão da escravidão dividia ao meio os partidos do Império e cindia o pacto da conciliação, lavrado nos idos de 1850. O fim da escravidão nos EUA extinguira o último aliado internacional poderoso dos fazendeiros escravistas.

Desse momento em diante, foi uma lenta agonia. Mas a batalha parlamentar do Ventre Livre, em 1871, foi difícil vitória da causa emancipacionista. A morte da herdeira Isabel — se a misteriosa trama contada no livro fosse concretizada — seria um golpe duro para os amantes da liberdade, mas certamente não evitaria o fim da escravidão. Revelador na trama descrita por Daniel foi que escravos e negros jogadores de capoeira participassem ativamente da causa escravagista, como realmente foi patente nos anos da campanha abolicionista.

A trama de Daniel Woodruff tem as características de um perfeito roteiro de cinema de ação, mas também um conto de Sherlock Holmes da Londres vitoriana, uma trama que deve ter deixado vestígios nos relatos da época.

O Império dos Capoeiras será certamente um evento literário, que abre uma luz nova sobre um período importantíssimo de mudanças na história brasileira e fundará um marco histórico na literatura de viajantes do Rio de Janeiro do século XIX.

Carlos Eugênio Líbano Soares

Para quem quer saber mais...

A capoeira escrava e outras tradições rebeldes no Rio de Janeiro 1808 - 1850, de Carlos Eugênio Líbano Soares. Editora da Unicamp/Cnpq/Fapesp/Cecult – Campinas, SP (2004).

A negregada instituição: os capoeiras na Corte Imperial 1850 - 1890, de Carlos Eugênio Líbano Soares. Access Editora – Rio de Janeiro, RJ (1999).

Maicon Tenfen nasceu em Ituporanga, interior de Santa Catarina, no último dia de 1975.

Formou-se em Letras em 1998. Entre 2000 e 2006, concluiu os cursos de mestrado e doutorado em Teoria Literária na Universidade Federal de Santa Catarina.

A partir da publicação do primeiro livro, em 1996, lançou duas dezenas de títulos entre crônicas, contos, ensaios e romances. Destacam-se *Um Cadáver na Banheira* (romance, 1997), *O Impostor* (contos, 1999), *Mistérios, mentiras e trovões* (contos, 2002), *A Culpa é do Mordomo* (crônicas, 2006), *Breve Estudo sobre o Foco Narrativo* (ensaio, 2008), *A Galeria Wilson* (romance, 2010) e *Ler é uma droga: crônicas sobre livros e leitura* (2012).

Por mais de dez anos escreveu crônicas semanais para o *Diário Catarinense*. Também colaborou com o *Jornal de Santa Catarina*, assinando uma coluna diária entre 2007 e 2011.

É professor de Literatura Brasileira na FURB (Universidade de Blumenau), ministra oficinas de redação criativa e já realizou mais de 400 palestras em escolas de ensino fundamental, médio e superior.

Dedica-se atualmente à tradução e adaptação dos manuscritos de Daniel Woodruff.

Rubens Belli

Natural de Blumenau, SC, graduou-se em Publicidade e Propaganda em 1997. Atua como ilustrador publicitário desde 1990, além de ter trabalhado como designer gráfico na Universidade de Blumenau (FURB) por 8 anos.

Em 1999, fundou a produtora de ilustração e animação Belli Studio Design. Desde 2001 vem produzindo e dirigindo filmes em animação, tanto publicitários como institucionais, curtas metragens e séries para TV.

Participou de diversos cursos e eventos relacionados à produção gráfica, mercado editorial, design e animação, além de ter participação frequente nas maiores feiras mundiais relacionadas ao mercado de entretenimento, como a Kidscreen, em Nova York, o Rio Content Market e a Animaforum, no Rio de Janeiro.

Carlos Eugênio Líbano Soares

Graduou-se em História pela Universidade Federal do Rio de Janeiro (1988), fez mestrado em História pela Universidade Estadual de Campinas (1993) e doutorado em História Social do Trabalho pela mesma universidade (1998). Atualmente é professor adjunto da Universidade Federal da Bahia. É autor dos títulos *A Negregada Instituição: Os Capoeiras na Corte Imperial, 1850-1890* e *A Capoeira Escrava e Outras Tradições Rebeldes no Rio de Janeiro (1808-1850)*.

Especializou-se na área de história da escravidão africana no Brasil, com ênfase em história urbana, atuando principalmente com os seguintes temas: capoeira, escravidão, escravidão urbana, africanos nas cidades do Rio de Janeiro e Salvador no século XIX.

Esta é uma obra de ficção
baseada na livre criação literária.

Este livro foi composto em US Declaration [títulos]
e Minion Pro [texto] e impresso em papel
Offset 70g/m² pela Viena Gráfica
para a Editora Biruta, em março de 2025.